KB217799

우리들

우리들

초판 1쇄 발행 2017년 12월 4일
　　2쇄 발행 2022년 9월 9일
지은이 예브게니 이바노비치 자먀찐
옮긴이 김옥수
펴낸이 김소연

펴낸곳 비꽃
등록 2013년 7월 18일 제2013-000013호
주소 서울 강북구 삼양로16길 12-11
이메일 rain__flower@daum.net
전화 02)6080-7287, 010)3924-7287 팩스 070-4118-7287
홈페이지 www.rainflower.co.kr

ISBN 979-11-85393-48-3
　　　979-11-85393-19-3 (세트번호)

값 8,800원

이 책은 저작권법이 보호하는 저작물로 무단 전재와 무단 복제를 금지합니다.

М Ы

우리들

예브게니 이바노비치 자먀찐 지음·김옥수 옮김

비꽃

이 책은 YEVGENY ZAMYATIN, 'We'(the Chekhov Publishing House, 1952)를 참조했다.

■차례

첫 번째 기록

주제: 선언문. 가장 지혜로운 선. 시.

오늘 '한 국가 신문'에 실린 선언문을 한 자 한 자 그대로 담겠다.

앞으로 120일이면 '완전체'를 완성한다. '완전체'가 우주 공간
에 최초로 솟구쳐오를 역사적인 순간이 꾸준히 다가온다. 천 년
전에 우리 조상이 지구 전 지역을 '한 국가' 밑에 영웅적으로
굴복시켰다면, 우리 앞에는 유리로 만들어 전기로 움직이며 화염
을 내뿜는 '완전체'로 무한한 우주를 통합하는 영광스러운 위업이
기다린다. 다른 행성에 미지의 생명체가 있어, 아직도 '자유'라는
원시 상태로 살아갈 수 있으니, 우리가 이들 모두에게 이성의
굴레를 씌우는 자비를 베푸는 것이다. 우리가 그들에게 수학적으
로 완벽한 행복을 베풀려 하나, 행여나 그들이 제대로 못 받아들
인다면, 우리는 힘으로 눌러서 행복하게 만들 의무가 있다. 하지
만 무력을 사용하기 전에 대화로 해결하려고 우리 모두 애써야

한다.

　따라서 우리는 '은혜로운 선생님'의 이름으로 '한 국가'에서 살아가는 모든 번호에게 선언한다. 누구든 능력이 있다고 느끼는 번호라면 글을 작성해서 '한 국가'가 더없이 위대하고 아름답다는 사실을 찬양하라. 논문이든 송시든 선언문이든, 어떤 형식도 좋다. 우리는 그걸 '완전체'에 제일 먼저 실을 것이다.

　'한 국가' 만세, 번호들 만세, '은혜로운 선생님' 만세!

　이 글을 쓰는데 가슴이 콩닥거린다. 그래, 광대한 우주를 통합하는 거다. 그래, 원시적이고 야만적으로 굽은 곡선을 접선으로 - 점근선으로 - 직선으로 펴는 거다. '한 국가'는 무엇이든 직선이니 말이다. 위대하고 신성하고 구체적이며 지혜로운 직선, 선 가운데서 가장 지혜로운 선.

　나, D-503, '완전체' 책임자는 '한 국가'에서 일하는 수학자다. 내 손은 숫자에 익숙할 뿐, 각운과 압운이 깃든 시를 쓸 줄 모른다. 그러니 내가 직접 보고 느낀 걸, 우리가 느낀 걸(그렇다, 우리다, 그러니 내가 여기 남기는 기록 역시 '우리들'이라 하자) 좀 더 구체적으로 기록하려고 애쓰자. 하지만 이 기록은 우리가 살아간, '한 국가'에서 수학적으로 완벽하게 살아간 파생물이니, 이 글은, 내 의지나 능력과 상관없이, 그 자체로 시라고 정의할 수 있지 않을까? 그렇다, 시다. 시가 분명하다.

　이 글을 쓰는데 가슴이 콩닥거린다. 자기 몸에서 조그만 생명체가 가느다랗게 뛰는 걸 이제 막 느낀 여인 심정이 이러리라. 이 글은 '나'다, 그렇지만 '나'가 아니다. 내 생명과 내 피로 영양을 공급하며 몇 달 동안 키우다, 내 몸에서 고통스럽게 떼어내 '한 국가' 발밑에 바쳐야 하기 때문이다.

하지만 나는 준비를 마쳤다. 다른 모든 번호처럼, 거의 모든 번호처
럼 나 역시 준비를 마쳤다.

두 번째 기록

주제: 발레. 정사각형. X

봄. '녹색 담벼락' 너머 광야에서 어떤 꽃가루인지 모를 노란색이 바람에 달콤하게 묻어온다. 달콤한 꽃가루에 입술이 말라, 혀로 입술을 훑는다. 눈에 보이는 여성은 누구든 입술이 달콤할 게 분명하다(당연히 남성도 누구든). 이런 생각이 툭하면 떠올라, 사고가 논리적으로 흐르는 걸 방해한다.

하지만 하늘! 구름 한 점 없이 새파란 하늘! (수증기가 우스꽝스럽고 멍청하게 마구 뒹구는 모습에서 시인은 영감을 받는다니, 옛날 사람들은 취향이 정말 원시적이로다!) 나는 - 아니, 우리라고 말하는 게 안전할 것 같아, 우리는 - 저렇게 구름 한 점 없이 새파란 하늘만 좋아한다. 이런 날이면 온 세상은 '녹색 담벼락'처럼, 우리가 살아가는 모든 구조물처럼 단단한 유리로 영원하게 만든 것 같다. 이런 날이면 모든 사물이 깊은 내면을, 지금까지 드러나지 않은 놀라운 방정식을 드러낸다. 일상적으로 보아오던 사물조차 모두 그러는 것 같다.

예를 하나 들어보자. '완전체'를 만드는 작업장에서 아침에 일하다 언뜻 보았다. 선반 기계에서 동그란 조정기는 눈을 꼭 감은 채 돌아가고, 크랭크는 오른쪽 왼쪽으로 오가며 반짝이고, 저울대는 양쪽 어깨를 위풍당당하게 흔들고, 구멍 뚫는 기계는 위아래로 춤추는 광경을. 새파란 햇살이 뿌옇게 몰려드는 순간, 선반 기계가 발레를 추는 웅장하고 아름다운 광경이 두 눈을 가득 파고들었다.

그래서 스스로 물었다. 왜 저리도 아름다운가? 왜 저리도 아름답게 춤추는가? 대답: 저건 자유를 배제한 동작이기 때문이다, 저 춤이 저렇게 심오한 건 완벽히 아름답게 복종하고, 자유를 바람직하게 배제하기 때문이다. 우리 조상이, 신비로운 종교에 빠질 때나 군대가 행진할 때 등, 정말 신바람 나는 순간에 춤 속으로 흠뻑 빠져든 게 사실이라면, 이게 의미하는 건 딱 하나, 인류는 아득한 옛날부터 자유를 배제하는 본능을 타고났으며, 따라서 현재를 살아가는 우리는 의식적으로······

나중에 마무리해야겠다. 신호기에서 찰칵 소리가 났다. 가만히 쳐다보니, 당연히 O-90이다. 앞으로 삼십 초면 나타날 것이다, 매일 하는 산책을 오늘도 함께 하려고.

친애하는 O! 언제 보더라도 이름이랑 얼굴이 정말 비슷하다. '표준 모성'보다 10㎝ 정도 짧아, 얼굴도 동글동글하고 몸매도 동글동글한 장밋빛 O는, 입술은, 내가 말할 때마다 열린다. 손목도 동그랗고 통통해서 아기 손목 같다.

O가 들어서도, 논리 엔진은 머릿속에서 윙윙대며 힘차게 돌아가, 나는 조금 전에 세운 공식을, 춤과 기계를 비롯해 우리 전체를 포괄한 공식을 설명한다.

"대단하지, 그치?"

내가 묻자, O-90이 밝게 웃으며 대답한다.

"그래, 대단해. 봄이잖아."

으음, 역시 그렇군. 봄이라고 대답하다니. 여자들이란…… 나는 입을 다문다.

계단을 내려가니, 가로수길마다 번호로 가득하다. 이런 날씨엔 오후에 남는 개인 시간을 누구든 산책으로 보내기 일쑤다. 늘 그렇듯, 음악나무에서 스피커마다 '한 국가 행진곡'을 흘려보낸다. 음악에 맞춰서 번호마다 네 명씩 나란히 줄지어 열심히 걷는다. 수백, 수천 명이 뿌연 파란색 제보('제복'이란 옛말에서 나온 게 분명하다) 차림으로 남자든 여자든 가슴마다 황금색 배지를 달아 국민 번호를 드러낸다. 나는 - 우리 네 명은 - 힘차게 흐르는 인파에 휩싸인다. 왼쪽은 O-90(천 년 전, 털이 부숭부숭한 조상이라면 '내 여자'라는 우스꽝스러운 표현을 붙였을 여인), 오른쪽은 모르는 번호 두 명, 남성과 여성.

쾌청하고 새파란 하늘, 가슴에 달린 배지마다 조그맣게 깃든 아기 태양, 나쁜 생각을 떠올리는 그늘이 조금도 없는 얼굴…… 햇살. 여러분은 이해하겠나, 모든 게 하나로 환하게 웃는 느낌을? 황동 악기를 불어대는 소리는 "따-따-따-땅! 따-따-따-땅!" 햇살에 반짝이는 황동 계단처럼, 한 발 한 발 눈부시게 새파란 하늘로 올라가는 계단처럼……

오늘 아침에 작업장에서 그런 것처럼, 나는 다시, 생전 처음인 듯, 주변을 둘러본다. 변할 수 없다는 듯 쭉쭉 뻗은 거리, 유리처럼 반짝이는 포장도로, 신성한 평행육면체로 투명하게 반짝이는 주택, 파란색이 뿌옇게 만들어내는 정사각형 대열. 그러다 느낀다, 케케묵은 신(god)과 케케묵은 생활을 정복한 건 앞선 세대가 아니라 나, 그래, 바로 나라고. 모든 걸 만든 사람은 바로 나라고. 나는 드높은 탑 같다고, 몸뚱이에서 벽과 천장과 기계가 떨어질까 두려워 감히 팔꿈치조차 움직일 수 없다고.

그러다, 몇 세기를 뛰어넘어, 박물관에서 본 그림 한 점이 갑자기 떠오른다. 20세기 도로, 눈부시게 잡다한 색상, 우글대는 인파, 자동차, 동물, 포스터, 나무, 색상, 새…… 사람이 실제로 그렇게 살았다고…… 진짜일 수 있다고 한다. 너무 황당무계하고 엉뚱한 방식에, 나는 도저히 못 참고 웃음을 터트린다.

똑같은 웃음이 오른쪽에서도 일어난다. 쳐다보니, 하얀색이 반짝인다, 터무니없이 하얗고 날카로운 치아, 처음 보는 여성 얼굴.

여자가 말한다.

"미안합니다. 하지만 깊이 생각하는 분위기로 주변을 둘러보시는 모습이 마치 신화에서 신이 세상을 다 창조하고 둘러보는 것 같아서요. 당신이 창조한 게 분명하다는 느낌조차 들어서요. 그래서 기분이 참 좋네요……"

이걸 한 번도 안 웃고 모두 말하는데, 굳이 말하자면, 존경심까지 엿보인다. 내가 '완전체'를 만드는 책임자라는 걸 아는 것 같기도 하다. 하지만 두 눈은, 아니, 두 눈썹은 X자를 이상하게 만들며 자극하니, 나로선 그 의미를 파악할 수도, 숫자로 정의할 수도 없다.

나는 괜히 당황해서 말까지 더듬으며, 내가 웃은 이유를 여인에게 논리적으로 설명하려고 애쓴다. 과거와 현재 사이에는 건널 수 없는 간격이 있어서……

"왜 건널 수 없죠? (아, 이가 정말 하얗다!) 간격이 아무리 넓어도 다리로 이으면 되잖아요. 생각해 보세요, 북, 연대, 행렬…… 과거에도 모두 존재했어요. 따라서……"

생각이 놀라울 정도로 똑같다. 여인이 한 말은 내 머릿속 생각, 내가 산책하기 직전에 기록한 내용과 너무나 비슷하다. 그래서 소리친다.

"맞아요! 당신은 아는군요, 머릿속 생각마저. 그건 우리는 '개인'이 아니라 '집단'이기 때문이에요. 우리는 하나같이 똑같은 거예요."

여인: "정말이요?"

여인은 눈썹을 관자놀이까지 X자처럼 날카롭게 치올리고, 나는 다시 당혹감에 빠진다. 그래서 오른쪽 왼쪽을 힐끔힐끔 살핀다.

오른편에는 여인이, 날씬하고 날카롭고 채찍처럼 지독하게 유연한 I-330이(이제 비로소 번호가 보인다), 왼편에는 완전히 딴판으로 몸은 둥글둥글하고 손목은 아기처럼 통통한 O가, 오른편 끝에는 모르는 남성인데, 몸이 S자처럼 이중으로 이상하게 굽었다. 하나같이 다른 모습이다.

눈빛이 흔들리는 걸 오른편 여인 I-330이 알아챘는지, 한숨을 내쉬며 말한다.

"그래요…… 슬프게도!"

실제로, "슬프게도!"란 평가는 완벽하게 정확하다. 그런데 여인 얼굴에, 여인 목소리에, 뭔가 이상한 느낌이 진하게 깃들었다. 그래서 나는 여느 때와 달리 날카롭게 말했다.

"슬플 이유는 없습니다. 과학이 발전하니, 당장은 아닐지언정 오십 년이 지나고 백 년이 지나면 분명히 드러나겠지요."

"사람들 코조차."

여인 말에 나는 소리치듯 대답했다.

"네, 코조차. 행여나 부러운 게 있다면, 그게 무어든…… 내 코는 주먹코고, 다른 사람은……"

"맙소사, 당신 코는 '고전적'이에요, 옛날 사람이 흔히 말하던. 하지만 당신 손은…… 아니에요, 손을 내미세요, 우리가 보도록!"

나는 나쁜 유전자를 물려받아 손에 털이 부숭부숭해서, 다른 사람이 쳐다보는 게 정말 싫다. 하지만 손을 내밀며 최대한 무관심한 척 말한다.

"유인원 손."

여인이 내 손과 얼굴을 차례대로 살핀다. 그리곤 저울로 재는 듯 가만히 바라보다 눈썹 끝을 다시 확 올린다.

"조합이 정말 흥미롭네요."

O-90이 좋아서 입술을 환하게 벌린다.

"나랑 같은 명부에 등록했답니다."

너무 엉뚱한 말에, O-90은 입을 다무는 편이 더 낫다는 생각이 절로 든다. 친애하는 O는 ─ 어떻게 말해야 좋을까 ─ 혀를 엉뚱한 시점에 놀리는 경향이 있다. 혀를 놀리는 속도는 생각하는 속도보다 느린 게 늘 바람직하다. 정반대는 정말 골치 아프다.

거리 끝 누적탑에서 종이 열일곱 번 커다랗게 울린다. 개인 시간이 끝났다. I-330이 S 모양 남성과 떠나려 한다. 남성은 얼굴이 상당히 존경스럽다. 어쩐지 낯익다. 어디선가 분명히 보았는데, 어디더라?

헤어질 때 I-330이 X자 미소를 다시 떠올리며 말한다.

"모레, 공회당 112호로 오세요."

나는 어깨를 으쓱한다.

"그곳으로 배정된다면……"

그러자 여인이 이상할 정도로 자신만만하게 말한다.

"배정될 겁니다."

해결할 수 없는 요소가 방정식에 살며시 끼어든 만큼이나 나는 여인이 불쾌했다. 짧은 순간이나마 친애하는 O와 단둘이 남아서 기뻤다.

우리는 손을 맞잡고 도로를 네 개나 가로질렀다. 모서리에서 O는 오른쪽으로, 나는 왼쪽으로 가야 한다.

"오늘 당신한테 가서 커튼을 내리고 싶은 마음이 굴뚝 같아. 오늘, 지금 당장……"

O가 수정처럼 파랗고 동그란 눈을 들어서 수줍은 표정으로 바라본다.

정말 웃기는 여자다. 내가 뭐라고 대답할 수 있겠는가? O가 내 방으로 찾아온 게 불과 이틀 전이니, 다음 섹스 날은 이틀 후라는 걸 O 역시 나만큼이나 잘 안다. 이번 역시 '생각보다 앞선 말'에 불과하다, 엔진에 불꽃이 너무 일찍 붙는 것처럼, 그래서 엄청난 사고가 가끔 일어나는 것처럼.

헤어지기 전에 나는 파랗고 예쁜 눈에, 구름 한 점 없는 눈에 키스했다, 두 번…… 아니, 다시 생각하니, 세 번이다.

세 번째 기록

주제: 옷. 벽. 시간표

어제 쓴 글을 훑어보고, 내 생각을 충분히 설명하지 않았다는 걸 깨달았다. 물론 우리 같은 번호에게는 완벽하게 충분하다. 하지만 여러분은, '완전체'를 통해서 이 글을 읽을 미지의 독자는, 900년 전에 우리 조상이 책에 담아서 읽던 내용 정도만 알아들을 수 있다. 그래서 '시간표'나 '개인 시간'이나 '표준 모성'이나 '녹색 담벼락'이나 '은혜로운 선생님' 같은 기본 내용조차 모를 수 있다. 이걸 설명해야 한다는 자체가 정말 우스꽝스럽다. 20세기 작가가 소설을 쓰면서 '옷'이나 '아파트'나 '부인'이 무언지 설명하는 꼴이니 말이다. 하지만 야만인이 읽는다는 사실을 안다면 당시에도 '옷'이 무언지 설명할 수밖에 없지 않겠는가?

야만인은 '옷'을 보고서 '이게 뭐하는 거지? 귀찮기만 하잖아'라고 생각할 게 분명하다. 200년 전쟁 이후, 우리 가운데 누구도 '녹색 담벼락' 너머를 다녀온 사람이 없다고 말한다면 여러분 역시 똑같이 반응할 것 같다.

　그렇지만 친애하는 독자 여러분, 인간은 생각해야 한다, 조금이라도. 그래, 좋다. 우리가 아는 한, 어차피 인류 역사는 유목생활에서 정착생활로 넘어왔다고 할 수 있다. 그렇다면 정착생활이, 우리가 살아가는 방식이 가장 완벽하다는 결론이 나오지 않겠는가? 역사 이전 시대만 해도 사람은 지구 끝에서 다른 쪽 끝으로 몰려다녀, 국가도 다양하고 전쟁도 다양하고 무역도 다양하고 아메리카 대륙 같은 것도 발견했다. 하지만 지금은 도대체 누가 이러겠는가? 이럴 이유가 뭐겠는가?

　물론, 이렇게 정착해서 생활하는 습관이 단번에 손쉽게 생기진 않았다. 200년 전쟁을 치르는 동안, 도로는 모두 파괴되고 잡초만 가득한 녹색 정글에 막혀, 모든 도시가 고립된 채 살아가야 한다는 게 처음에는 누구나 불편할 터이니 말이다. 하지만 뭘 어쩌겠는가? 인간도 꼬리가 처음 떨어진 다음, 꼬리 없이 파리를 쫓아내는 방법을 정말 어렵게 배우지 않았겠는가! 처음에는 꼬리가 없어서 아쉽지 않았겠는가! 하지만 지금, 여러분은 꼬리가 달린 자신을 상상할 수 있겠는가? 혹은, 옷 없이 벌거벗은 채 거리를 돌아다니는 자신을 상상할 수 있겠는가? (여러분이 '옷'이란 걸 입는다면 말이다.) 나도 마찬가지다. 나는 '녹색 담벼락'에 갇히지 않은 도시를 상상할 수 없다. 모든 걸 시간표에 따르지 않는 생활을 상상할 수 없다.

　시간표…… 지금 이 순간에도 황금색 바탕에 보라색 숫자는 벽에 달라붙어서 내 눈을 다정하고 근엄하게 바라본다. 그럴 때마다 나는 옛날 사람이 말하던 '우상'이 저절로 떠올라, 기도문이나 시를 (어차피 둘 다 똑같지만) 쓰고픈 마음이 간절하다. 아, 시인으로 태어나, '시간표'를, '한 국가'의 심장과 혈맥을 찬양하고픈 마음이 간절하다!

초등학교에 다닐 때 우리는 (어쩌면 여러분 역시) 고대로부터 내려온 가장 위대한 문학을, 기념비적인 문학을, '열차 시간표'를 모두 읽었다. 하지만 이걸 우리 '시간표'와 나란히 놓고 보라. 다이아몬드 옆에 놓은 석탄 같지 않겠는가! 둘 다 원소는 똑같지만, 다이아몬드는 영원히 투명하게 반짝이지 않는가! '열차 시간표'를 읽다 보면 누구든 숨이 가빠질 수밖에 없다. 하지만 우리 '시간표'는! 아아, 우리 '시간표'는 우리 한 명 한 명을 강철 같은 존재로 만들어주지 않는가! 대서사시에서 노래하는 '바퀴 여섯 개 달린' 영웅으로 만들어주지 않는가! 매일매일 아침마다 바퀴 여섯 개처럼 정확히, 똑같은 시간 똑같은 순간에 우리 모두, 수백만이, 하나처럼 일어나지 않는가! 똑같은 시간에 수백만이 일터로 일제히 나아가서 작업하고, 일제히 끝내지 않는가! 수백만이 한 몸처럼 움직이며, 똑같은 순간에, 시간표에 적힌 대로, 우리 모두 숟갈을 입에 넣지 않는가! 똑같은 순간에 우리 모두 산책하고, 공회당에 가고, 강당에 가서 테일러[1] 연습하고, 집에 가서 잠자고……

정말 솔직하게 말하겠다. 우리도 행복이란 문제를 완전무결하고 정확하게 해결한 건 아니다. 하나로 존재하던 거대한 유기체는 하루에 두 번 - 16시에서 17시까지, 그리고 21시에서 22시까지 - 수백만 세포로 깨져나간다. '시간표'가 규정한 개인 시간이다. 이런 시간이면 방에 커튼을 살며시 내리는 번호도 있고, '행진곡'에 따라 황동 계단을 오르듯 산책길을 질서정연하게 걷는 번호도 있고, 지금 나처럼 책상 앞에 앉는 번호도 있다. 하지만 나는 확신한다. 여러분이 이상주의자나 몽상가라고 부를 수도 있는데, 나는 조만간에 개인 시간조차 일반

---

1) Fredrick W. Taylor(미국, 1856-1915). 과학적 경영 관리법을 고안했다. 여기에서 말하는 테일러 연습은 효율성 극대 훈련을 말한다. 효율성 극대는 전체주의에서 핵심이라, 테일러 기법 역시 이 작품에 자주 등장한다.

공식 안에 모두 녹아들 거라고 확신한다. 결국엔 각자 나름대로 보내는 86,400초마저 시간표 안에 모두 들어올 거라고 확신한다.

사람이 여전히 자유롭게 살 때, 즉, 조직하지 않고 야만 상태로 살아가던 시기에 대해서 나는 지금까지 많은 내용을 읽고 들었는데, 하나같이 믿기지 않는다. 무엇보다 믿기지 않는 건, 내가 보기에, 당시에는 국가 권력이 - 원시적인 건 둘째 치고 - 우리 '시간표' 같은 것도 없고 의무 산책 같은 것도 없어, 식사시간조차 구체적으로 지정하지 않고, 아무 때나 마음대로 잠자리에 들고 깨어나는 걸 허용했다는 사실이다. 일부 역사학자는 당시에 가로등을 밤새도록 밝혀, 사람들이 거리를 밤새도록 싸돌아다녔다는 주장까지 한다.

나는 아무리 애써도 도저히 이해할 수 없다. 지적 능력이 아무리 부족하다 해도, 그런 식으로 살아가면 인간 집단이 서서히 죽어갈 수밖에 없다는 사실 정도는 알아야 하는 거 아닌가! 사람을 한 명 죽이는 건 금지하면서, 수백만을 일상적으로 조금씩 죽이는 걸 허용하면 안 되는 거 아닌가! 한 사람을 죽이는 건, 즉, 인간 목숨을 50년 줄이는 건 범죄지만, 인간 목숨을 오천만 년 줄이는 건 범죄가 아니라는 생각은 정말 어리석은 거 아닌가? 이런 도덕적 수학 문제는 오늘날 열 살짜리 꼬맹이도 삼십 초면 풀어낸다. 그런데, 고대사회는 이성을 모두 끌어모아도 이 문제를 못 풀었다. 과학적인 윤리 시스템을, 즉, 덧셈과 뺄셈과 곱셈과 나눗셈에 근거한 윤리 시스템을 누구도 떠올릴 수 없었기 때문이다.

아무리 그렇다 하더라도, 국가가 (이런 걸 국가라고 부르는 자체가 어이없다!) 성생활을 조금도 통제하지 않는 건 정말 너무 심한 거 아닌가? 누구든 내키는 대로 아무 때나 동물처럼 완전히 비과학적으로…… 그래서 동물처럼 새끼를 무작정 싸지르다니…… 정말 엉뚱하지 않은가, 농사를 짓고 양계를 하고 양어를 하는 건 알면서도(우리는 여기에 대한 자료를 완벽하게 확보했다), 논리 사다리 꼭대기까지, 아이를 낳는 문제까지 도달하지 못한 건, 우리처럼 표준 부성과 표준 모성을 확보하지 못한 건?

너무 엉뚱하고 너무 거짓말 같아, 이 글을 쓰면서도, 나는 여러분이, 미지의 독자들이, 내 말을 악질 농담으로 받아들이지 않을까 염려스럽다. 내가 장난친다고, 진지한 표정으로 허튼 말만 한다고 여기지 않을까 정말로 염려스럽다. 하지만 나는 농담 자체를 애초에 못한다. 어떤 농담이든 거짓말을 은근히 섞어야 하기 때문이다.

둘째로, 우리 '한 국가' 과학도 고대인이 이렇게 살았다고 주장한다. 우리 국가 과학은 오류가 절대로 없다. 게다가, 인간이 자유로운 상태로 살아가는데, 동물처럼, 원숭이처럼, 소 돼지처럼 살아가는데, '국가 이성'이라는 게 도대체 어떻게 생겨나겠는가? 이런 고대인에게 우리가 무얼 바라겠는가? 우리 시대조차 밑바닥 깊은 곳에서, 원시적인 속성 깊은 곳에서, 유인원 같은 사고방식이 이따금 튀어나오는데 말이다.

다행히도, 이런 건 아주 가끔 튀어나올 뿐이다. 다행히도, 이런 행위는 극히 일부만 파괴해, 우리 시스템은 조금도 안 멈추고 가볍게 고쳐나가며 위대한 운동을 끝없이 추진한다. 우리에겐 '은혜로운 선생님'이라는 능숙하고 묵직한 관리자와 '보호단'이라는 노련한 눈동자가 있어, 파손된 나사를 가볍게 제거한다.

아, 이제 비로소 기억난다. 어제 보았던 번호, S처럼 몸이 휜 번호…… '보호단' 건물에서 나오는 모습을 본 것 같다. 사내를 보는 순간 존경심이 본능적으로 떠오른 이유를, I-330이 그 사람 앞에서 하는 말이 이상하게 당혹스럽던 이유도 이제 비로소 알 것 같다. 고백하건대, I-330이라는 여성은……

잠자리에 드는 종소리. 22시가 지났다. 내일까지.

네 번째 기록

주제: 야만인과 눈금. 간질병. 만약.

지금까지 나는 일상에 존재하는 모든 걸 또렷하게 이해했다. 나는 '또렷하다'는 단어 자체를 유난히 좋아한다. 하지만 오늘은…… 도무지 이해할 수 없다.

첫째: 실제로, 나는 공회당 112호에 배정됐다, 여자가 장담한 대로. 가능성은 1500/10,000,000 즉, 3/20,000인데도 말이다. 1500은 공회당 숫자고, 10,000,000은 번호들 숫자다.

둘째…… 하지만 사건이 일어난 순서대로 말하는 게 좋겠다.

공회당. 유리로 만들어 햇살을 쭉쭉 빨아들이는 거대한 반구형 건물. 면도로 말끔하게 밀어서 동그란 머리들이 동그랗게 에워쌌다. 주변을 둘러보는데 심장이 살짝 콩닥거린다. 지금 생각하면 파란 제보[2] 물결 사이로 장밋빛 초승달을, 입술이 달콤한 O를 찾았던 것 같다.

---

2) 제보는 제복을 변형시킨, 이 작품에만 나오는 표현이다. 언어 왜곡을 통해 차별성을 구현하는 독재를 상징한다. 이후에도 제보로 계속 나오니, 독자 여러분은 오해가 없길 바란다.

유난히 하얀 이가 날카롭게 번뜩이는 게 마치…… 아니다, 아니다. O는 그날 저녁 21시에 나를 찾아온다고 했다. 그곳에서 O랑 마주치길 바라는 건 지극히 자연스러운 현상이다.[3]

종이 울렸다. 우리는 벌떡 일어나 '한 국가' 애국가를 불렀다. 그러자, 연단에서, 음성 강사 목소리가 황금빛 확성기에서 재치있게 번뜩인다.

친애하는 번호 여러분! 우리 고고학자들은 최근에 20세기 책을 한 권 발굴했는데, 이 책에서 작가는 야만인과 눈금에 관한 이야기를 재미있게 풍자했습니다. 야만인은 온도계 눈금이 '비'를 가리킬 때마다 실제로 비가 온다는 사실을 깨달았습니다. 그래서 비가 내리길 바랄 때마다 눈금이 '비'를 가리킬 때까지 온도계에서 수은을 빼냈습니다. (화면에 야만인이 깃털로 알몸을 가리고 나와서 수은을 빼낸다. 폭소가 터진다.) 여러분이 웃는군요. 하지만 여러분 눈에는 당시에 살던 유럽인이 훨씬 우스꽝스럽게 보이지 않을까요? 유럽인 역시 야만인처럼 '비'를 바랐습니다, 대문자로 쓰는 비, 대수학에 합당한 비를. 그런데 유럽인이 한 거라곤 비에 젖어 축 늘어진 암탉처럼 눈금 앞에서 가만히 기다리는 게 전부였습니다. 야만인은, 원시적이긴 할지언정, 최소한, 용기와 정열과 논리라도 있었습니다. 원인과 결과가 연결되었다는 사실을 알았습니다. 수은을 빼내는 식으로 발전이라는 거대한 여정에 한 발을 내디뎌……

---

3) 하얀 이가 날카롭게 번뜩이는 여인은 I-330이다. 주인공이 겉으로는 O를 찾으면서도 속으로는 I-330을 갈망하는 건 합법적인 욕망과 불법적인 욕망이 머릿속에서 부닥치는 현상을 암시한다.

(다시 말하지만, 지금 내가 조금도 안 숨기고 전부 기록한다는 사실을 명심하라.) 바로 이 순간, 나는 확성기에서 힘차게 흘러나오는 소리에 완벽하게 빠져들 수 없었다. 거기에 괜히 왔다는 ('괜히 왔다'는 표현이 가능할까? 배정받고 안 갈 방법은 없는데?) 느낌이 갑자기 몰려들었다. 모든 게 공허한 느낌, 쓰레기만 떠들어대는 느낌이었다. 열심히 애쓴 덕분에 간신히 집중하니, 음성 강사는 핵심 주제로, 우리 음악으로, 수학적 작곡으로, 수학은 원인이며 음악은 결과로, 들어간 상태였다. 그래서 최근에 발명한 음악 기계를 설명하는 중이었다.

여기 손잡이만 돌리면 누구든지 한 시간에 소나타 세 곡을 생산 합니다. 여러분 조상은 얼마나 힘들게 노력해야 소나타 한 곡을 만들었는지 생각해 보세요! 자신을 정신없이 몰아쳐서 '영감'이 란 발작에, 일종의 간질 상태에 빠져든 다음에 비로소 간신히 만들어냈습니다. 그러면 이제부터 그들이 생산한 가장 재미있는 사례를 여러분한테 보여드리겠습니다. 스크랴빈,[4] 20세기. 사람 들은 이 물건을 음악상자라고, (연단에서 커튼이 갈라지며 오래된 고대 악기를 드러낸다) '그랜드피아노' 혹은 '악기 중의 악기'라고 불렀으니, 그들은 음악 수준이라는 게 정말……

바로 여기에서 실마리를 다시 놓치니, 그 이유는…… 좋다, 솔직히 말하겠다, 그 이유는 그 여자 I-330이 '악기 중의 악기'로 다가갔기 때문이다. 지금 생각하니, 내가 깜짝 놀란 건 그 여자가 연단에 갑자기 등장했기 때문인 것 같다.

---

4) Aleksandr Nikolaevich Scriabin, 스크랴빈: 러시아 작곡가·피아니스트; 1872-1915.

I-330은 고대의 환상적인 의상 차림으로, 까만 드레스가 몸에 착 달라붙어, 하얀 어깨와 가슴을 날카롭게 강조해, 숨을 쉴 때마다 속살은 따사롭게 출렁이고…… 이는 눈부시도록 강렬하게……

상큼하게 물어뜯는 미소를 아래쪽으로, 우리에게. 그러다 자리에 앉아서 연주한다. 당시에 그들 삶 전체가 그렇듯, 야만적으로 발작하며 다양하게 변하는 선율. 기계적으로 합리적인 선율은 흔적도 없다. 주변에 가득한 번호는 당연히 올바르니, 모두 하나같이 웃어댄다.

극소수만 빼고…… 하지만 내가 왜 여기에 끼지?

그렇다, 간질은 정신질환, 고통…… 천천히 달콤하게 찾아오는 고통 – 물어뜯기 – 더 깊숙이 파고들길, 더 고통스럽길 바란다. 그러다, 천천히, 태양. 우리 태양이 아니다. 유리 벽돌 사이로 파랗고 투명하게 이글거리는 태양이 아니다, 그렇다, 뜨겁게 달려드는 태양, 입은 옷을 모두 갈기갈기 찢어발기는 태양이다.

바로 옆에 있는 번호가 왼쪽을, 나를, 힐끔 쳐다보다 콧방귀를 날렸다. 왠지 지금까지 기억에 생생하다. 입술에서 조그만 침방울이 터져 나왔다. 침방울이 나를 깨웠다. 그래서 정신을 다시 차렸다.

다른 모든 번호가 그렇듯, 나는 급하고 시끄럽기만 한 소리에 열중하다 웃었다. 이제야 마음이 놓인다. 간단하다. 똑똑한 음성 강사는 원시 시대 모습을 우리에게 생생하게 보여주었다. 그게 전부다.

그러다 비교하는 차원에서 현대 음악이 마지막으로 흘러나오니, 우리 모두 얼마나 흥겹게 들었던가! 테일러와 맥로렌 공식을 합성하며 끝없이 모으다 흩어지는, 수정처럼 투명한 반음계. 가득하고 공평하며 묵직한 '피타고라스 바지' 박자. 점차 약하게 떨면서 구슬프게 흘러나오는 멜로디. 박자가 힘차게 흘러나오다 스펙트럼처럼 흩어지는 건 다양한 행성을 스펙트럼 분석하는 것 같고…… 정말 웅장했다! 영원한 논리였다! 하지만 고대 음악은 마구잡이 환상과 변덕만 가득하고 우스꽝스러워……

늘 그렇듯, 우리는 네 명씩 나란히 줄지어 널찍한 공회당 문을 질서정연하게 빠져나갔다. 낯익은 S자 사내가 재빨리 지나쳐, 나는 머리를 숙이며 공손하게 인사했다.

O가 한 시간이면 찾아올 터다. 흥겨운 쾌감이 유익하게 일어났다. 숙소에 도착하는 순간, 현관에 있는 관리인 책상으로 급히 다가가, 분홍색 쿠폰을 건네고 커튼을 내려도 된다는 증명서를 받았다. 이건 섹스 날에만 허락받는 권리다. 다른 모든 날은 우리가 사는 곳 어디든 벽이 투명하다. 벽이란 벽은 하나같이 반짝이는 공기로 짠 것 같아, 우리 모두 언제나 빛을 흠뻑 받고 언제나 투명하게 보인다. 우리는 서로에게 숨길 게 하나도 없다. 게다가, 벽이 투명한 덕분에 '보호단'은 고상하고 어려운 임무를 훨씬 쉽게 수행할 수 있다. 그러지 않으면 무슨 일이 일어날지 누가 알겠는가? 고대인에게 폐쇄성 심리가 엉뚱하게 생긴 건 모든 공간을 이상하게 가리는 환경에서 나왔을 가능성이 크다. '내(맙소사!) 집은 누구도 범할 수 없는 요새다.'[5] 정말 대단하지 않은가!

22시에 나는 커튼을 내리고, O는 그와 동시에 들어오며 숨을 살짝 헐떡였다. 그리곤 장밋빛 입술과 분홍색 쿠폰을 내밀었다. 나는 쿠폰을 반으로 찢었다. 하지만 장밋빛 입에서는 마지막 순간까지, 22시 15분까지, 나를 떼어낼 수 없었다.

그런 다음에 내가 작성한 '기록'을 보여주며 정사각형과 입방체와 직선이 얼마나 아름다운지 설명했다. 지금 생각해도 꽤 멋들어지게 설명한 것 같다. O는 매혹적인 장밋빛으로 열심히 듣다, 새파란 눈에

---

5) My home is my castle. 유럽 속담이다.

서 갑자기 눈물 한 방울을, 그러더니 두 번째, 세 번째 눈물까지 지면에, 7쪽에, 떨어뜨렸다. 잉크가 번졌다. 나중에 7쪽을 베껴서 다시 써야 할 것 같다.

"사랑하는 D, 만약에 당신이⋯⋯ 만약에⋯⋯"

"만약에" 뭐? 만약에⋯⋯ 아기를 낳자고 또 노래하는 건가? 아니면, 혹시, 완전히 다른⋯⋯ 색다른 내용인가? 하지만 그건⋯⋯ 아니야, 말도 안 돼. 너무 엉뚱해.

다섯 번째 기록

주제: 정사각형. 세상을 지배하는 통치자. 유쾌하고 유익한 기능.

이번에도 하나같이 엉터리다. 이번에도 나는 미지의 독자 여러분에게 말한다, 여러분이, 말하자면, 오랜 친구 R-13인 것처럼, 시인인 것처럼, 입술이 흑인같이 두터운 친구인 것처럼, 누구나 아는 존재인 것처럼. 하지만 여러분은 - 달에 있는가, 화성에 있는가, 금성인가, 수성인가? 여러분이 어떤 존재인지, 어디에 사는지 아무도 몰라서 아쉽다.

어쨌든, 정사각형을, 아름답게 살아가는 정사각형을 한 번 생각해 보자. 그래서 정사각형이 자신에 대해, 자신이 살아가는 방식에 대해 여러분에게 말해야 한다고 상상해 보자. 여러분도 알다시피, 정사각형은 자기 모서리 네 개는 각이 모두 똑같다는 사실을 여러분에게 말할 생각 자체를 못할 가능성이 크다. 사실, 정사각형은 이 사실 자체를 의식하지 않는 게 극히 당연하고 자연스럽다. 이건 나도 마찬가지다. 나 자신도 정사각형과 마찬가지라는 생각이 든다. 분홍색 쿠폰을 사례로 들어보자. 나에게 분홍색 쿠폰은 정사각형 네 각이 똑같은 만큼이나 자연스럽지만, 여러분에게는 뉴턴의 '이항정리'[6] 이론보다 신비로울 수 있다.

으음, 고대 현자 가운데 한 명이 재미있는 말을 - 물론, 우연히 - 했다. "세상은 사랑과 굶주림이 지배한다." 따라서, 세상을 정복하려면 그 지배자부터 정복해야 한다. 우리 조상은 엄청난 대가를 치르고서야 비로소 굶주림을 정복했다. 200년 전쟁을, 도시와 농촌이 싸운 전쟁을 말하는 거다. 원시적인 농민은 종교적인 편견 때문인지, "빵"에 대단히 집착했다. (빵이란 단어는 시적 은유로 살아남았을 뿐, 그 물질을 구성하는 화학성분은 오래전에 사라졌다.) 하지만 '한 국가'를 세우기 85년 전에 현재 먹는 음식을, 석유 파생물을, 개발했다. 그렇다, 지구 인구 20%만 살아남은 다음이다. 하지만, 오랜 전쟁은 수천 년 쌓여온 쓰레기를 깨끗하게 청소해, 지금껏 지표면이 얼마나 깨끗하게 빛나는가! 살아남은 2/10는 천국처럼 화사한 '한 국가'에서 얼마나 즐겁게 살아왔는가!

하지만, 즐거움과 질투심은 행복이라는 분수에서 분자와 분모가 아니던가? 우리 생활에 질투심을 느낄 이유가 여전히 존재한다면, 200년 전쟁으로 수없이 치른 희생은 무슨 의미가 있겠는가? 그런데도 질투심은 흔적이 아직도 남았다, 우리가 산책할 때 나온 말처럼 '주먹코'와 '고전적인 코'는 여전히 존재하니 말이다. 수많은 번호가 사랑을 갈망하는 번호와 누구도 사랑하지 않는 번호는 여전히 존재하니 말이다.

따라서, '한 국가'는 굶주림을 (외적 복지를 총합한 형태로, 대수학적으로) 정복한 다음, 세계를 지배하는 또 다른 통치자를, 사랑을 공격했다. 그리고 결국엔 사랑도 정복했다. 수학 공식에 따라 단순하게

---

6) 이항식의 n제곱, 곧 $(a+b)^n$ 따위를 전개하는 법을 보이는 공식.

구성한 것이다. 그래서 약 삼백 년 전에 우리는 역사적인 '성 법전'을 선포했다.

모든 번호는 다른 모든 번호를 성적 대상으로 활용할 권리가 있다.

이제 남은 건 테크닉이란 문제 하나였다. 하지만 이 문제도 해결했다. '성 관련국' 연구소에서 모든 번호를 자세히 검진해, 혈액에 있는 성호르몬을 구체적으로 확인한 다음, 적절한 섹스 날 시간표를 제공하기 시작했다. 번호 각자는 섹스 날에 사용하고 싶은 번호를 알리고, 분홍색 쿠폰 북을 받으면 되는 거다.

이렇게 하면 질투심이 일어날 수 없다. 확실하다. 행복이란 분수에서 분모가 0으로 변해, 분수가 무한대로 멋들어지게 돌변하기 때문이다. 그래서 고대인이 멍청하게 수없이 많은 비극을 겪던 원천은 유기체를 살찌우는 조화롭고 유쾌하고 유익한 기능으로 자리 잡았다. 잠자고, 노동하고, 식사하고, 배변하는 등과 같은 기능 말이다. 논리 하나가 온 사회를 깨끗하게 하는 엄청난 힘을 이제 여러분도 느낄 것이다. 아, 여러분이, 친애하는 독자 여러분이 논리라는 신성한 힘을 충분히 깨닫는다면, 그래서 논리를 끝까지 따르는 습관을 갖춘다면!

정말 이상하다…… 나는 오늘 인류 역사의 최고봉을 글에 담았다. 그러면서 산악지대 공기처럼 순수하고 맑은 생각을 계속 빨아들였다. 그런데 마음속에 먹구름 같은 게 이상하게 어리면서 거미줄처럼 달라붙었다. 발 네 개처럼 이상한 X자 그늘이 생겼다. 털북숭이 손과 발 때문인가? 내가 두 손과 두 발을 너무 오랫동안 보아선가? 나는 털북숭이 손과 발이 싫고, 그걸 입에 담는 것도 싫다. 내 손과 발은 야만 시대가 남긴 유물이다. 혹시 내 마음속 어딘가에 정말로 야만의 흔적이……

위 내용에 줄을 쫙 그어서 지우고 싶다. 내가 주제로 설정한 범주가 아니기 때문이다. 그러다가 그대로 두자고 결정했다. 가장 민감한 지진계가 기록한 것처럼, 두뇌가 극히 미세하게 흔들린 굴곡조차 기록에 그대로 남겨두자. 가끔 나타나는 파동은 경고로 작용하며······

하지만 내용이 정말 엉뚱하다. 이런 내용은 줄을 쫙 그어서 없애야 마땅하다. 우리는 모든 능력을 바람직한 방향으로 설정했다. 참사 같은 건 결코 일어날 수 없다.

이제 모든 걸 또렷하게 알겠다. 마음속에 이상한 느낌이 든 건 내가 앞에서 설명한 정사각형 원리와 비슷하다. X자 그늘을 드리운 건 내 마음속이 아니다.[7] 이건 애초에 있을 수 없다. 여러분 마음속에, 미지의 독자들 마음속에 X가 있을 수 있다는 두려움을 내가 느꼈던 것에 불과하다. 하지만 나는 여러분이 나를 너무 모질게 재단하지 않으리라 확신한다. 내가 지금 인류 역사상 그 어떤 작가보다도 어려운 글을 쓴다는 사실을 여러분도 이해하리라 확신한다. 어떤 작가는 동시대를 사는 독자가 읽도록 글을 쓰고, 어떤 작가는 후세대가 읽도록 글을 쓴다. 하지만 먼 조상이 읽도록, 혹은 아주 머나먼 원시인 조상과 비슷한 존재가 읽도록 글을 쓰는 작가는 어디에도 없다.

---

7) X는 미지수 혹은 I-330을 상징하고, '그늘'은 어두운 미래를 암시한다.

여섯 번째 기록

주제: 사건. 저주받을 '분명하다'. 24시간.

다시 말한다. 나는 무엇 하나 안 숨기고 글을 쓰겠다 약속했다. 그래서, 슬픔을 무릅쓰고, 우리 역시 단련하는 과정이란 사실을, 삶을 단단하게 다지는 과정이란 사실을, 모두 완벽하게 끝낸 건 분명히 아니란 사실을 기록하겠다. 숭고한 이상에 도달하려면 아직 올라야 할 계단이 많다. 숭고한 이상이란 더는 어떤 일도 안 일어나는 상태를 뜻하니 말이다.

하지만 지금은…… 으음, 오늘 '한 국가 신문'은 이틀 후에 입방체 광장에서 법정 의식을 치른다고 선언했다. 이는 '국가 기계'가 위대하게 전진하는 걸 어떤 번호가 또 방해했다는, 사전에 예상도 않고 미리 계산도 안 한 일이 또 일어났다는 의미다.

게다가, 나에게도 무슨 일이 터졌다. 예상할 수 없는 상황이 충분히 일어날 수 있는 시간에, 즉, 개인 시간에 일어났다. 아무리 그렇다 해도……

16시 즈음에 (정확히 16시 10분에) 집에 있었다. 갑자기 전화벨이 울렸다. 여성 목소리.

"D-503?"

"네."

"시간 있나요?"

"네."

"나예요, I-330. 금방 찾아갈게요. 나랑 함께 고대관에 가는 거예요. 알겠죠?"

I-330…… 정말 짜증 나고 역겨운 여자, 무서운 느낌마저 드는 여자다. 그래서 나는 "네"라고 대답했다.

5분 후에 우리는 비행기에 올라탔다. 오월 하늘은 칠보 도자기처럼 새파랗고, 밝은 태양은 스스로 발산하는 황금 비행기를 타고 뒤에서 윙윙대며 쫓아올 뿐, 멀리 뒤처지지도 앞지르지도 않는다. 우리 앞에는 하얀 구름이 고대 큐피드 볼살처럼 통통한 게, 괜스레 신경을 거슬린다. 앞 유리창을 올렸다. 바람이 입술을 말린다. 나도 모르게 입술을 핥는다. 그래서 입술을 끊임없이 떠올린다.[8]

녹색 점이 멀리서 흐릿하게 보인다…… 멀리서, '녹색 담벼락' 너머. 심장이 살짝 빠르게 쿵! 높은 산에서 가파른 비탈을 내려가듯, 내려가고, 내려가고, 내려가다, 마침내 고대관에 도착한다.

금방이라도 무너질 것처럼 마구잡이로 이상하게 올라선 구조물을 유리 외벽이 완벽하게 휘감았다. 이렇게 안 하면, 당연히, 오래전에 무너지고 말았을 게 분명하다. 유리문 입구에 노파가 있는데, 얼굴이 주름살투성이로, 입이 특히 심하다. 쪼글쪼글한 주름이 전부라, 입술이 안으로 들어가, 입이 하나로 뭉친 것 같다. 저런 입으로는 말을

---

8) '입술'은 O-90을 상징한다.

못 할 것 같았다. 그런데도 노파가 말했다.

"아아, 귀여운 분들, 누추한 집을 보러 오셨나?"

그런데 주름살이 반짝인다. 주름살 하나하나가 방사형으로 틀어박혀 '반짝'이는 느낌을 주는 게 분명하다.

"네, 할머니, 다시 보고 싶어서요."

I-330이 말하자, 주름살이 반짝인다.

"햇살이 참 좋아, 그치? 그래, 그래, 지금? 장난꾸러기 같으니! 나도 알아, 나도 알아! 좋아, 둘이서 들어가, 나는 여기서 햇살이나……"

아아…… I-330은 여기에 자주 온 모양이다. 무언가 짜증스러운 걸 떨쳐내고 싶은 욕구가 강력하게 인다. 눈앞에서 사라질 줄 모르는 영상, 새파란 칠보 도자기에 깃든 구름 때문이리라.

넓고 어두운 계단을 오르면서 I-330이 말한다.

"나는 저 여인을 사랑한답니다, 저 노파를."

"왜요?"

"나도 모르겠어요. 입 때문인 것 같기도 하고 특별한 이유가 없는 것 같기도 하고. 그냥 갑자기."

나는 어깨를 으쓱하고, I-330은 살짝 웃는 것 같기도 하고 전혀 안 웃는 것 같기도 한 표정으로 계속 말한다.

"죄책감이 끔찍해요. '그냥 갑자기' 사랑하면 안 되잖아요, '무엇무엇 때문에' 사랑해야지. 원시적인 현상은 모조리……"

"분명한 건……"

나는 입을 열다가 곧바로 다물고 I-330을 살짝 훔쳐본다. 저 여자가 알아챈 건 아닐까?

I-330은 아래를 내려다보느라 두 눈을 깔았다, 커튼처럼.

나는 저녁 시간을, 22시경을 떠올린다. 거리를 걸어갈 때면, 투명한 방마다 환한 빛이 흘러나오는 가운데, 까만 방이, 커튼을 내린 방이 보인다. 저 커튼 뒤에는…… 저 여자 얼굴 커튼 뒤에는 무엇이 있을까? 저 여자가 오늘 나를 찾아온 이유는, 그래서 여기까지 데려온 이유는 도대체 무얼까?

나는 묵직하고 불투명한 문을 삐걱거리며 열고, 우리는 산만하고 어두운 공간으로 들어섰다. 고대인이 '아파트'라고 부르던 곳이다. '악기 중의 악기'라는 이상한 악기, 또다시 야만적이고 무질서하고 광기 어린 음악, 색깔과 모양이 다양한 잡동사니. 위쪽은 하얀색이 편편하고, 벽은 짙은 파란색, 빨간색과 녹색과 주황색으로 장정한 고서, 노란 청동 샹들리에, 부처상, 가구는 간질이 발작하는 것 같아, 방정식에 끼워 맞출 수조차 없다.

나는 너무나 혼란스러운 광경을 간신히 견딘다. 하지만 I-330은 나보다 강한 게 분명하다.

"이곳은 내가 제일 좋아하는……"

I-330이 말하다 갑자기 입을 다문다. 깨무는 미소, 하얗고 날카로운 이.

"내 말은, 정확히 말해서, '아파트' 가운데서도 제일 엉뚱하다는 뜻이에요."

"좀 더 정확히 말한다면, 수많은 국가겠지요. 조그만 국가 수천 개가 끝없이 싸우면서 무자비하게……"

"물론, 당연히……"

I-330이 대답하는데, 언뜻 듣기에 정말 진지하다.

우리는 어린애 침실을 (옛날에는 어린애가 개인 재산이었다) 가로질렀다. 그러자 더 많은 방, 반짝이는 거울, 칙칙한 옷장, 못 견딜 정도로 번지르르한 소파, 커다란 벽난로, 커다란 마호가니 침대. 아름답고 투명하고 영원한 우리 시대의 유리는 사각형 조그만 창문에 박혀서 금방이라도 초라하게 깨져나갈 것 같다.

"게다가, 상상해 보세요! 고대인은 모두 '그냥 갑자기' 사랑하고, 뜨겁게 타오르고, 고통받고……(두 눈에 또다시 커튼이 깔린다) 인간 에너지를 멍청하고 무모하게 소모하지요…… 당신은 그렇게 생각하지 않으세요?"

I-330이 왠지 나를 통해서 말하는 것 같다. 내 생각을 그대로 말하니 말이다. 하지만 웃는 얼굴엔 짜증 나는 X자가 그대로 박혔다. 커튼 뒤로 머릿속에 떠올린 뭔가가 – 내가 모르는 뭔가가 – 나를 짜증 나게 한다. 그래서 커다랗게 소리치며 (그래, 커다랗게 소리치며) 따지고 싶었지만, 나는 동의할 수밖에 없었다. 동의하지 않는 건 불가능하다.

I-330이 거울 앞에 섰다. 나는 상대의 두 눈만 보았다. 그리고 생각했다. '인간 본성은 여기에 있는 터무니없는 아파트만큼이나 엉뚱하다. 인간 머리는 불투명하고 창문도, 두 눈도, 작으니 말이다.' 이런 생각을 추측한 듯, I-330이 나를 쳐다본다. '으음, 내 눈은 여기에 있답니다. 그죠?' (물론, 겉으로 한 말은 아니다.)

바로 앞에 기분 나쁘게 까만 창문 두 개, 안에는 무언지 모를 이질적인 삶. 안에서 불길이 활활 타올라, 나는 불꽃만 보는데, 그 형상이 마치……

이건 물론 자연스럽다. 내가 본 건 상대 눈동자에 어린 나 자신이다. 하지만 내가 받은 느낌은 나 같지 않은, 부자연스러운 느낌이었다. 주변이 압박해서 그런 게 분명하다. 나는 또렷한 공포를 느꼈다. 원시 우리에 갇혀서 꼼짝도 못 하는 느낌, 고대 생활이 사납게 몰아치는 소용돌이에 휘말린 느낌이었다.

"저기요, 잠시만 옆방으로 나가 주세요."

I-330이 말했다. 벽난로가 타오르는 곳에서, 두 눈이란 어두운 창문 뒤에서, 안쪽에서, 나오는 목소리다.

나는 옆방으로 가서 의자에 앉았다. 벽에 붙인 선반에서 고대 시인이 (내가 보기에 푸시킨 같은데) 주먹코에 비대칭 얼굴로 나를 곧장 쳐다보며 살짝 웃는다. 내가 여기에 앉아서 저런 미소를 가만히 받아내는 이유가 뭐지? 이렇게 시달려야 하는 이유가 뭐야? 여기까지 와야 하는 이유가, 엉뚱한 감정에 시달려야 하는 이유가 뭐냐고? 짜증 나고 역겨운 여자, 이상한 장난질······

벽 너머에서 옷장 문이 닫히고, 비단이 부스럭대는 소리. 당장에라도 안으로 들어가서 매서운 말을 (무슨 말인지 구체적으로 떠오르진 않아도) 마구 퍼부어대고 싶은 마음을 간신히 참는다.

하지만 I-330이 나왔다. 짧고 고풍스럽고 노란색이 눈부신 드레스에 까만 모자, 까만 스타킹 차림이다. 얇은 비단으로 만든 드레스다. 스타킹이 보인다. 스타킹이 길어, 무릎보다 훨씬 높이 올라간다. 맨살이 드러난 목, 가슴 사이에 그늘······

"여보세요, 독특하게 보이려고 그러는 것 같은데, 그러면······"

I-330이 중간에 끼어든다.

"분명히, 독특하다는 건 다른 번호와 상당히 다르다는 의미겠지요. 따라서, 독특한 건 평등을 깨뜨리는 일이겠지요. 고대언어에서 '평범하다'는 말은 우리 말에서 의무를 충실하게 수행한다는 뜻이겠지요. 따라서······"

나는 더는 참을 수 없었다.

"그래요, 그래! 맞아요. 그런데 당신에겐 지금 그렇게 할 특별한 이유가 없으니······"

I-330이 주먹코 시인 얼굴 조각으로 다가가더니, 두 눈에 커튼을

내려서 마구 뿜어대던 불꽃을 가린 채 창문 안에서 고함을 마구 질러대며, 지혜롭게 말한다. 이번에는 완전히 진지한 모습이 나를 달래려는 것 같다.

"옛날 옛적에는 개성이 또렷한 인물을 너그러이 받아들였다는 사실이 당신은 정말 놀랍지 않은가요? 너그러이 받아들인 정도가 아니라 숭배했다면? 노예근성이 대단하지요! 그렇게 생각하지 않나요?"

"분명합니다…… 내 말은……" (지랄 맞을 "분명하다"가 또 나왔다!)

"아, 네, 충분히 이해합니다. 하지만 실제로, 시인이란 작자들은 정복자로, 왕관을 쓴 국왕보다 훨씬 커다란 권세를 누렸답니다. 이런 작자들을 왜 추방하고 박멸하지 않았을까요? 우리 같으면……"

"네, 우리 같으면……"

내가 말하는데, I-330이 갑자기 폭소를 터트린다. 나는 그 웃음을 똑똑히 보았다, 날카롭게 울려 퍼지면서도 채찍처럼 유연하고 질긴 곡선을.

그래서 온몸을 덜덜 떨던 기억이 난다. 저 여자를 잡아서…… 아아, 내가 당시에 무얼 하고 싶었는지 기억조차 안 난다. 하지만 무엇이든 해야 했다. 그래서 황금빛 배지를 기계적으로 열어 시계를 보았다. 17시 10분 전.

그러자 I-330이 최대한 정중하게 물었다.

"이제 시간이 된 것 같으세요? 저와 함께 여기에 있자고 당신한테 부탁한다면?"

"여보세요, 당신이…… 당신이 지금 무슨 말을 하는지 아세요? 10분 안에 나는 공회당으로 가서……"

"……그래서 번호란 번호는 모두 예술과 과학을 주제로 강연을 들어야 한답니다."

I-330이 갑자기 내 목소리로 덧붙인다. 그러더니 커튼을 올리고 쳐다본다. 까만 창문 안에서 벽난로가 활활 타오른다.

"보건소 의사를 한 명 아는데, 나를 등록했어요. 내가 부탁하면 당신이 아프다는 증명서를 떼어줄 거예요. 어때요?"

나는 이제야 비로소 이해한다. I-330이 어떤 장난질을 치려는 건지 이제야 비로소 이해한다.

"바로 그거로군요! 혹시 아시는지 모르겠는데, 정직한 번호라면 누구나 그러듯, 나 역시 '보호단' 사무실로 당장 달려가서……"

"그런데 '실제로는' 아니죠? (날카롭게 물어뜯는 미소) 정말 궁금하군요…… 정말 사무실로 가실 건가요, 아닌가요?"

"여기에 있을 건가요?"

나는 한 손으로 방문 손잡이를 잡았다. 청동이다. 그런데 내 귀로 파고드는 내 목소리도 청동이다.

"잠깐만요…… 괜찮죠?"

I-330이 전화기로 가서 어떤 번호를 찾더니 - 나는 너무 흥분한 나머지 어떤 번호인지 기억조차 못 한다 - 커다랗게 말한다.

"고대관에서 당신을 기다릴게요. 네, 네, 혼자서……"

나는 차가운 청동 손잡이를 돌린다.

"나 혼자 비행기를 타고 가도 괜찮겠어요?"

"네, 그렇고 말고요! 당연히 나는……"

밝은 햇살이 가득하고, 입구에서는 노파가 힘없이 꾸벅꾸벅 존다. 딱 달라붙은 입을 열고 노파가 말하는 게 이번에도 놀랍기만 하다.

"당신…… 여자 혼자 남는 거야?"

"네, 혼자."

노파 입이 다시 하나로 달라붙었다. 그리곤 머리를 절레절레 흔든다. 두뇌활동이 떨어지는 노파도 여자가 극히 위험하고 엉뚱하게 행동한다는 사실을 아는 게 분명하다.

17시 정각에 나는 강연에 참석했다. 노파에게 거짓말했다는 사실을 나는 이때 비로소 갑자기 깨달았다. I-330은 거기에 혼자 있는 게 아니다. 나도 모르는 사이에 노파에게 거짓말했다는 사실이 강연 도중에 툭하면 튀어나와서 고문한다. 그렇다, I-330은 혼자 있는 게 아니다. 정말 커다란 문제가 아닐 수 없다.

21시 30분이 지나면서 자유 시간을 누렸다. '보호단' 사무실로 당장 찾아가서 고발하면 된다. 하지만 너무 엉뚱한 사건을 치른 터라 정말 피곤했다. 게다가 이틀 안에만 고발하면 충분하다. 내일 고발하자. 아직은 24시간이나 남았다.

일곱 번째 기록

주제: 속눈썹. 테일러. 사리풀과 은방울꽃.

깜깜한 밤. 녹색, 주황색, 파란색. 새빨간 '악기 중의 악기'. 파인애플처럼 노란 드레스. 청동 부처상. 청동 속눈썹이 갑자기 올라가더니, 거기에서, 부처상에서 액체가 흘러내린다. 노란 드레스에서도 액체가, 거울에서도 액체가 졸졸, 커다란 침대에서도, 아동용 침대에서도, 이제는 내 몸뚱이에서도 졸졸 흐른다…… 정말 이상하게 달콤하면서도 치명적인 공포……

잠에서 깨어난다. 푸르스름한 햇살이 유리 벽과 유리 의자와 유리 탁자에 부드럽게 반짝인다. 마음이 가라앉는다. 쿵쾅거리던 심장도 가라앉는다. 액체, 부처상…… 말도 안 돼! 내가 아픈 게 분명하다. 전에는 꿈꾼 적이 한 번도 없다. 고대인은 꿈을 꾸는 게 완전히 정상이라고 하지만, 어차피 그들은 삶 전체가 끔찍한 소용돌이 회전목마, 녹색, 주황색, 부처상, 액체가 아니던가! 그러나 우리는 꿈이 심각한 정신질환이라는 걸 안다. 그리고 나는 여태껏 살면서 두뇌가 얼룩 하나

42

없이 반짝이며 정밀시계처럼 체계적으로 정확하게 돌아갔다는 것 역시 잘 안다. 그런데 이제……

……그래, 틀림없다. 두뇌에 뭔가 이질적인 게 달라붙은 느낌이다, 눈에 고운 속눈썹이 들어간 것처럼. 인간은 자기 몸을 정확하게 느낄 수 없지만, 눈에 속눈썹이 들어가면…… 한순간도 못 잊는다.

머리 위에서 투명하고 활기찬 종소리. 7시, 일어날 시간. 오른쪽 왼쪽에서 유리 벽 너머로 나 자신을, 방과 옷과 동작을 본다. 번호 수천 명이 똑같다. 마음이 놓인다. 거대하고 강력한 존재의 일부라는 느낌이 몰려든다. 하나같이 정교하고 아름답다. 불필요한 동작이나 굴곡이나 이탈은 어디에도 없다.

그렇다, 테일러란 작자는 고대인치고 정말 대단한 천재가 아닐 수 없다. 물론, 자신이 개발한 기법을 생활 전반에, 모든 단계에, 하루 24시간 내내 적용할 생각은 못 했다. 자신이 개발한 시스템을 1시간에서 24시간으로 확대할 생각도 못 했다. 아무리 그렇다 해도 칸트에 대해선 도서관을 가득 채울 정도로 책을 내면서 테일러에 관한 연구는 어떻게 그리도 없단 말인가, 천 년은 내다본 예언가를?

아침 식사를 마쳤다. '한 국가' 애국가를 일제히 부른다. 우리는 완벽한 리듬으로 네 명씩 승강기로 걸어간다. 엔진이 가느다랗게 윙윙대며 밑으로, 밑으로, 밑으로 빠르게, 심장도 살짝 가라앉으면서……

그런데 멍청한 꿈이 다시 갑자기…… 꿈 내용 일부가 잠재의식에 깃든 것 같다. 아, 맞아, 바로 어제…… 비행기가 내려갈 때. 하지만 그건 모두 끝났다. 마침표. 그 여자에게 단호하고 매섭게 행동해서 정말 다행이다. 지하철을 타고 작업 현장으로 빠르게 간다. 작업 현장에서는 우아한 '완전체'가 불길 세례를 받을 날만 기다리며, 꼼짝 않고, 햇살에 반짝인다. 나는 지하철 의자에 가만히 앉아서 두 눈을 감고 공식을 떠올린다. '완전체'가 공중으로 처음 솟구쳐오를 때 필요한 속도를 머릿속으로 다시 계산한다. '완전체'는 질량이 초 단위로 변한다. 연료를 소모하기 때문이다. 방정식이 복잡하다, 초월 함수까지 있어서.

꿈속처럼 ─ 번호가 득시글대는 현실 세계에서 ─ 누군가 바로 옆자리에 앉아 팔꿈치로 살짝 찌르고 사과한다.

"미안합니다."

나는 두 눈을 살짝 뜬다. '완전체'를 생각하던 중이라서 그런지 처음에는 무언가 공중으로 솟구치는 걸 본 느낌이다. 머리다. (양쪽으로 분홍색 귀가 날개처럼 뻗쳐서 그렇게 보인 것 같다.) 다음에는 묵직한 뒤통수 굴곡, 축 늘어진 어깨, 이중 굴곡, S자…… 그러다 대수학 세계 유리 벽 너머로 다시 속눈썹…… 오늘 꼭 제거할 것.

"아, 아닙니다, 괜찮습니다. 분명히."

옆 사람에게 웃으며 대답한다. 배지에서 S-4711 번호가 반짝인다. 상대를 처음 본 순간에 S자를 떠올린 이유다. 의식이 놓친 걸 무의식이 붙잡은 거다. 상대편이 두 눈을 반짝여서 조그맣고 날카로운 드릴처럼 빠르게 돌며 깊숙이 파고들고 또 파고든다, 순식간에 바닥까지 도달해, 나도 볼 수 없는 나 자신을 들여다본다.

나를 괴롭히던 속눈썹이 갑자기 또렷하게 드러난다. 이 사람은 그들 가운데 하나, '보호단' 가운데 하나니, 조금도 지체하지 말고, 당장 모든 걸 털어놓는 게 제일 간단하다.

"아시겠지만, 저는 어제 고대관에 갔는데……"

목소리가 이상하다. 짓눌린 것 같아서 목청을 가다듬으려 애쓴다.

"아아, 정말 훌륭하군요. 그곳은 유익한 결론을 내리는 데 바람직한 자료가 많죠."

"하지만, 아시다시피, 저 혼자가 아니라, I-330과 함께 갔는데……"

"I-330? 정말 멋지군요. 능력도 많고 흥미진진한 여성이지요. 좋아 하는 남성이 많답니다."

그렇다면, 어쩌면, 이 남자도? 그때 산책하는 동안에도…… 그렇다 면 함께 등록한 거 아닐까?

안 돼, 그럴 순 없어. 이 남자에게 말하는 건 생각할 수도 없어. 분명해.

"아, 네, 네! 맞습니다, 맞아요! 정말로."

나는 입을 점차 커다랗게 벌리며 멍청하게 웃는다. 벌거벗은 몸이 그대로 드러난, 멍청한 느낌이다.

조그만 드릴이 제일 밑바닥을 파헤치다, 빠르게 돌며 자기 눈으로 돌아간다. S가 애매하게 웃으며 나에게 고개를 끄덕이곤, 출구로 나 간다.

나는 신문 뒤로 숨는다. 모두 나를 쳐다보는 것 같다. 그런데 속눈썹 도 드릴도 순식간에 사라진다. 눈앞에 떠오른 뉴스가 엄청나서 다른 걸 모두 내몰았다. 기사는 짧은 줄 하나.

　　믿을만한 소식통에 따르면, 국가라는 자비로운 굴레에서 해방
　을 목표로 은밀하게 조직한 흔적이 새롭게 나타났다.

"해방?"

놀랍다. 인간 본성에는 범죄 본능이 얼만큼이나 끈질기게 깃들었단 말인가! 그래, '범죄'란 단어를 일부러 사용했다. 자유와 범죄는 마 치…… 그래, 비행기와 속도만큼이나 떨어질 수 없는 관계다. 비행기는 속도가 0이면 움직이지 않는다. 이와 마찬가지로 인간은 자유가 0이면

범죄를 저지르지 않는다. 명백한 진리다. 인간에게서 범죄를 제거하는 유일한 방법은 자유를 제거하는 거다. 그래서 지금까지 수 세기에 걸쳐 지구 전체에서 자유를 거의 완벽하게 제거했는데, 어떤 명청이가 비열하게……

아니다, 내가 어제 '보호단' 사무실로 곧장 안 간 이유를 도무지 모르겠다. 오늘, 16시 이후에 반드시 가야겠다.

16시 10분에 나오니, 모서리에서 기다리는 O가 바로 보인다. 나를 만난 게 기뻐서 얼굴이 빨갛다. 두뇌가 단순하고 동글동글한 여인이다. 다행이다. O라면 나를 이해하고 지지할 것이다…… 하지만, 아니다, 나는 지지가 필요하지 않다. 나는 마음을 단단히 먹었다……

행진곡이 음악 나무 스피커마다 정겹게 울려 퍼진다. 언제나 똑같은 행진곡이다. 하루하루가 거울처럼 언제나 똑같이 흘러간다는 게 말로 형용할 수 없을 정도로 즐겁!

O가 내 손을 잡는다.

"산책해."

동그랗고 파란 눈이 나에게 커다랗게 열린다. 파란 창문. 나는 아무런 방해도 안 받고 안으로 성큼 들어선다. 안에 아무것도 없다. 관련도 없고 필요도 없는 건 하나도 없다는 뜻이다.

"아니야, 오늘은 안 돼. 지금은……"

내가 지금 가야 할 곳을 O에게 말한다. 놀랍게도, 빨갛고 동그란 입술이 초승달로 줄어들며 양쪽 끝이 내려가는 게, 뭔가 시큼한 거라도 먹은 표정이다. 나는 그대로 폭발한다.

"당신네 여성 번호는 편견이 하나같이 심한 것 같아. 깊이 있는 내용은 아예 생각조차 못 해. 미안하지만, 그건 정말 명청하단 뜻이야."

"지금 첩자들한테 간다는 거잖아…… 우웩! 그런데 나는 당신 주려고 식물원에서 은방울꽃을 한 다발 가져왔는데……"

"'그런데 나는'이 뭐야, '그런데'가 뭐냐고? 여자들이란……"

지금 솔직히 고백하건대, 당시에 나는 잔뜩 화나서 은방울 꽃다발을 그대로 낚아채며 소리쳤다.

"좋아, 받겠어, 당신이 가져온 은방울꽃 한 다발! 어때? 냄새를 맡아봐. 좋지, 그지? 그렇다면 이만큼이라도 논리적으로 생각해. 은방울꽃 냄새는 좋아. 정말 좋아. 하지만 냄새 자체가 그런 건 아니야, '냄새'라는 건 좋을 수도 나쁠 수도 있으니까. 내 말이 맞지? 은방울꽃 향기도 있고, 사리풀 악취도 있는데, 둘 다 냄새야. 고대 국가에는 첩자가 있었어. 우리 국가도 첩자가 있고…… 그래, 첩자. 나는 이런 단어를 입에 담는 게 두렵지 않아. 분명한 건 옛날 첩자는 사리풀이고 우리 첩자는 은방울꽃이라는 거야. 그래, 은방울꽃!"

빨간 초승달이 떨린다. 지금 생각하면 그냥 그렇게 보인 것뿐인데, 당시엔 폭소를 터트리기 직전이라 확신했다. 그래서 더 커다랗게 소리쳤다.

"그래, 은방울꽃! 웃기는 건 하나도 없다고, 단 하나도."

부드럽고 동그란 머리들이 둥둥 떠서 지나며 쳐다본다. O가 내 팔을 다정하게 잡는다.

"오늘 정말 이상하네…… 어디 아파?"

꿈…… 노란색…… 부처…… 지금 당장 보건소에 가야 한다는 생각이 또렷하게 떠오른다.

"그래, 맞아, 내가 아파."

내가 행복하게 소리친다. 행복할 건 하나도 없다…… 이해할 수 없는 모순.

"그럼 당장 가서 진찰받아. 당신도 잘 알잖아. 당신은 몸을 건강하게

47

유지할 의무가 있어. 당신한테는 이렇게 말하는 자체가 우스꽝스러운 거라고."

"친애하는 O, 당신 말이 당연히 옳아. 완벽하게 옳아!"

나는 '보호단' 사무실로 안 갔다. 어쩔 수 없었다. 보건소에 가야 했다, 그래서 17시까지 붙잡혀야 했다.

그리고 저녁에는 (이건 아무래도 상관없다. 저녁에는 '보호단'이 문을 닫는다) O가 찾아왔다. 커튼을 내리진 않았다. 고대 수학 교과서를 놓고 문제를 풀었다. 마음을 차분하게 가라앉히고 머리를 맑게 하는 데 좋다. O-90은 의자에 앉아서 연습장을 쳐다보는데, 머리는 왼쪽 어깨로 기울고 혀는 왼쪽 뺨을 열심히 핥았다. 천진난만하면서도 매혹적이었다. 그래서 내 마음속도 하나같이 즐겁고 또렷하고 단순했다.

O-90이 떠났다. 혼자 남았다. 나는 숨을 두 번 깊이 들이마셨다. 잠자리에 들기 전에 이러면 아주 좋다. 그런데 갑자기, 생각도 못 한 냄새가, 이질적인 게 또다시…… 그 정체를 금방 찾아냈다, 침대 속에 찔러넣은 은방울꽃 한 다발. 그 즉시 모든 게 밑바닥에서 소용돌이치며 솟구쳤다. 아아, O-90이 침대에 이걸 찔러넣다니, 눈치가 정말 없다. 그렇다, 나는 안 갔다! 아픈 게 내 잘못은 아니지 않은가.

여덟 번째 기록

주제: 무리근. R-13. 삼인조.

내가 학교에서 $\sqrt{-1}$ 을 처음 마주친 게 얼마나 오래되었던가! 시간이 갉아먹었는데도 기억은 생생하다. 전등 불빛이 환한 교실, 아이들 동그란 머리 수백 개, 쁠랴빠, 수학 선생. 우리는 수학 선생을 쁠랴빠란 별명으로 불렀다. 닳을 대로 닳아서 부품이 떨어져, 모니터에 연결하면 스피커에서 "쁠랴-쁠랴-쁠랴-츄-슈-슈" 소리부터 늘 뱉어낸 다음에야 수업을 시작했다. 하루는 쁠랴빠가 우리에게 무리수를 설명하는데, 내가 책상을 두 주먹으로 쾅쾅 내리치며 "나는 $\sqrt{-1}$ 이 싫어! $\sqrt{-1}$ 을 내 머리에서 빼내!"라고 소리친 기억이 난다. 그 무리수가 머릿속에서 낯설고 이질적이고 끔찍하게 자라나, 결국엔 나를 먹어치웠다. 머리에 떠올릴 수도, 탈 없이 내버릴 수도 없었다. 정상이 아니기 때문이다.

그런데 지금 다시 $\sqrt{-1}$. 지금까지 기록한 내용을 훑어보니, 내가 나를 교묘하게 속인 게, 나 자신에게 거짓말한 게 분명하게 드러난다,

$\sqrt{-1}$ 과 마주치지 않으려는 이유 하나로. 내가 아프다는 것도 다른 것도 다 헛소리다. 나는 보호단에 충분히 갈 수 있었다. 일주일 전이라면 조금도 망설이지 않고 갔을 거다. 하지만 지금은? 왜?

오늘도 마찬가지. 정확히 16시 10분에 반짝이는 유리 벽 앞으로 다가갔다. 위에서, 사무실 정문 위 간판에서 황금빛 글자가 햇살을 받아 순수하게 반짝였다. 안에서, 유리 벽 사이로, 길게 늘어선 제보가 푸르스름하게 보였다. 고대 교회 우상처럼 빛나는 얼굴들. 하나같이 위대하게 행동하려고, 사랑하는 사람을, 친구를, 자신을 '한 국가' 제단에 바치려고 온 얼굴들. 나는…… 나는 그 대열에 합류하고픈 마음이, 그들과 함께하고픈 마음이 간절했다. 그런데 그럴 수 없었다. 두 발이 인도 유리 바닥에 달라붙어 한 발도 움직이질 않아, 가만히 서서 멍하니 바라보기만 했다.

"아, 우리 수학자! 꿈꾸나?"

나는 깜짝 놀랐다. 웃음으로 덧칠한 까만 눈동자, 두터운 흑인 입술. 시인 R-13, 오랜 친구…… 그리고 옆에는 장밋빛 O.

나는 잔뜩 화난 얼굴로 쳐다보았다. 두 사람이 방해만 안 했더라면…… 결국에는 몸뚱이에서 $\sqrt{-1}$ 을 살덩이와 함께 떼어내고 사무실로 들어갔을 거다.

"꿈꾸는 게 아니야. 숭배하는 거지!"

대답이 날카롭다.

"그럼, 그럼! 원칙적으로, 좋은 친구여, 자네는 수학자가 아니라 시인이 되어야 옳아! 맞아! 정말이지, 우리 시인 조합으로 옮기지 않겠나, 엉? 자네 생각은 어떤가? 내가 당장 그렇게 조처할 테니, 엉?"

R-13은 말이 빠르다. 그래서 말할 때마다 두툼한 입술에서 침이 마구 튀어나온다. "p"를 발음할 때마다 분수니, "시인, poets"도 분

수다.

"난 지금까지 그런 것처럼 앞으로도 지식 봉사할 거야."

나는 눈살을 찡그렸다. 나는 농담을 좋아하지도 이해하지도 않는데, R-13은 농담을 즐기는 끔찍한 습관이 있다.

"아, 지식! 자네 지식은 비겁한 이상도 이하도 아니야. 반발하지 말게, 사실이니까. 자네는 첨예한 감성을 벽 뒤로 숨기려는 것뿐이야. 그 너머는 무서워서 못 보지. 그래! 한번 쳐다보라고, 두 눈이 저절로 감길 테니까. 그래!"

"벽은 모든 인간이 살아가는 바탕이야."

내가 말하자, R이 나에게 분수를 뿜어댔다. O는 장밋빛으로 동그랗게 웃었다. 나는 두 사람에게 손을 절레절레 흔들었다. 그래, 마음껏 웃어라, 상관없으니까. 나는 $\sqrt{-1}$ 을 깨끗이 지워낼 방법을 고민해야 하니까.

"내 방으로 가세나. 수학 문제나 풀자고."

내가 제안했다. 지난 밤에 조용히 보낸 시간이 떠올랐다. 이제 오늘 밤도 조용히 보낼 수 있을 것 같다.

O가 R-13을 힐끗 보더니, 맑고 동그란 눈으로 나를 쳐다본다. 살짝 달아오르는 두 뺨이 우리 쿠폰 빛깔을 닮았다.

"하지만 오늘은…… 오늘은 이분에게 배정되었어."

O가 R에게 고갯짓하며 계속 말한다.

"그런데 이분은 저녁에 바쁘시니…… 그렇다면……"

R이 침을 튀기며 기분 좋게 중얼댄다.

"아, 우리는 삼십 분이면 충분해. 그치, O? 나는 자네 수학 문제에 관심 없으니, 일단 내 방으로 가자고."

나는 나 혼자 남는 게, 아니, 정말 우연한 기회에 내 번호 D-503을 손에 넣은 낯선 존재와 단둘이 있게 될 수도 있는 상황이 싫었다. 그래서 두 사람과 함께 R 방으로 갔다. 사실, R은 꼼꼼하지도 규칙적이지도 않으며, 일종의 평화주의자로, 논리를 비웃는 경향이 강하다. 그렇지만 우리는 친구다. 3년 전에 우리는 장밋빛 매력이 가득한 O를 함께 선택했다. 그러면서 우리는 학창시절보다 끈끈하게 묶였다.

R 방으로 올라갔다. 시간표, 유리 의자, 옷장, 침대 등, 모든 게 내 방과 똑같아 보일 터였다. 하지만 R은 방으로 들어서자마자 의자 하나를 옮기더니 또 하나를 옮겨, 균형을 모두 흐트러뜨리며 확고한 비율에서 벗어나, 비유클리드[9]가 되었다. R은 늘 그랬다. 학교에 다닐 때도 테일러와 수학에서 늘 꼴찌였다.

우리는 쁠라빠를, 우리가 고맙다는 쪽지를 써서 선생 유리 다리에 붙인 기억을 떠올렸다. 우리는 쁠라빠를 정말 좋아했다. 율법 강사도 떠올렸다. (물론, 강사가 가르치는 건 고대인이 말하던 '종교 율법'이나 '하느님 율법'이 아니라 '한 국가' 율법이다.) 그런데 강사 목소리가 정말 강력했다. 확성기에서 바람이 힘차게 흘러나올 정도였다. 그래서 우리는 귀청이 터질 것처럼 교과서를 따라 읽었다. 짓궂은 R-13이 종이를 잔뜩 씹어서 강사 입에 쑤셔 넣어, 강사가 교과서를 읽을 때마다 종이가 조금씩 튀어나오던 기억도 떠올렸다. 물론 R은 벌을 받았다. R이 한 짓은 당연히 나쁜 행동이다. 하지만 지금 우리는 - 우리 삼인조는 - 마음껏 웃었다. 솔직히 고백하건대, 나도 웃었다.

"강사한테 생명이 있더라면 어땠을까, 고대 선생처럼, 엉? 행여나 그랬다간 된통⋯⋯"

두툼한 입술은 이번에도 분수다.

---

9) non-Euclidean(비(非) 유클리드): 유클리드 평행선 공리와 다른 공리에 기초한 기하학.

햇살 – 천장과 벽을 통해서. 위에도 태양 옆에도 태양, 밑에서 반사. O는 R 무릎에 앉고, 파란 눈에서 햇살이 조그만 방울처럼 반짝인다. 나도 마음이 푸근하다. 회복한 느낌이다. $\sqrt{-1}$ 이 가라앉아, 더는 휘젓지 않는다……

"그런데 '완전체' 작업은 어떤가? 이제 우주로 날려 보내서 다른 행성 거주자를 교육하는 건가? 서두는 게 좋아, 안 그러면 우리 시인들이 작품을 너무 많이 써서 자네 '완전체'에 다 못 실을 수도 있으니까. 매일 8시에서 11시까지……"

R이 머리를 흔들다가 긁적인다. 머리 뒤통수가 정사각형 조그만 여행 가방처럼 생겼다, 뒤에서 끌어당기는. 고대 그림 '사륜마차에서' 가 떠오른다.

나는 흥미가 끌렸다.

"자네도 '완전체'에 실으려고 글을 쓰나? 어떤 내용인가? 가령, 오늘은?"

"오늘은 못 썼네. 다른 일로 바빠서……"

나에게 분수를 다시 뿜어댄다.

"무슨 일?"

R이 눈살을 찡그린다.

"무슨 일, 무슨 일! 으음, 굳이 알고 싶다면, 법정 판결문. 판결문을 작성했어. 멍청한 놈이, 우리 시인 가운데 하나가…… 2년 동안 내 옆자리에 앉던 놈인데, 문제 될 게 하나도 없는 것 같았어. 그런데 갑자기, 맙소사! '나는 천재다, 율법보다 높은 천재다'라고 말하더라고. 그러더니 말도 안 되는 소릴 갈겨써서…… 아! 이 얘기는 안 하는 게 좋겠어……"

두툼한 입술이 축 늘어지고 두 눈엔 광택이 사라진다. 그러다가 벌떡 일어나, 몸을 돌려서 벽 너머 어딘가를 가만히 쳐다본다. 나는 꼭 닫힌 조그만 여행 가방을 바라보며 생각한다. 저 안에, 저 조그만 가방에 뭐가 들었을까?

비대칭 침묵이 어색하게 깔린다. 어떤 문제인지 애매하지만, 뭔가 잘못된 건 분명하다.

"셰익스피어나 도스토옙스키 같은 작가가 살던 태곳적 시대는 아니잖아, 다행히도."

내가 일부러 커다랗게 말하자, R이 고개를 돌려서 쳐다본다. 말은 여전히 분수처럼 튀지만, 두 눈에 흥거운 기색은 사라진 것 같다.

"그래, 친애하는 수학자 친구, 다행히도, 다행히도, 다행히도! 우리는 하나같이 행복한 산술 도구지…… 자네 같은 수학자 말을 빌리면…… 0에서 무한대까지, 멍청이에서 셰익스피어까지 모두 통합한…… 그래, 맞아!"

이유는 모르겠는데, 정말 엉뚱하게도, 다른 어투가, 그 여자 어투가 떠올랐다. 그 여자와 R이 가느다란 실로 연결된 것 같았다. (이게 뭐지?) $\sqrt{-1}$ 이 다시 꿈틀댔다. 나는 배지를 열었다. 17시 25분 전이다. 두 사람 분홍빛 쿠폰에 남은 시간은 45분이다.

"으음, 이제 가야겠군……"

나는 O에게 키스하고 R과 악수했다. 그리고 승강기가 있는 곳으로 나갔다.

거리에서 맞은편 인도로 건넌 다음에 비로소 뒤를 돌아보았다. 거대한 유리 건물이 햇살을 흠뻑 받아 파란빛이 감도는 회색으로 환히 빛나는 가운데, 곳곳에 불투명한 커튼을 드리웠다…… 규칙적인 사각형, 테일러식 행복이다. 7층에서 R-13 사각형을 찾아본다. 커튼을 내렸다.

친애하는 O…… 친애하는 R…… R에게도 마찬가지로 ('마찬가지'란 단어를 쓴 이유는 모르겠다. 하지만 손이 움직이는 대로 가자) 뭔가 완전히 또렷하지 않은 게 있다. 그렇지만 R과 나와 O, 우리는 삼각형이다. 등변 삼각형은 아닐지언정, 삼각형은 확실하다. 우리 조상이 쓰던 옛말로 한다면 (다른 행성에서 글을 읽을 독자에게는 이게 훨씬 쉬울 수도 있겠다) 우리는 가족이다. 가끔은, 짧은 순간이나마, 단순하고 강인한 삼각형에 깃들어 긴장을 풀고 편히 쉬는 것도 정말 좋다.

아홉 번째 기록

주제: 행사. 약강격(弱強格)과 강약격(強弱格). 무쇠 손.

환하고 웅장한 햇빛. 이런 날이면 약점도 부정확함도 아픔도 모두
잊는다. 모든 게 투명하고 불변이고 영원하다…… 우리 유리처럼.

입방체 광장. 동심원을 그리는 커다란 관람석 66줄. 조용히 빛나는
얼굴 66줄. 눈마다 하늘빛을, 혹은 '한 국가' 빛을 반짝인다. 피 -
빨간 꽃 – 여성들 입술. 행사장 근처 제일 앞줄은 신록처럼 부드러운
어린애들 얼굴. 흠뻑 빠진, 엄숙한, 고딕식 침묵.

우리에게 내려온 기록에 따르면 고대인도 비슷한 식으로 '종교 행
사'를 치렀다. 하지만 고대인은 자기네가 모르는 신을 불합리하게 숭
배했다면, 우리는 우리가 정확히 아는 신을 합리적으로 숭배한다. 고
대인이 신에게 받은 건 영원히 수행하는 고통이 전부며, 그 신은 고대
인에게 이해할 수 없는 이유로 희생하고 헌신하길 강요한 이상이 아니
었다. 하지만 우리는 우리 신에게, '한 국가'에, 희생하고 헌신한다,
차분하고 이성적이고 합리적인 희생과 헌신. 그렇다, 지금은 '한 국가'

에 헌신하고, 끔찍한 고통의 시대를, 200년 전쟁을 추도하고, 하나에 모두가 승리하고, 개체에 전체가 승리한 날을 웅장하고 엄숙하게 기념한다.

하나. 하나가 햇살 가득한 입방체 계단에 선다. 하얀 – 아니, 하얀색 조차 없이 창백한 – 얼굴. 유리 얼굴, 유리 입술. 두 눈만 까만 구멍, 잠시 후에 자신을 제거할 끔찍한 세상을 탐욕스럽게 빨아들인다. 번호가 든 황금색 배지는 이미 빼앗겼다. 두 팔은 보라색 리본으로 묶였다. 고대 전통이다. '한 국가' 이름으로 이러기 전으로, 사형수가 당연히 저항할 거라 판단하고 두 손을 사슬에 묶던 시절로, 아주 오랜 옛날로 거슬러 올라간 전통이 분명하다.

입방체에서 위로 한참 올라가면, 사형 기계 근처에, 우리가 '은혜로운 선생님'이라 부르는 분이 무쇠로 주물을 뜬 듯 꼼짝 않는 형상. 얼굴은 밑에서 자세히 안 보인다. 보이는 거라곤 준엄하고 당당한 정사각형 윤곽이 전부다. 하지만 두 손…… 두 손은 사진으로 자주 보는데, 카메라를 너무 가까이 대고 찍어서 정말 커다랗게 보인다. 그 손이 모든 시선을 끌어모아, 다른 모든 걸 압도한다. 극히 묵직한 두 손이 무릎에 그대로 차분히 있다. 두 손이 돌덩이니, 무릎은 그 무게를 간신히 견디는 게 분명하다.

그런데 거대한 손 하나가 갑자기 천천히, 무쇠를 움직이듯 천천히 올라간다. 손을 올리는 신호에 따라, 계단에서 번호 하나가 입방체로 다가온다. 국가 시인 가운데 하나로, 시를 써서 행사를 찬양하는 제비뽑기 행운을 누리는 거다. 청동 약강격 운율이 관람석 전역에 신성하게 울려 퍼진다, 유리 눈 미친놈에 대해, 미쳐서 날뛴 논리적인 결과만 기다리며 계단에 가만히 선 놈에 대해.

활활 타오르는 불. 약강격 운율에 건물이 흔들리고, 황금빛 액체는 공중으로 솟구치고 무너진다. 생생한 녹색 나무는 말라 비틀어지고 오그라들며 수액을 뚝뚝 떨어뜨려, 남은 건 해골처럼 까맣게 변한 십자가. 하지만 지금은 프로메테우스가, 우리가, 등장한다.

"그는 기계에, 강철에,
불을 집어넣고,
율법이란 사슬로
혼돈을 다스렸도다."

모든 게 새롭고 모든 게 강철이다 - 강철 태양, 강철 나무, 강철 인간. 그러다가 갑자기 미친놈이 "불을 풀어내" 다시 모든 게 파멸한다……

불행히도, 나는 시를 암기하는 능력이 떨어지지만, 이보다 아름답고 이보다 교훈적인 표현은 어디에도 있을 수 없다는 것 하나는 분명히 깨닫는다.

다시 천천히 묵직한 동작, 그러자 두 번째 시인이 입방체 계단에 나타난다. 나는 의자에서 나도 모르게 살짝 일어난다. 이럴 순 없어! 하지만 입술이 두툼하잖아, 친구가 분명해…… 이렇게 대단한 영광을 누린다고 왜 말하지 않았을까? 친구 입술이 떨린다. 입술이 회색이다. '은혜로운 선생님' 앞에, '보호단' 전체 앞에 나서니, 저럴 수도 있겠군. 아무리 그렇다 해도 너무 긴장하는군.

날카롭고 재빠른 강약격 운율…… 도끼로 내려찍는 것 같다. 극악한 범죄에 대해, 감히 '은혜로운 선생님'을 언급하며 신성을 모독한 시에 대해…… 아아, 내 손이 글쓰길 거부한다.

R-13이 아무도 쳐다보지 않고 창백한 얼굴로 의자에 철퍼덕 주저앉

는다. 나는 친구가 그렇게 부끄러워하리라고 조금도 예상을 못 했다. 다른 사람 얼굴이, 까맣고 매섭고 뾰족한 삼각형이 친구 옆으로 갑자기 다가가더니, 순식간에 사라진다. 내 눈이, 수천 쌍 눈이 기계를 올려다본다. 무쇠 손이 세 번째로 움직인다. 보이지 않는 바람에 흔들리며 범죄자가 계단 하나를 천천히, 또 하나를 천천히 오르다, 살아서는 마지막 계단마저 오르고, 마지막 침상에 누워서 얼굴은 하늘에, 머리는 뒤에 기댄다.

'은혜로운 선생님'이 운명처럼 묵직하고 냉혹하게 기계 주변을 거닐다, 거대한 손을 손잡이에 올린다…… 아무런 소리도, 숨 쉬는 소리조차 안 들린다. 모든 눈이 손에 꽂힌다. 그런 기구가 된다면, 수십만 의지가 하나로 모인 결과물이 된다면, 환희가 얼마나 드높고 대단하게 몰아칠까!

무한히 짧은 순간. 손이 밑으로 내려가며 전기 스위치를 켠다. 견딜 수 없이 눈부신 빛줄기가 한 차례 날카롭게 흔들리고, 기계 안 입방체에서 희미한 소리가 난다. 침대에 똑바로 누운 몸뚱이가 빛에 휩싸이며 흐릿하게 빛나다, 수많은 눈이 보는 앞에서 녹는다, 끔찍한 속도로 녹는다. 그러다가 무(無), 화학적으로 순수한 물, 하지만 조금 전까지 심장에서 빨갛게 힘차게 뛰던 거……

과정 자체는 하나같이 기본이니, 누구나 안다. 그래, 물질이 녹은 거다, 그래, 인체가 원자로 분해된 거다. 그런데도 '은혜로운 선생님'이 매번 초인적 능력을 발휘하는 상징처럼, 기적처럼 보인다.

우리 위로, 그분 바로 앞에, 여성 번호 열 명이 잔뜩 흥분해서 입을 벌린 채 빨갛게 달아오른 얼굴로 늘어서고, 꽃은 바람에 흔들린다. (물론, 식물원에서 가져온 꽃. 개인적으로, 나는 꽃을 아름답다고 여기지 않는다. 원시 세계에 속해 '녹색 담벼락' 뒤로 오래전에 추방한 건 무엇이든 마찬가지다. 기계, 신발, 공식, 음식 등, 합리적이고 유용한 것만 아름답다.)

오랜 전통에 따라, 여성 열 명이 '은혜로운 선생님' 제보를, 방울이 튀어서 축축한 제보를 꽃으로 장식한다. 대제사장이 장엄하게 움직이듯, 그분이 천천히 내려와서 관람석 사이를 천천히 걸어간다. 그분 뒤에서 여성들 손이 섬세하게 높이 하얗게 올라가고, 백만 목소리는 일제히 환호하며 폭풍처럼 몰아친다. 그러다가 '보호단'을, 우리와 함께하느라 곳곳에 눈에 안 보이게 존재하는 '보호단' 요원 전체를 존경하며 환호. 고대인이 독특한 상상력을 발휘해 만들어낸, 모든 인간을 지켜준다는, 끔찍하면서 다정한 '수호천사'가 행여나 있다면, 그건 바로 '보호단'이라는 생각이 든다.

그렇다, 고대 종교에는 무언가가, 엄숙한 행사로 태풍처럼 정화하는 무언가가 있다. 이 글을 읽는 여러분에게도 이런 행사가 있는가? 없다면 정말 불쌍한 거다……

열 번째 기록

주제: 편지. 얇은 막. 또 다른 털북숭이 '나'.

어제 하루는 화학자가 불순물을 거르는 여과지 같았다. 부유물은 모두, 불필요한 물질은 여과지로 모두 걸러냈다. 오늘 아침은 모든 걸 투명하게 걸러낸 기분으로 아래층에 내려갔다.

아래층 현관에는 여성 관리인이 책상에 앉아, 번호가 들락거릴 때마다 종이에 기록하며 시계를 힐끗 쳐다본다. 이름은 U…… 번호는 언급하지 않겠다. 속마음이 그대로 튀어나올까 두려우니 말이다. 하지만, 기본적으로, 꽤 존경스러운 중년 여성이다. 내가 싫어하는 건 딱 하나, 축 처진 뺨이 생선 아가미처럼 보인다는 거다. (그런데 이게 왜 신경에 거슬릴까?)

U가 펜을 끄적이고, 나는 종이에 적힌 나를, D-503을, 그리고 옆으로 번진 잉크 얼룩을 본다.

내가 잉크 얼룩을 지적하려고 할 때 U가 고개를 들어서 잉크 얼룩 같은 미소를 뚝뚝 떨어뜨린다.

"편지가 왔어요. 네, 나중에 받을 거예요. 그럼요, 그럼, 확실히 받을 거예요."

편지가 오면 U가 먼저 읽은 다음, '보호단' 사무실을 거쳐(이렇게 자연스러운 절차까지 여러분에게 설명할 필요는 없으리라), 12시 이전에 내 손으로 들어온다는 사실은 잘 안다. 하지만 잉크 얼굴 같은 미소가 신경에 거슬린다. 뚝뚝 떨어지는 잉크 방울이 '나'라는 투명한 용액을 뿌옇게 물들인다. 얼마나 심한지, 나중에 '완전체' 제작 작업에 집중할 수 없을 정도였다. 계산 착오까지 저질렀다. 예전엔 이런 적이 한 번도 없었다.

12시, 다시 분홍빛이 감도는 갈색 아가미, 마침내 편지가 내 손에 들어온다. 지금 생각하면 그 자리에서 안 읽은 이유를 모르겠다. 어쨌든 나는 그걸 주머니에 넣고 방으로 걸음을 재촉했다. 그래서 편지를 꺼내 쭉 읽은 다음, 자리에 앉았다…… I-330이 나에게 등록했으며, 따라서 오늘 21시까지 I-330 방으로 가라는 공식 통지서다. 밑에 주소가 있다.

안 돼! 그렇게 많은 일을 겪었는데, I-330에게 내 감정을 그렇게 솔직하게 드러냈는데! 게다가 I-330은 내가 '보호단' 사무실로 갔는지 조차 모르지 않는가! 내가 아팠다는 사실조차, 그래서 갈 수 없었다는 사실조차 알 방법이 없지 않은가! 그런데도 이렇게……

머릿속에서 발전기가 돌아가며 윙윙댄다. 부처, 노란 비단, 은방울 꽃, 장밋빛 초승달…… 아, 그래, 이것도 O가 오늘 나를 찾아올 예정이다. 그렇다면 I-330과 관련된 통지서를 보여주어야 할까? 모르겠다. O는 안 믿을 게 분명하다. 하기야 어떻게 믿을 수 있겠는가? 나는 통지서와 아무런 상관이 없다는 사실을, 나는 완전히…… 몰상식하고 완벽하게 비논리적인 대화를 힘들게 풀어나가야 할 게 분명하다……

안 돼, 그럴 순 없어. 모든 게 스스로 풀려나가도록 하자. 통지서 복사본을 O에게 보내는 거야. 그래서 통지서를 주머니에 황급히 찔러넣는데…… 원숭이처럼 끔찍한 손이 갑자기 보인다. 당시에, 산책할 때, I-330이 내 손을 잡고 쳐다보던 광경이 떠오른다. 그런데도 이 여자가 정말……

그래도 21시 15분 전은 다가온다. 백야. 세상 만물을 녹색 유리로 만든 것 같다. 하지만 우리 문명과 완전히 다른 유리…… 비현실적으로 얇아서 금방 깨질 것 같은 유리, 뒤에서 무언가 윙윙대며 빠르게 돌아간다…… 나는 조금도 안 놀랄 것 같다, 공회당 둥근 천장이 연기구름처럼 동그랗게 천천히 올라가도, 아침에 중년 여성이 책상에 앉아서 그런 것처럼 늙은 달이 잉크를 뚝뚝 떨구며 웃어도, 모든 집이 커튼을 일제히 내리고 커튼 뒤에서……

이상한 느낌이 든다. 갈비뼈가 쇠막대로 변해서 압박하는, 심장을 또렷하게 압박하는 느낌, 심장이 쿵쾅거릴 공간조차 없는 느낌이다. 나는 황금빛 숫자가, I-330이 있는 유리문 앞에 섰다. 여자는 나에게 등을 보인 채 책상에 앉아서 무언가를 쓴다. 나는 안으로 들어선다. 분홍색 쿠폰을 내민다.

"여기…… 오늘 통지받았습니다, 그래서 왔습니다."

"시간이 정확하군요! 조금만 기다리겠어요? 자리에 앉으세요, 금방 끝낼 테니."

여자가 두 눈을 편지로 다시 돌린다…… 저 여자 머릿속엔, 완벽하게 가린 커튼 뒤엔 무엇이 있을까? 저 여자가 뭐라고 말할까? 잠시 후에 나는 어떻게 해야 할까? 저 속에서, 꿈이라는 고대의 야만적인 영역에서 저 여자 정체를 어떻게 계산하고 어떻게 찾아낼까?

나는 여자를 조용히 바라본다. 갈비뼈가 쇠막대다. 숨을 못 쉬겠다…… 여자가 말할 때, 여자 얼굴이 반짝이며 빠르게 돌아가는 바퀴 같다. 바큇살은 하나도 안 보인다. 하지만 바퀴가 드디어 멈췄다. 이상한 조합이 보인다. 짙은 눈썹은 관자놀이로 솟구쳐 올라, 조롱하듯, 날카로운 삼각형. 그리고 또 하나, 입꼬리 양쪽에서 깊은 주름 두 개가 코로 뾰족하게 올라간다. 삼각형 두 개가 서로를 밀치며 얼굴 전체에 X를 불쾌하고 짜증스럽게 찍는다, 옆으로 기운 십자가처럼. 십자가가 찍힌 얼굴. 바퀴가 돌아가면서 바큇살이 하나로……

"그래, '보호단' 사무실엔 안 가셨나요?"

"안 갔습니다…… 못 갔습니다…… 아팠습니다."

"그렇군요. 그럴 줄 알았습니다. 무언가 당신을 막았겠지요, 그게 무어든. (날카로운 치아, 미소) 하지만 이제 당신은 내 손에 들어왔습니다. 기억하시죠, 24시간 안에 '보호단' 사무실에 보고하지 않은 번호는 누구든……"

심장이 심하게 쿵쾅거려서 쇠막대를 찌그러뜨린다. 멍청하게 잡히다니, 어린애처럼. 그런데도 멍청하게 아무 말도 못 하다니. 함정에 빠져, 손도 발도 꼼짝할 수 없는 느낌이다.

여자가 일어나서 느긋하게 기지개 켠다. 그러더니 단추를 누르자, 커튼이 삐거덕대며 살며시 내려온다. 나는 세상에서 차단됐다. I-330과 단둘이 남았다.

I-330은 내 뒤 어딘가에, 옷장 근처에 있다. 제보가 부스럭거리며 떨어진다. 나는 가만히 듣는다, 신경이 곤두선다. 문득 떠오른다…… 아니다, 1/100초 사이에 반짝한 거다……

최근에 나는 얇은 막으로 새롭게 나온 장비를 도로에 까는 경사각을 가끔 계산한다. (도로마다 완벽하게 숨어들어, 대화 내용을 기록해서 '보호단' 사무실로 그대로 보내는 장비다.) 그래서 움푹 파인 채 떨리는 장밋빛 얇은 막을, 귀를, 단일 기관으로 구성한 이상한 물체를 떠올린다. 지금 이 순간, 나는 얇은 막이다.

목깃을 푸는 찰칵 소리, 가슴 아래로 흐른다. 유리 비단이 바스락대며 어깨를 내려가고 무릎을 내려가다 바닥에 철퍼덕 떨어진다. 눈으로 보는 것보다 또렷하게 듣는 가운데, 파란빛이 감도는 회색 비단 너미에서 한쪽 발을 빼고, 또 한쪽 발을……

얇은 막이 팽팽하게 긴장한 채 부르르 떨며 침묵을 녹음한다. 아니다, 망치는 쇠막대를 매섭게 때리고, 침묵은 끝이 없다. 그러면서 듣는다, 아니, 본다, 여자가 뒤에서 잠시 생각하는 모습을.

지금은…… 옷장 문, 뚜껑을 여는 찰칵 소리…… 그리고 다시 비단, 비단……

"으음, 어떤가요?"

나는 몸을 돌린다. 속이 비치는 고대의 샛노란 드레스 차림이다. 옷을 하나도 안 입은 것보다 수천 배는 잔인하다. 꼭지 두 개가 얇은 비단 사이로 봉긋 치올라 분홍빛으로, 재에 남은 깜부기불 두 개처럼 반짝인다. 동그란 모습이 우아한 무릎……

여인이 나지막한 안락의자에 앉는다. 바로 앞 직사각형 탁자에는 녹색 액체가 악취를 풍기는 병 하나와 목이 기다랗고 조그만 유리잔 두 개. 입술 한쪽 모서리에서 한 줄기 연기…… 고운 종이에 말아서 연기를 태우는 고대 물질(이름은 잊어먹었다).

얇은 막이 아직도 떨린다. 몸속에서 빨갛게 달아오른 쇠막대를 망치가 쿵쿵 때린다. 때릴 때마다 소리는 또렷이 일어나…… 맙소사, 이 소리를 저 여자도 들으면 어떻게 하지?

하지만 I-330은 나를 차분히 바라보며 연기를 차분하게 내뿜고, 재를 아무렇게나 턴다…… 분홍색 쿠폰에.

나는 최대한 차갑게 묻는다.

"아니, 이럴 거라면 나한테 등록한 이유가 뭡니까? 나를 여기까지 억지로 오게 한 이유는 또 뭐고요?"

I-330은 안 듣는 것 같다. 병에서 유리잔으로 액체를 따라 홀짝거린다.

"맛 좋은 술. 당신도 마실래요?"

나는 그걸 이제 비로소 깨닫는다. 알코올. 어제 장면이, '은혜로운 선생님'의 냉혹한 손이, 눈부신 빛줄기가 번쩍이며 벼락처럼 때린다. 저 위 입방체에서 침상에 누워 머리를 뒤로 젖힌 몸뚱이는…… 나는 부르르 떤다. 그리고 말한다.

"이봐요. 자기 몸을 니코틴에 중독시키는 사람은 누구든, 알코올은 더더욱, '한 국가'가 무자비하게 처단한다는 걸 당신도 알잖아요……"

짙은 눈썹이 관자놀이로 높이 올라가, 날카롭게 비웃는 삼각형.

"소수를 재빨리 처단하는 편이 다수를 파멸시키는 편보다 현명하다? 그래서 타락시키는 편보다, 기타 등등? 맞아요…… 꼴사나울 정도로."

"네…… 꼴사나울 정도로."

"그래서 소수가 벌거벗어 진실을 대담하게 드러낸 채 거리로 나서면…… 아니에요, 그냥 상상만…… 으음, 나를 언제나 끊임없이 숭배하는 번호가 있답니다…… 아, 당신도 아는 번호요…… 그 번호가 옷이란 허위를 모두 벗어던지고 진정한 모습으로 거리에 나서는 걸 상상하세요…… 하하!"

여자가 웃는다. 슬픈 삼각형 하단부가, 입 양쪽 모서리에서 코로 올라가며 깊이 파인 주름살 두 개가, 또렷하게 보인다. 왠지 모르겠지만, 주름살 두 개가 나에게 보여준다, 어깨는 굽고 귀는 날개 같고 몸은 S자 사내를, 그래서 꼭 껴안은 모습을, I-330은 지금과 똑같고,

사내는……

하지만 지금 나는 당시에 받은 느낌을, 평소와 다른 느낌을 전달하려고 애쓰는 중이다. 이 글을 쓰는 지금, 나는 모든 게 어쩔 수 없었다는 사실을 완벽하게 자각한다. 정직한 다른 모든 번호와 마찬가지로, 다른 '나'도 즐길 권리가 있다, 그럴 수 없다면 그건 너무 부당하다…… 아, 정말 부당하다.

I-330이 이상하게 오랫동안 웃었다. 그러더니 나를, 내 머릿속을 가만히 쳐다본다.

"하지만 중요한 건 나는 당신이 완벽하게 편하다는 거예요. 당신은 정말 다정해요. 아, 내가 잘 알아요, 당신은 사무실로 가서 내가 술 마시고 담배 피운 걸 고발할 생각은 전혀 안 할 거예요. 아프다는 핑계든, 바쁘다는 핑계든, 어떤 핑계든 대겠지요. 또 하나 확실한 건 당신이 조금 후에 나와 함께 이 훌륭한 독약을 마신다는 거예요……"

뻔뻔하게 조롱하는 어투. 나는 확실히 느꼈다, 지금 나는 I-330을 다시 증오한다는 걸. 하지만 왜 '지금'이지? 처음부터 계속 증오한 거 아닌가?

I-330은 녹색 독약이 든 잔을 입에 모두 털어 넣더니, 벌떡 일어나서 샛노란 투명 너머로 분홍빛을 번뜩이며 걷다…… 내 의자 뒤에 멈춘다.

팔은 갑자기 내 목을 휘감고 입술은 입술로…… 안 돼, 어딘가 깊은 내면에서 훨씬 커다란 공포가 일어난다. 맹세한다, 이건 정말 뜻밖이다, 완전히 기습당했다, 어쩌면 바로 이런 이유 하나 때문에…… 어쨌든, 나는, 이제 비로소 확실히 깨닫는데, 나 자신은 그다음부터 일어난 사태를 갈망하는 성격이 결코 아니었다.

견딜 수 없을 정도로 달콤한 입술(지금 생각하니, '술' 맛 때문에 그런 게 분명하다) - 내 목으로 강하게 흘러드는 독약 한 입, 또 한 입, 또 한 입…… 나는 지구에서 벗어나, 길 잃은 혜성처럼 빙글빙글 돌며 알 수도 없고 계산할 수도 없는 궤도를 따라 내리꽂히고 또 내리꽂히고……

다음부터 일어난 일은 최대한 비슷하게 유추하며 대충 설명할 수밖에 없다.

예전에는 미처 생각을 못 했지만, 정말이지, 지구에 사는 우리는 누구든, 땅속에 숨어 지구 심장부에서 새빨갛게 이글거리며 펄펄 끓어오르는 불꽃 바다 위를 끊임없이 걷는다. 우리 누구도 이걸 생각한 적은 없다. 하지만 우리가 발을 디딘 얇은 지표면이 유리로 변해, 그 밑에서 벌어지는 광경이 우리 눈에 그대로 드러난다면 어떻게 될까? 바로 내가 그런 유리로 변했다. 몸속이 보였다. 내가 둘이었다. 원래 나는 D-503이고, 다른 '나'는…… 예전에는 다른 '나'가 껍질 안에서 털북숭이 손발을 살짝 보여주었는데, 지금은 껍질을 가르고 완전히 튀어나왔다. 껍질이 갈가리 찢겨서 산산이 흩어지기 직전이었다. 그러더니…… 이게 뭔가?

나는 지푸라기라도 움켜잡듯, 온 힘을 다해 의자 팔걸이를 붙잡으며 물었다…… 나 자신이, 다른 '나'가, 옛날 '나'가 듣도록.

"어디에서…… 어디에서 이걸…… 이런 독약을 구했습니까?"

"아, 이거요! 의사가, 나를 추종하는……"

"'당신을 추종하는……?' '당신을 추종하는' 뭐요?"

그런데 갑자기 다른 '나'가 튀어나오며 소리쳤다.

"나는 허락할 수 없소! 나를 제외한 누구도 허락할 수 없소. 누구든 죽여버리겠소…… 누구든…… 왜냐하면 나는…… 왜냐하면 당신은…… 나는……"

나는 보았다, 다른 '나'가 털북숭이 손으로 여자를 거칠게 움켜잡고 비단을 찢고 이로 깨물어…… 이건 기억이 정확하다…… 다른 '나'가 이로……

어떻게 그랬는지 모르겠지만, I-330은 가볍게 빠져나갔다. 그러더니 - 두 눈에 지랄 맞을 커튼을 짙게 드리우고 - 등을 옷장에 기댄 채 내 동작을 귀로 가만히 들었다.

기억이 또렷하다 - 나는 바닥에 엎드려 I-330 다리를 껴안고 무릎에 뽀뽀하며 애원했다.

"지금, 지금 당장, 당장……"

날카로운 이, 날카롭게 비웃는 삼각형 눈썹. I-330이 허리를 숙여서 내 배지를 말없이 뺐다.

"그래요! 그래, 내 사랑, 내 사랑."

나는 내 제보를 급히 벗어던졌다. 하지만 I-330은 내 배지에 달린 시계를 말없이 보여주었다. 22시 반으로 치닫기 5분 전.

나는 차갑게 변했다. 22시 반 이후에 거리에서 잡히면 어떻게 되는지 뻔하다. 광기는 바람처럼 빠져나갔다. 나 자신으로 돌아왔다. 그런 나에게 분명한 건 딱 하나, 나는 I-330을 증오한다, I-330을 증오한다, I-330을 증오한다!

작별인사도 없이 뒤도 안 돌아본 채 밖으로 뛰쳐나갔다. 계속 달리면서 배지를 황급히 달고, 승강기에서 누구든 마주칠까 두려워, 비상통로 계단을 건너뛰며 달려, 텅 빈 거리로 뛰쳐나갔다.

모든 게 제자리에 그대로 있었다. 너무 단순하고 평범하고 정상이었다. 유리 주택마다 빛이 반짝이고, 유리 하늘은 창백하고, 밤은 꼼짝도 않는 녹색이었다. 하지만 내 몸은 차갑고 차분한 유리 안에서 피가 마구 들끓었다, 새빨갛게, 털북숭이로, 소리 없이 들끓었다. 나는 마구 달렸다, 숨을 헐떡이며, 안 늦도록.

급하게 끼운 배지가 느슨하게 변하는 느낌과 동시에 미끄러지며 인도 유리 판석에 쨍그랑 떨어졌다. 주우려고 허리를 숙이는데, 순간적으로 정적이 깔리더니, 뒤에서 뚜벅뚜벅 다가오는 소리가 들렸다. 고개를 돌렸다. 뭔가 어깨가 굽은 조그만 물체가 모서리 너머에서 조용히 사라졌다. 최소한 당시에는 그렇게 보였다.

나는 전속력으로 달리고, 공기는 왱왱대며 귀 끝을 스쳤다. 입구에서 멈췄다. 시계는 22시 반 1분 전을 가리켰다. 귀를 가만히 기울였다⋯⋯ 뒤에 아무도 없다. 터무니없는 환상이, 독약 효과가 분명했다.

그날 밤은 고문이었다. 몸을 누인 침대가 둥둥 떠서 사인곡선[10]을 그리며 밑에서 올라오다 내려가고 다시 올라오길 되풀이했다. 나는 나 자신에게 따졌다, 모든 번호는 밤에 잠자야 한다, 이건 의무다, 낮에는 일하는 게 의무인 것처럼. 밤에 안 자는 건 범죄다⋯⋯ 그래도 잠잘 수 없었다.

나는 죽어가는 중이다. 나는 '한 국가'에 대한 의무를 다할 수 없다⋯⋯ 나는⋯⋯

---

10) 좌표평면에서 주기적으로 오르내리는 그래프

열한 번째 기록

주제: 안 돼, 그럴 수 없어, 그냥 쓰는 거야, 아무런 계획 없이

초저녁. 희미한 안개. 하늘은 뿌연 황금빛 장막 뒤에 숨어서 그 너머를, 그 뒤를 볼 수 없다. 고대인은 그 너머에 신이 – 정말 거대한, 따분한 허구가 – 있다고 믿었다. 거기에 있는 건 아무것도 없이 벌거벗은 새파란 하늘이 전부라는 사실을 우리는 잘 안다. 하지만 이제 나는 거기에 뭐가 있는지 모른다. 지금까지 너무나 많은 걸 배웠다. 지식은, 완벽하게 옳다고 확신하는, 신앙이다. 나는 나 자신을 확고하게 믿었다. 나 자신은 모든 걸 안다고 확신했다. 그런데 지금은……

거울 앞에 선다. 생전 처음으로 – 그래, 처음으로 – 나 자신을 또렷하고 분명하게 의식적으로 바라본다. 놀랍게도 나 자신이 '그'로 보인다. 내가 – '그'가 – 보인다. 까만 눈썹은 직선이 또렷하고, 그 사이에 흉터처럼, 수직으로 일어선 주름 하나(원래 거기에 있었는지 아닌지 모르겠다). 푸른빛을 띤 회색 눈동자, 잠 못 이룬 밤이 동그랗게 그늘졌다. 거기에, 회색 눈동자 뒤에…… 거기에 무엇이 있는지 지금껏 몰랐

71

다. 그런데 '거기'에서 ('거기'는 '여기'도 되고 '무한히 먼 곳'도 된다) 나 자신을 - '그'를 - 본다. 그리고 깨닫는다. '그'는 일자 눈썹으로, 낯선 이방인이다, 생전 처음 마주치는 인물이다. 그리고 나는, 진짜 나는, '그'가 아니다.

아니다. 마침표. 말도 안 된다. 이건 완벽한 정신착란이다, 어제 중독돼서 그런 거다…… 무슨 중독? 녹색 독약 한 모금, 아니면 그 여자? 아무래도 상관없다. 지금 이 글을 쓰는 이유는 인간의 이성이라는 게 혼돈과 무질서에 얼마나 이상하고 예민하고 정확하게 빠져들수 있는지 보여주려는 것뿐이다. 무한대조차 만들어낸 이성이, 고대인이 그렇게 두려워하던 이성이, 고대인이 받아들여……

신호기가 째깍 소리를 낸다. R-13이다. 들어오게 한다. 사실, 기쁘다. 혼자 있기에 지금은 너무 힘들다.

20분 후.

종이 평면에서, 이차원 세계에서, 글줄이 쭉쭉 나아간다. 하지만 다른 세계에서 글줄은…… 숫자 감각이 사라진다. 20분은 200일 수도 200,000일 수도 있다. 나와 R 사이에 지금 막 일어난 일을 차분한, 신중한, 조심스럽게 선택한 단어로 쓴다는 게 정말 이상하게 다가온다. 자기 침대 옆 안락의자에 앉아서 다리를 꼰 채, 침대에서 몸부림치는 자신을 흥미진진하게 바라보는 것 같다.

R-13이 들어올 때, 나는 완벽하게 차분하고 정상이었다. 사형 판결을 시로 훌륭하게 표현한 걸 진심으로 칭찬하며, 자네가 발표한 강약격은 미친놈을 완전히 까부수고 깔아뭉개는 효과가 정말 탁월했다고 말했다.

"'은혜로운 선생님'이 사형 기계 설계도를 나한테 그리라고 요청한다면, 자네가 발표한 시를 설계도에 어떻게든 집어넣었을 거라는 말조차 하고 싶어.”

내가 결론 내렸다. 그와 동시에 R 눈에서 광택이 사라지고 입술은 하얗게 질리는 걸 느꼈다.

“왜 그래?”

“왜, 왜! 아…… 아, 그냥 피곤해서 그래. 만나는 사람마다 판결문 얘기만 꺼내잖아. 판결문 얘기는 이제 듣고 싶지 않아. 듣고 싶지 않다고!”

R이 눈살을 찌그리며 머리 뒤통수를, 내가 이해할 수 없는 낯선 생각으로 가득한 조그만 상자를 긁었다. 침묵. 그러다 R이 조그만 상자에서 무언가를 찾아, 밖으로 꺼내서 펼쳤다. 두 눈에 웃음을 번뜩이며 벌떡 일어나서 말했다.

“자네 ‘완전체’만 아니라면 나는 다른 글을…… 내용은…… 그래, 정말 대단한 글이 나왔을 거야!”

원래 R이 다시 나왔다, 두툼한 입술을 푹푹 튀기며 말과 침을 뿜어 대는 분수.

“자네도 알다시피(‘피’는 분수다)…… 낙원에 대한 고대 전설은…… 으음, 우리를, 오늘을, 말하는 거야. 그래! 생각해봐. 낙원에서 선택할 수 있는 건 두 개 가운데 하나야, 자유 없는 행복이냐 행복 없는 자유냐. 세 번째 대안은 없어. 멍청한 놈들은 자유를 선택하고, 그래서 어떻게 되었나? 결국엔 사슬에 얽매이는 걸 갈망했잖아. 사슬에 얽매이는 거 – 무슨 말인지 알아들어? 바로 그것 때문에 세상살이가 슬펐던 거라고 오랜 세월 동안! 그런데 우리 때 비로소 행복을 되찾는 방법을 깨달은 거야…… 아니, 조금 더 들어! 우리는 고대 신과 똑같은 자리에 나란히 앉은 거야. 그래! 지금까지 우리는 신이 악마를 궁극적으로 몰아내도록 도왔어. 인간을 유혹해서 금단의 영역을 벗어나 파괴적인 자유를 맛보게 한 건 악마였거든, 사악한 뱀. 그래서 우리는 조그만 머리를 발로 짓밟는 거야, 그래서 짓이기는 거야! 이제 모든 게 훌륭해······ 낙원을 다시 누리거든. 우리는 아담과 이브처럼 순결하고 순진해. 선과 악이 더는 혼란스럽지 않아. 모든 게 단순해······ 하늘처럼, 어린애처럼 단순해. '은혜로운 선생님', 사형 기계, 입방체, 가스 종, '보호단' - 모든 게 훌륭해, 모든 게 선하고 숭고하고 웅장하고 고귀하고 고결하고 순수해. 자유를 앗아가고, 그래서 행복을 지켜주기 때문이야. 고대인이라면 이리저리 떠들어대고 이런저런 생각을 하며 자기네 머리를 깨뜨렸을 거야····· 윤리적이다, 비윤리적이다 떠들면서. 그래, 어때? 한 마디로, 낙원을 이렇게 노래하는 시, 엉? 당연히, 진지한 어조로····· 무슨 말인지 알아듣나? 정말 대단하지, 엉?"

알아듣느냐고? 정말 대단했다. '얼굴은 비대칭으로 아주 못생겼는데, 정신은 정말 대단하고 정교하다'고 생각한 기억마저 난다. 바로 이게 내가 R과 가까이 지내는 이유다, 진짜 '나'가. (나는 아직도 원래 '나'가 진짜 '나'라고 생각한다. 물론, 오늘 이러는 건 내가 아프기 때문이다.)

이런 생각을 R은 내 얼굴에서 읽은 게 분명했다. 그래서 내 어깨에 한쪽 팔을 얹으며 폭소를 터트렸다.

"아, 자네····· 아담! 그렇다면 당연히 이브도 있어야······"

R이 주머니를 뒤지다 수첩 하나를 꺼내서 종이를 넘긴다.

"내일모레····· 아니, 이틀 후에, O가 분홍색 쿠폰을 들고 자네를 찾아올 거야. 거기에 관해 자네 느낌은 어떤가? 예전과 똑같은가? 자네는 O가 그러길 바라······"

"물론, 당연하지."

"내가 O에게 그렇게 말하겠네. O는 살짝 수줍어하거든. 정말 대단

해! 나한테 그건, 자네도 알다시피, 분홍색 쿠폰에 불과하지만, 자네한
텐…… 그런데 O는 우리 삼각관계 속으로 파고든 네 번째 인물이 있다
는데, 그게 누구인진 도무지 말하질 않아. 어서 털어놓게, 나쁜 친구야,
그게 누군가? 누구야?"

몸속에서 커튼이 올라간다…… 부스럭대는 비단, 녹색 병, 입술……
부질없이, 어이없게, 말이 불쑥 튀어나간다(내가 조금만 더 자제했더
라면!).

"자네는 니코틴이나 알코올을 맛본 적 있나?"[11]

R이 입술을 굳게 다물고 곁눈질로 쳐다본다. 머릿속 생각이 또렷하
게 들린다. 그래, 자네는 친구야…… 그렇다 하더라도…… 그러더니
불쑥 반문한다.

"으음, 내가 그걸 어떻게 맛보겠나? 그런 적 없네. 하지만 내가 아는
여자 한 명은……"

"I-330."

내가 소리쳤다.

"그렇다면…… 자네…… 자네도? 그 여자랑?"

R이 가득한 웃음을 꾹 눌러 참는 게, 금방이라도 분수로 변할 것
같다.

거울이 벽에 묘하게 걸려서 탁자 건너편으로 가야 내가 보인다.
여기에서는, 의자에서는, 이마와 눈썹만 보인다.

그래서 지금 나는 – 진짜 나는 – 거울에서 눈썹이 툭 튀어나오며
뒤틀린 걸 보고, 불쾌해서 거칠게 내뱉는 소리도 들었다.

"'나도'? '나도'라니, 무슨 뜻인가? 어서 대답하라고!"

---

11) 네 번째 인물은 I-330이다. 주인공이 물은 건 R이 I를 아는지 확인하려는 욕구,
　　I에 대한 독점욕 때문이다.

두툼한 입술이 벌어지고 두 눈이 휘둥그레 변했다. 그러자 나는 - 진짜 나는 - 숨을 거칠게 몰아쉬는 털북숭이 나를, 그 목덜미를 움켜잡았다. 그리고 R에게 사과했다.

"용서하게, 제발. 나는 몹시 아파, 잠을 잘 수 없어. 지금 나한테 도대체 무슨 일이 일어나는 건지 모르겠어……"

두툼한 입술에 미소가 스친다.

"그래, 그래! 충분히 이해하네, 충분히 이해해! 나도 다 겪었어…… 당연히, 이론적으로. 잘 있게!"

문가에서 R이 돌아서더니, 까맣고 조그만 공처럼 통통 튀면서 돌아와, 탁자에 책을 한 권 던진다.

"최근 거…… 자네 주려고 가져왔는데…… 깜박 잊을 뻔했네. 잘 있게……"

'게'는 나에게 침을 뿌리고, R은 공이 구르듯 밖으로 나간다.

지금 나는 혼자다. 아니, 다른 '나'와 단둘이다. 나는 의자에 앉아서 다리를 꼰 채 멀찌감치 떨어져, 내가 - 나 자신이 - 침대에서 몸부림치는 모습을 흥미진진하게 바라본다.

O와 R과 나는 지난 삼 년 동안 따뜻한 우정을 나눴는데, 어째서, 어째서, 다른 여자에 대해, I-330에 대해 한 마디만 나와도…… 사랑이나 질투니 하는 미친 짓은 멍청한 고대 서적에만 존재하는 게 아니란 말인가? 게다가 내가…… 방정식, 공식, 숫자, 그리고…… 이것까지 생각하다니! 무엇 하나…… 무엇 하나도…… 모르겠다…… 내일 R에게 가서 말해……

아니다, 사실이 아니다, 가지 않겠다. 내일도, 모레도…… 결단코 안 가겠다. R을 볼 수도 없고, 보고 싶지도 않다. 이제 끝이다! 우리 삼각형은 깨졌다.

나는 혼자다. 초저녁. 희미한 안개. 하늘은 뿌연 황금빛 장막 뒤에 숨었다. 그 너머에, 그 뒤에 무엇이 있는지 알 수만 있다면! 내가 누군지, 내가 어떤 모습인지 알 수만 있다면?

열두 번째 기록

주제: 무한대를 제한. 천사. 시에 대한 명상.

나는 끊임없이 느낀다, 회복할 거라고, 회복할 수 있다고. 잠은 참 잘 잤다. 꿈은 조금도 안 꾸고 음침한 징후도 없었다.

내일, 친애하는 O가 찾아오고, 그러면 모든 게 동그라미처럼 담백하고 올바르게 제한될 것이다. 나는 '제한'이란 단어가 두렵지 않다. 인간에게 가장 바람직한 능력은, 이성은, 무한대를 제한하고 조각으로 쪼개서, 즉, 미분해서, 쉽고 편하게 처리하는 것이다. 바로 여기에서 내 영역이, 수학이, 신성하고 아름답게 빛난다. 다른 여자 I-330에게 부족한 건 바로 이런 아름다움을 모른다는 거다. 하지만, 이건 우연히 스치는 것, 특별한 생각 없이 나타나는 것이다.

이렇게 생각한 건 지하철 바퀴가 규칙적으로 정확하게 철커덕거릴 때다. 나는 바퀴 리듬과 R이 쓴 시를(R이 어제 건넨 시집을) 조용히 읽었다. 그러다가 누군가 뒤에서 어깨너머로 고개를 조심스레 내밀며 책장을 살핀다는 걸 느꼈다. 나는 고개를 안 돌리고 한쪽 눈 끝으로 가만히 살폈다. 분홍색 날개처럼 커다란 귀, 이중으로 굽은…… 그 사내다! 사내를 자극하고 싶지 않아, 나는 못 본 척했다. 지금 생각해도 사내가 바로 뒤까지 어떻게 왔는지 모르겠다. 내가 객차에 올라탈 때만 해도 사내는 없었는데 말이다.

극히 사소한 사건이지만, 나에겐 상당히 유쾌한 효과를 발휘했다. 힘이 생겼으니 말이다. 부단히 경계하는 눈초리가 끊임없이 바라보며 사소한 실수도 저지르지 않도록 사랑스럽게 지켜준다는 게 얼마나 좋은가! 약간은 감상적일 수도 있는데, 비슷한 대상이 마음에 떠오른다…… 고대인이 갈망하던 수호천사. 수없이 갈망했으나, 꿈을 이룬 고대인은 과연 얼마나 되겠는가!

등 뒤로 수호천사를 느끼는 순간, 나는 '행복'이라고 제목 붙인 시를 감상하던 중이었다. 깊은 사색이 묻어나오는, 드물게 아름다운 시라고 말해도 틀리지 않을 것 같았다. 처음 네 줄은 이렇다.

영원히 사랑하리, 둘 곱하기 둘.
뜨거운 넷으로 영원히 결합하리,
세상에서 가장 열렬한 연인으로
떨어질 수 없는 둘 곱하기 둘로

이런 내용이 쭉 이어진다, 지혜롭고 영원한 행복을 구구단으로 노래하는.

진정한 시인은 누구든 콜럼버스일 수밖에 없다. 아메리카 대륙은 콜럼버스가 나타나기 오래전부터 존재했으나, 그걸 발견한 사람은 콜럼버스밖에 없다. 구구단은 R-13이 나타나기 오래전부터 존재했으나, 숫자라는 처녀림에서 엘도라도를 새롭게 발견한 사람은 R-13밖에 없다. 이렇게 기적 같은 세상보다 더 지혜롭고 더 맑은 행복이 과연 어디에 있겠는가?

쇠는 녹슨다. 고대 신은 고대인을 오류로 이끌었다. 이건 신이 실수한 거다. 구구단은 고대 신보다 지혜롭고 완전무결하다. 여러분은 이 말이 무슨 뜻인지 알겠는가? 구구단은 절대로 실수하지 않는다. 따라서 조화롭고 영원한 구구단 법칙에 따라서 살아가는 번호처럼 행복한 번호는 없다. 망설이지도 않고 잘못하지도 않는다. 오로지 진실만, 오로지 진정한 길만 있다. 진실은 '둘 곱하기 둘'이고 진정한 길은 '넷'이다. 이상적으로 행복하게 곱한 '둘'이 말도 안 되는 자유를 떠올린다면, 그래서 확실한 실수를 저지른다면 너무나 어리석은 거 아니겠는가? 나는 확신한다, R-13이 마침내 깨달은 건 가장 근본적이고 가장⋯⋯

여기에서 나는 ― 처음에는 뒤통수로, 다음에는 왼쪽 귓불로 ― 따뜻하고 섬세한 수호천사 입김을 다시 느낀다. 내 무릎에 올린 책은 이제 닫히고 내 생각은 멀리 떠났다는 사실을 수호천사도 알아챈 게 분명하다. 아아, 그때 그 자리에서, 나는 마음의 책장을 활짝 열어서 내보일 준비를 다 했다. 내 마음은 한없이 고요하며 한없이 기뻤기 때문이다. 그래서 고개를 돌려 간절하게 애원하는 시선으로 쳐다보는데, 상대는 이해를 못 하거나 이해하고 싶지 않았는지, 나에게 아무것도 안 물은 기억이 난다. 이제 남은 건 딱 하나, 여러분에게, 미지의 독자에게, 모든 걸 털어놓는 거다. (지금 이 순간, 여러분은 당시에 그 사내가 나에게 그런 만큼이나 소중하고 가까운, 하지만 도저히 접근할 수 없는 존재다.)

내가 떠올린 명상은 부분에서 전체로 나아갔다. 부분은 R-13, 전체는 '국립 시인 작가 협회'다. 고대인은 자기네 문학과 시가 완전히 엉터리라는 사실을 한 번도 못 깨달았다는 사실이 나로선 정말 이상할 뿐이다. 이들은 문학적인 표현에 담긴 거대하고 장엄한 힘을 완벽하게 낭비했다. 정말 어이가 없다 - 모든 작가가 글을 마음대로 쓰다니. 고대인은 바다가 하루 24시간 내내 해안만 멍청하게 때리게 했다는, 파도에 깃든 엄청난 에너지를 오로지 연인들 감정을 끌어 올리는 데만 사용했다는 사실만큼이나 어리석고 엉뚱하지 않을 수 없다. 하지만 우리는 요염하게 속삭이는 파도에서 전기를 잡아낸다. 거품만 뱉어내는 잔인한 야수를 가축으로 길들인 것이다. 이런 식으로 우리는 야수 같이 날뛰던 시에 굴레를 씌워서 길들였다. 오늘날, 시는 건방지게 아무렇게나 지저귀는 종달새가 아니다. 시는 공익에 봉사한다. 시는 유익하다.

그 유명한 '수학 2행 연구 시'[12]를 예로 들자. 이런 시가 없다면 과연 우리는 학교에서 수학 사칙연산을 부드럽고 진지하게 사랑하는 법을 배울 수 있었을까? '가시'를 가장 바람직한 느낌으로, '보호단'을 장미에 달린 가시로, 그래서 국가라는 섬세한 꽃에 벌레가 달라붙는 걸 차단하는 보호자로……? 어린애가 순진무구한 입술로 다음과 같은 시를 기도처럼 암송할 때, 돌처럼 딱딱한 심장이라도 감동하지 않을 수 있을까?

나쁜 아이가 장미 냄새를 버릇없이 킁킁댔다.
그 코를 강철 같은 가시가 찔렀다.
나쁜 아이는 "아야, 아야" 울었다.
그러면서 최대한 빨리 도망쳤다.

'은혜로운 선생님'에게 매일 바치는 송시는 또 어떤가? 그 내용을

---

12) 운율에 맞춰 2행으로 계속 써내려간 시.

읽고서 '가장 탁월한 번호'가 이타적으로 노심초사하는 모습에 경건하게 허리 숙이지 않을 번호가 누구겠는가? '사형 선고받은 빨간 꽃'이라는 놀라운 시는 또 어떤가? '작업에 늦은 자'라는 영원한 비극은? '성위생학 지침서 연작시'는?

황금 같은 표현은 하나같이 복잡하면서도 아름답게, 우리 인생살이를 영원하게 담아냈다.

우리 시인은 이제 높은 하늘로 솟구치지 않는다. 이들은 지상으로 모두 내려왔다. 음악 나무에서 기계적으로 엄숙하게 흘러나오는 행진곡에 발맞춰 우리랑 나란히 걷는다. 이들이 쓰는 서정시는 아침마다 전동칫솔이 돌아가는 소리며, '은혜로운 선생님' 사형 기계가 불꽃을 일으키며 섬뜩하게 짓이기는 소리며, 애국가가 장엄하게 울려 퍼지는 소리며, 결정체로 반짝이는 변기에 소변이 떨어지는 소리며, 커튼이 부스럭 떨어지는 흥미진진한 소리며, 최근에 나온 요리책이 흥겹게 말하는 소리며, 거리마다 얇은 막이 엿듣고 속삭이는 소리다.

우리 신은 여기에, 지상에, 우리 곁에 있다 - '보호단' 사무실에, 주방에, 작업장에, 화장실에. 우리 신은 우리가 되었다. 그러므로, 우리는 신이 되었다. 이제 우리는 머나먼 행성으로 여러분을, 미지의 독자를 찾아가, 여러분 역시 우리처럼 신성하고 합리적으로 정확하게 살아가도록 만들 것이다.

열세 번째 기록

주제: 안개. 그대. 턱없이 엉뚱한 사건.

새벽에 깼다. 장밋빛 하늘이 내 시선을 단단하게 받아들인다. 모든 게 아름답게 둥글다. 초저녁엔 O가 찾아올 예정이다. 나는 완벽하게 건강한 느낌이다. 그래서 빙그레 웃곤 깊은 잠에 다시 빠져든다.

아침 종소리. 잠자리에서 일어난다. 그런데 지금은 주변이 완전히 다르게 보인다. 유리 천장과 유리 벽 너머로 사방이 짙은 안개다. 안개가 미쳐서 훨씬 무겁고 훨씬 가볍다. 하늘과 땅 사이에 경계선이 없다. 모든 게 날아다니고 녹아들고 떨어진다, 잡을 수 있는 게 하나도 없다. 주택도 없다. 유리 벽이 물속에 녹아드는 소금 결정체처럼 안개에 녹아든다. 거리에서 보니, 주택 안쪽으로 까만 물체가 탁하고 섬찟한 용액에 떠다니는 입자처럼, 일부는 낮게 걸리고 일부는 조금 높게 걸리고 일부는 더 높게 걸리며 10층 높이로 올라간다. 모든 게 소용돌이치는 연기 같다, 조용히 무섭게 타오르는 불길 속에서.

정확히 11시 45분. 나는 시계를 천천히 바라본다, 숫자를, 확실하고 안전한 숫자를 파악하려고.

11시 45분에는 시간표가 규정한 육체노동을 하러 가기 전에 평소처럼 내 방에 잠시 들른다. 갑자기 전화벨이 울린다. 목소리…… 기다란 바늘이 심장을 천천히 파고든다.

"아, 집에 있나요? 다행이에요. 모퉁이에서 기다리세요. 저와 함께 가요…… 가보면 알아요."

"지금 내가 일하러 가야 한다는 건 당신도 잘 알잖아요."

"내가 아는 건 당신은 내가 시킨 대로 한다는 거예요. 이따 봐요. 2분 뒤에……"

2분 뒤에 나는 모퉁이로 다가간다. 어차피, 나를 지배하는 건 '한국가'지 그 여자가 아니란 사실을 증명해야 한다. "당신은 내가 시킨 대로 한다……" 여자는 확신이 가득했다. 목소리에서 느낄 수 있다. 으음, 내 입으로 여자에게 단단히 말해야 한다.

회색 제보가 거칠고 축축한 안개를 옷처럼 걸치며 다가오다 옆을 스치더니 안개 속으로 황급히 녹아든다. 나는 시계를 본다. 나는 몸뚱이 전체가 날카롭게 떨리는 초침이다. 8분, 10분……12시 3분 전, 2분 전……

끝났다. 이제 일터에 완전히 늦었다. 여자를 증오한다. 하지만 여자에게 입증해야 한다……

모서리에서 하얀 안개 사이로 피가, 칼날처럼 날카로운 자국이, 입술이 나타난다.

"나 때문에 당신이 늦겠군요. 하지만 어차피 마찬가지예요. 지금 가도 너무 늦었으니까."

나는 저 여자를…… 하지만 여자 말이 옳다, 너무 늦었다.

여자 입술을 가만히 바라본다. 여자는 하나같이 입술, 입술밖에 없다. 분홍빛 단단한 고리, 온 세상이 공격해도 부드럽게 막는 동그라미. 하지만 1초 전만 해도 없더니, 지금은 칼날 자국, 달콤한 피가 뚝뚝 떨어질 것 같다.

여자가 가까이 다가와서 어깨에 기댄다. 우리는 하나가 되고, 여자 입에서 내 입으로 무언가 흐른다. 너무나 당연한 절차다. 신경 하나하나, 머리칼 한 올 한 올, 심장 박동 하나하나가 그걸 안다. '너무나 당연한 절차'에 따르는 느낌이 좋다. 쇳조각도 자석에 끌리는 불가피한 원리에 정확히 순응할 때 이런 기분을 느낄 게 분명하다. 돌이 공중으로 솟구쳐서 잠시 망설이다 바닥으로 곤두박질칠 때도. 인간이 마지막 고통을 겪고서 마지막 숨을 들이마시며 죽어갈 때도.

내가 멍하게 웃으면서 별다른 이유도 없이 말한 기억이 난다.

"안개…… 너무 짙어서……"

"당신은 안개를 좋아하세요?"

여자는 오래전에 사라진 고대 표현 '그대'를, 주인이 노예를 부르던 '그대'를 사용했다.[13] 그 표현이 머릿속으로 천천히 매섭게 파고든다. 그래, 나는 노예다, 노예라도 좋다.

"그래, 좋다……"

나는 속으로 소리쳤다. 그러고 나서 여자에게 말했다.

"나는 안개를 싫어합니다. 나는 안개가 무섭습니다."

"그건 당신이 안개를 사랑한다는 뜻이에요. 당신이 두려워하는 건 안개가 당신보다 강하기 때문이에요. 당신이 싫어하는 건 안개가 두렵기 때문이에요. 당신이 사랑하는 건 안개를 마음대로 정복할 수 없기 때문이에요. 정복할 수 없는 것만 사랑받는 법이죠."

---

13) 여자는 '당신'이라고 했지만, 주인공은 '그대'로 듣고 자신을 노예로 규정한다. 모든 걸 통제하는 사회에서 벗어나고픈 무의식을 상징한다.

그래, 사실이다. 바로 이것 때문에, 바로 이것 때문에 나도……

우리는 걸었다, 둘이 하나로. 안개 너머 멀리서 태양은 들릴락 말락 노래하고, 주변은 단단하게 가득 들어찼다, 진주와 황금과 장미와 빨강으로. 온 세상은 정복할 수 없는 여성이고, 우리는 그 자궁에 들어가서 즐겁게 노닌다. 태양도 안개도 장미도 황금도 모두 축복한다는 느낌이 강력하게 몰려든다……

나는 어디로 가느냐고 안 물었다. 아무래도 상관없었다. 중요한 건 걷고 또 걸으며 자궁 속에 더욱더 단단히 들어차는 거다……

"여기에요."

I-330이 문 앞에서 멈춘다.

"내가 고대관에서 말한 사람이 오늘 여기에 근무해요."

내 안에서 움트는 걸 지키며, 멀리서, 오로지 두 눈으로 간판을 읽는다. '보건소'. 이해가 됐다.

황금빛 안개로 가득한 유리 공간. 유리 천장, 색깔이 다양한 유리병과 단지. 전선. 유리관에서 파랗게 이는 불꽃.

조그맣고 깡마른 사내. 몸뚱이를 종이에서 잘라낸 것 같아, 어느 쪽으로 돌아도 날카롭게 깎인 옆면만 보인다. 코는 날카로운 칼날이고 입술은 가위다.

나는 I-330이 사내에게 하는 말을 안 듣는다. I-330이 말하는 모습을 바라보며 정신없이 황홀하게 웃는 나 자신만 느낀다. 가위 입술이 번쩍이며 의사가 말한다.

"그래요, 그래. 이해합니다. 가장 위험한 질병이죠. 그보다 위험한 질병은 없으니까요……"

의사가 웃다가 얇디얇은 종이 손으로 무언가를 빠르게 써서 I-330에게 건네더니, 또 한 장을 써서 나에게 건넨다.

의사가 건넨 건 우리가 아파서 일터로 일하러 갈 수 없다는 진단서다. '한 국가'에서 내가 일할 몫을 훔치는 거다. 나는 도적이다. '은혜로운 선생님' 사형 기계 밑으로 들어가는 내가 보인다. 하지만 모든 게 책에 나오는 딴 세상 같다…… 나는 조금도 망설이지 않고 진단서 종이를 받는다. 나는 – 내 몸뚱이 전부는, 내 눈은, 입술은, 손은 – 어쩔 수 없다는 걸 안다.

모서리, 거의 텅 빈 격납고에서 우리는 비행기에 탄다. I-330이 처음에 그런 것처럼 이번에도 조종석에 앉아, 시동장치 스위치를 '전진'으로 돌린다. 우리는 지상을 벗어나 멀리 날아간다. 모든 게 뒤로 물러난다, 장밋빛 황금색 안개도, 태양도, 칼날처럼 예리한 의사 옆모습도. 예전에는 모든 게 태양을 중심으로 돌았다. 이제 나는 안다 – 모든 게 나를 중심으로 돈다 – 두 눈을 천천히 황홀하게 꼭 감은 채……

고대관 입구에 노파가 있다. 다정한 입은 주름살이 가득한 채 오므라들었다. 지난 며칠 동안 한 번도 열지 않은 게 분명한 입이 이제 비로소 웃으며 열린다.

"아아, 장난꾸러기 녀석들! 다른 사람처럼 일은 않고…… 아, 좋아, 들어가, 들어가! 문제가 생기면 내가 알려줄게……"

묵직하고 투명한 문이 삐걱거리며 닫히는 순간, 나는 심장이 열린다, 고통스럽게 활짝, 더 활짝, 더 활짝. I-330 입술은 내 거다. 마시고 또 마신다. 그리고 떨어져, 나를 바라보는 동그란 눈을 가만히 바라보다, 다시……

실내에 희미한 빛, 파란색, 짙은 노란색, 짙은 녹색 가죽, 황금빛으로 웃는 부처상, 반짝이는 거울. 꿈에서 본 내용이 너무나 쉽게 이해된다…… 무엇이든 황금빛 분홍색 액체가 가득해, 금방이라도 넘쳐흐를 것 같다……

모두 무르익었다. 쇳조각이 자석에 달라붙듯, 변하지 않는 구체적인 법칙에 감미롭게 복종해, 나는 I-330 몸속으로 모든 걸 퍼붓는다. 분홍색 쿠폰도 없고, 시간 계산도 없고, '한 국가'도 없고, 심지어 나 자신도 없다. 부드러우면서도 매섭게 앙다문 이와 나를 쳐다보는 황금 눈만 있다. 그래서 나는 그 사이로 천천히, 깊이, 더 깊이 빨려든다. 그리고 침묵. 모서리 세면대에서, 수천 킬로미터 떨어진 거리에서, 물방울만 떨어진다. 나는 우주고, 한 방울과 또 한 방울 사이에는 천년 세월이 깃든다······

나는 제보를 입으며 허리를 숙여서 내 눈에 I-330을 마지막으로 들이켠다.

"나는 알았어요······ 나는 알았어요, 당신이······"

I-330이 말하는 게 간신히 들린다.

I-330이 재빨리 일어나서 제보를 입고, 특유의 매섭게 깨무는 미소를 머금는다.

"아, 타락한 천사여. 당신은 이제 끝났어요. 무섭지 않나요? 그럼, 잘 가요! 당신 혼자 먼저 돌아가세요."

I-330이 옷장 거울 문을 열더니, 어깨너머로 돌아보며 기다린다. 나는 순순히 나간다. 하지만 입구 문지방을 넘자마자 I-330 어깨를 꼭 껴안아야 한다는 느낌이 갑자기 몰려든다 ─ 단 일 초만, 어깨만, 그거면 충분하다.

나는 황급히 돌아가 I-330이 거울 앞에서 제보 단추를 끼울 것 같은 방으로 뛰어든다······ 그러다가 우뚝 선다. 고대 열쇠고리는 옷장 문에 꽂힌 채 여전히 흔들리는데, I-330은 없었다. 벌써 떠날 순 없다······ 출구는 하나다. 그런데도 I-330은 없다. 곳곳을 샅샅이 뒤졌다. 옷장을 열어서 화려한 고대 드레스까지 뒤졌다. 아무도 없다······

다른 행성 독자들이여, 완전히 거짓말 같은 사태에 대해 말하려니 정말 당혹스럽다. 하지만 이런 일이 실제로 일어났다면 내가 달리 뭐라고 하겠는가? 하루 전체가, 이른 새벽부터, 정말 거짓말 같은 사건으로 가득하지 않은가? 하나같이 고대의 몽유병 같지 않은가? 그렇다면, 엉뚱한 일이 하나 많고 하나 적다고 해서 무슨 차이가 있겠는가? 하지만 나는, 하나같이 엉뚱한 사건을 조만간에 논리 형식으로 모두 꿰맞추고 말겠다. 이게 나를 안심시키니, 여러분도 안심하길 바란다.

하지만 나는 더없이 충만하다. 내가 너무 충만해 찰찰 넘칠 정도라는 사실을 여러분에게 알려줄 수 있다면!

열네 번째 기록

주제: '내 것'. 안 된다. 차가운 바닥

어제 겪은 일을 조금 더. 잠들기 전 개인 시간에 할 일이 있어서 어제는 기록을 못 했다. 하지만 어제 겪은 내용은 몸속에 그대로 새겨졌다. 그중에서도, 견딜 수 없이 차가운 바닥은 영원히 못 잊을 것 같다……

초저녁에 O가 찾아올 예정이었다…… 어제는 O 날이다. 나는 커튼을 내릴 허락을 받으러 당직자에게 내려갔다.

"왜 그러세요? 어디 안 좋아요? 얼핏 보기에……"

"네……네, 몸이 안 좋아서……"

사실, 맞는 말이다. 지금도 분명히 아프다. 모든 게 질병 때문이다. 그러다 기억났다, 아, 그래, 의사 진단서…… 나는 주머니를 뒤졌다. 부스럭 소리가 났다. 그렇다면 모든 게 진짜 일어난 거다, 진짜 그런 일이……

나는 당직자에게 진단서를 내밀었다. 뺨이 달아올랐다. 쳐다보지 않아도, 당직자가 깜짝 놀란 눈으로 바라보는 모습이 보였다.

그러고 나서 21시 30분이 되었다. 왼쪽 방은 커튼을 드리웠다. 오른쪽 방에서는 이웃이 책을 보는데…… 동그란 이마와 대머리가 커다란 포물선을 노랗게 그렸다. 나는 번뇌에 휩싸인 채 방안을 거닐었다. 그런 일이 있었는데 O와 어떻게 함께한단 말인가? 그런데 오른쪽에서 이웃 눈초리가 또렷하게 다가왔다. 이마 주름살이, 속을 알 수 없는 노란 주름살이 또렷하게 보였다. 왠지 나 때문에 생긴 주름살 같았다.

21시 15분 전, 기쁨에 휩싸인 장밋빛 돌풍이 방안으로 몰아치고, 장밋빛 두 팔이 강력한 동그라미로 내 목을 휘감았다. 그런데 동그라미에서 힘이 떨어지고 또 떨어지는 느낌이 들었다. 그러다가 동그라미가 풀렸다. 두 팔이 떨어졌다.

"당신 변했어, 예전의 당신이 아니야, 내 것이 아니야!"

"'내 것'이라니, 어떻게 그런 원시적인 관념을? 나는 단 한 번도……"

그러다가 입을 다물었다. 문득 떠올랐다, 그 말이 옳다는, 예전에 나는 단 한 번도……

하지만 지금은? 지금 사는 곳은 또렷하고 합리적인 세상이 아니다. 지금 사는 곳은 악몽이 가득한 고대 세상, $\sqrt{-1}$ 세상이다.

커튼이 내려왔다. 오른쪽 벽 너머에서 이웃이 책을 바닥에 떨어뜨리고, 커튼이 완전히 내려오기 직전에 좁은 틈새로 책을 집는 노란 손이 보였다. 아아, 온 힘을 다해 저 손을 움켜잡을 수 있다면……

"오늘 산책할 때 당신을 만날 거로 생각했어…… 기대도 하고 말할 게 정말 많았거든, 정말……"

사랑스럽고 가련한 O! 장밋빛 입은 양쪽 끝이 내려온 장밋빛 초승달이다. 하지만 내가 겪은 일을 어떻게 말한단 말인가? 그럴 순 없다, 이유는 딱 하나, 그 말을 듣는 순간 O 역시 공범이 된다. O는 '보호단'

사무실을 찾아갈 배포가 없을 게 분명하니……

O가 누웠다. 나는 천천히 키스했다. 통통하고 느긋한 손목 주름에 키스했다. 파란 눈은 감기고 장밋빛 초승달은 천천히 열리며 활짝 펴, 나는 키스에 빠져들었다.

그런데 내가 텅 비었다는, 모든 걸 다 써버렸다는 느낌이 들었다. 그렇다, 나는 모든 걸 다 써버렸다. 아, 안 돼, 할 수 없어. 아니, 해야 돼…… 그런데 안 된다. 입술이 곧바로 차갑게 식었다……

장밋빛 반달이 떨리다, 시들다, 뒤틀렸다. O가 담요를 끌어당기더니, 몸을 감싸고, 베개에 얼굴을 파묻었다……

나는 침대 옆 바닥에 앉았다 – 믿을 수 없이 차가운 바닥! – 가만히 앉았다. 냉기가 밑에서 스며들며 높이, 더 높이 고통스럽게 올라왔다. 조용하고 새파란 우주 공간도 이렇게 차가울 게 분명하다.

"하지만 이해해, 나는 이럴 마음이 없었어…… 그래도 최선을 다했어……"

내가 중얼댔다. 사실이다. 나는, 진짜 나는 이럴 마음이 없었다. 하지만 이 사실을 O에게 어떻게 말한단 말인가? 쇳조각은 원치 않더라도 법칙을 거스를 순 없으니……

O가 베개에서 얼굴을 들더니, 눈조차 안 뜨고 말했다.

"저리 가."

하지만 우는 중이라서, 이 말이 "정리 가"로 흘러나오는데, 무슨 이유인지, 가슴 속 깊숙이 파고들었다.

나는 냉기로 온몸이 마비된 채, 복도로 나갔다. 복도로 나오니, 유리 너머로 안개가 보일 듯 말 듯 했다. 하지만 안개는 밤사이에 다시 짙어지겠지. 그 사이에 무슨 일이 일어날까?

O가 나를 가만히 지나서 승강기로 갔다. 문이 찰칵 닫혔다.

"잠깐만."

내가 소리쳤다. 갑자기 무서웠다.

하지만 승강기는 벌써 윙윙, 아래로, 아래로, 아래로 내려갔다.

I는 나에게서 R을 앗아갔다.

I는 나에게서 O를 앗아갔다.

그런데도, 그런데도……

열다섯 번째 기록

주제: 종. 거울·부드러운 바다. 나는 영원히 불타야 한다.

'완전체' 제작 현장으로 들어서자마자 부책임자가 급히 다가온다. 얼굴은 - 평소처럼 동그랗고 하얀 - 도자기 접시, 입에서 나오는 말은 접시에 맞게 담긴 음식이다.

"아아, 책임자님이 어제 아파서 다행히 현장에 없는 동안, 정말 커다란 소동이 일었습니다."

"소동?"

"네, 소동! 작업을 마무리할 즈음에 종이 울려, 모두 줄지어 나갔습니다. 그런데, 상상해 보세요 - 번호가 없는 사내를 경비원이 잡은 겁니다. 그자가 어떻게 들어왔는지 도무지 모르겠습니다. 사내는 '수술국'으로 끌려갔습니다. 그 이유와 방법을 모두 끄집어내겠지요……"
(이렇게 말하는 내내 맛난 미소가 가득.)

'수술국'은 경험이 많고 실력이 탁월한 의사로 가득하며, '은혜로운 선생님'이 직접 관리한다. 여기에는 도구도 다양한데, 효과가 가장 좋은 건 그 유명한 '가스 종'이다. 기본적으로, 이건 예전에 학교 실험실에서 쥐 한 마리를 유리 단지로 덮고 안에 든 공기를 펌프로 조금씩 빼내는 실험과 똑같다. 하지만, 당연히, '가스 종'은 훨씬 완벽한 도구로, 온갖 가스를 사용한다. 조그만 쥐를 고문하는 것과 완전히 다르다. 그래서 고상한 목적에, '한 국가'를 안전하게, 다른 말로, 수백만이 행복하게 살아가도록 보호하는 목적에 사용한다. 5세기 전에 '수술국'을 처음 설치할 때만 해도 고대 고문국과 비교하는 명칭이 많았는데, 이건 기관 절제술을 시행하는 의사를 노상강도와 비교하는 꼴이다. 양쪽 손에 칼을 들고 움직이는 건, 산 사람 목에 찌르는 건 똑같을지언정, 한쪽은 은혜를 베푸는 반면에 다른 쪽은 범죄를 저지르는 건데 말이다. 한쪽은 '+' 표시고, 다른 쪽은……

논리 기계를 한 바퀴만 돌리면 모든 내용이 곧바로 나올 게 완벽하게 확실하다. '-' 표시를 잡아내고 다른 것도 모두 끌어낼 게 분명하다 - 문에서 흔들리는 열쇠고리. 지금 막 닫은 건 확실한데, I-330은 이미 사라졌다, 어디에도 없다. 이건 논리 기계로 해결할 수 없는 문제다. 꿈? 하지만 오른 어깨에서 이상한 통증이 달콤하게 인다, I-330이 어깨에 기댄 흔적, 짙은 안개 속에서 바싹 다가와. "그대는 안개를 좋아하세요?" 그렇다, 나는 안개를 사랑한다…… 나는 모든 걸 사랑한다. 모든 게 단단하고 새롭고 놀랍다, 모든 게 선하다……

"모든 게 선하다."

내가 커다랗게 말했다.

"선해요?

도자기 눈이 툭 튀어나온다.

"이게 뭐가 선해요? 번호 없는 자가 들어왔다면…… 그건 그들이 사방에, 우리 주변에, 늘 있다는 증거라고요…… 그들이 여기에서, '완전체' 주변에서, 그들이……"

"그들이 누군데?"

"제가 어떻게 알겠어요? 하지만 저는 그들을 느껴요, 이해하세요? 늘 항상."

"그렇다면 수술법 하나를 새로 발명했다는 말은 들었나, 상상력 절제술?" (이런 게 생겼다고 며칠 전에 내 귀로 직접 들었다.)

"네, 들었습니다. 하지만 그거랑 이거랑 무슨 상관이……?"

"내가 자네라면 당장 가서 수술을 부탁하겠어."

뭔가 레몬처럼 시큼한 요리가 접시에 나타난다. 자신에게 상상력이 있을 수 있다는 암시에 착한 친구가 마음 상했어…… 아아, 일주일 전이라면 나라도 마음이 상했을 텐데…… 오늘은 아니다. 오늘은 나에게 상상력이 있다는 걸, 내가 아프다는 걸 확실히 안다. 하지만 치료받고 싶지 않다는 것도 확실히 안다. 정말 치료받기 싫다. 그게 전부다. 우리는 유리 계단을 오른다. 밑에서 모든 게 손바닥에 올린 것처럼 또렷하게 보인다.

여러분이 누구든, 이 글을 읽는 여러분은…… 머리 위에 태양이 있다. 그러니 나처럼 아픈 적이 있다면, 여러분은 아침에 태양이 어떤 모습인지, 어떻게 보이는지 알 것이다. 태양은 분홍색이 투명하고 따사로운 황금이며, 공기 자체는 살짝 장밋빛이다. 태양에서 우아하게 내뿜는 피로 가득 물들 때, 모든 사물이 살아난다. 돌덩이도 부드럽게 살아나고 쇳덩이도 부드럽게 살아나고 인민도 살아나, 모두가 웃는다. 한 시간이면 모든 게 사라질지언정, 한 시간이면 장밋빛 피가 모두 빠져나갈지언정, 당장은 모든 사물이 살아난다. '완전체' 유리 혈관에서도 무언가 맥박치며 흐른다. '완전체'도 위대하고 불길한 미래를 깊이 생각한다, 누구도 피할 수 없는 행복을 가득 싣고 우주로 날아가,

여러분을, 아무도 모르는 여러분을, 영원히 찾아도 결코 찾을 수 없는 여러분을 향해 날아갈 미래를. 여러분은 오랫동안 갈망하던 걸 찾는 거다, 그래서 행복하게 사는 거다…… 행복하게 사는 건 여러분 의무다. 더 기다릴 필요는 없다.

'완전체' 동체는 거의 완성됐다. 유리로 우아하고 기다랗게 만든 타원형은 황금처럼 영원하고 강철처럼 유연하다. 동체 안쪽으로 가로축과 세로축 보강재가 보인다. 제일 뒤에는 거대한 로켓 엔진을 설치한다. 엔진은 삼 초마다 터지고, 위대한 '완전체' 꼬리는 삼 초마다 화염과 가스를 우주에 뿜어대, 행복 전도사 타메를란[14]이 저 멀리, 저 멀리 힘차게 솟구칠 것이다……

밑에서 다양한 번호가 테일러 시스템에 따라 거대한 기계에 달린 손잡이처럼 상체를 숙이거나 펴거나 몸을 돌리며 빠른 리듬으로 질서정연하게 움직이는 광경이 보인다. 번호마다 손에서 파이프를 번뜩이며 불로 유리 벽과 모서리와 갈빗대와 선반을 자르거나 용접한다. 투명한 유리 괴물 기중기가 번호처럼 고분고분하게 유리 궤도를 따라 천천히 구르며 오르내려, 화물을 '완전체' 몸속으로 운반한다. 모든 게 하나다, 인간처럼 움직이는 기계, 완벽한 인간. 무엇보다 고상하고 놀라운 '미', 조화, 음악이다. 서둘러! 밑으로! 저들 옆으로 가자, 저들과 함께 하자!

그래서 지금 어깨를 맞대고 그들과 함께 용접한다, 단단한 리듬에 몸을 맡긴다…… 정확한 동작, 단단하고 동그랗고 빨간 뺨, 거울처럼 부드러운 얼굴. 미친 생각이 사라진다. 그래서 거울처럼 매끈한 바다에 둥둥 뜬다. 편히 쉰다.

---

14) Tamerlane, '절름발이 티무르', 유럽에서 칭기즈칸을 부르는 별칭으로, 정복자를 깔보는 표현이다.

일꾼 한 명이 갑자기 나를 차분하게 바라본다.

"오늘 괜찮으세요?"

"괜찮아? 뭐가 괜찮아?"

"으음, 어제 안 나오셨잖아요. 뭔가 위험한 일이 일어났나보다 생각했답니다……"

환한 얼굴, 아이처럼 순진무구한 미소.

나는 피가 얼굴로 솟구친다. 저 눈빛을 보면서 거짓말할 순 없다. 그래서 침묵한다. 가만히 가라앉는다……

머리 위 승강구에서 동그란 도자기 얼굴이 하얗게 빛나며 들이민다.

"책임자님! D-503! 어서 올라오세요! 여기에 선반을 단단히 대야 하는데, 응력이……"

나는 끝까지 안 듣고 당장 올라간다. 비굴하게 단번에 도망친다. 눈을 들 수도 없다. 유리 계단이 발밑에서 번쩍인다. 계단을 하나 오를 때마다 무력감이 늘어난다. 여기는 내가 있을 곳이 아니다…… 나는 범죄자다, 알코올을 마셨다. 기계처럼 규칙적이고 정확한 리듬에 두 번 다시 빠져들 수 없다. 거울처럼 매끈한 바다에 두 번 다시 둥둥 뜰 수 없다. 나는 영원히 불탈 수밖에, 이리저리 휩쓸릴 수밖에, 구석에 숨어서 두 눈을 영원히 숨길 수밖에 없다, 마침내 저 문에 들어설 힘을 추스를 때까지, 그래서……

그런데 차가운 불꽃이 온몸을 찌른다. 나는…… 으음, 아무래도 상관없다. 하지만 여자 이야기를 해야 한다, 그래서 여자도……

나는 승강구를 빠져나와 갑판에 올라선다. 이제 어디로 가야 할지 모르겠다. 내가 여기로 올라온 이유조차 모르겠다. 하늘을 쳐다본다. 태양이 지칠 대로 지쳐서 한가운데로 힘없이 오른다. 발밑에는 '완전체'가, 회색 유리가 죽어서 누워있다. 장밋빛 피가 뚝뚝 떨어진다. 분명한 건 모든 게 상상이라는 사실, 모든 게 예전과 똑같다는 사실이다.
그래도 분명한 건……

"어디 안 좋으세요, 503, 안 들리세요? 계속 부르고 또 부르는
데…… 어디 안 좋으세요?"

부책임자가 내 귀에 대고 소리친다. 계속 소리친 모양이다.

내가 왜 이럴까? 나는 방향타를 잃었다. 엔진이 울부짖고 비행기는
덜덜 떨며 전속력으로 날아가는데, 방향타가, 조종간이 없다. 어디로
날아가는지도 모른다. 밑으로 날아, 한순간에 바닥으로 곤두박질칠
것 같기도 하고, 공중으로 날아, 태양 속으로, 화염 속으로……

열여섯 번째 기록

주제: 노란색. 이차원 그림자. 치유할 수 없는 영혼.

며칠 동안 아무것도 안 썼다. 며칠이 지났는지도 모르겠다. 하루하루가 똑같다. 하루하루가 한 가지 색깔이다…… 노란색, 바싹 말라서 불타는 모래밭처럼. 그늘 한 점, 물 한 방울 없다…… 노란 모래만 끝없이 가득하다. 나는 I-330 없이 살 수 없다, 그런데 I-330은 그날 고대관에서 이해할 수 없이 사라진 이후로……

그날 이후로 나는 I-330을 딱 한 번 보았다, 낮에 산책하다가. 이틀 전, 사흘 전, 나흘 전…… 모르겠다. 하루하루가 똑같다. 노랗게 텅 빈 세상을 I-330이 순간적으로 가득 채우며 지나쳤다. 어깨를 맞대고 손을 맞잡은 건 이중으로 굽은 S랑 종이처럼 얇은 의사. 네 번째 번호도 보았는데, 지금 기억나는 건 손가락밖에 없다. 손가락이 믿을 수 없을 정도로 가늘고 하얗고 길었다. 제복 소매에서 금방이라도 빛줄기처럼 뻗어 나갈 것 같았다. I-330이 한 손을 들어 나에게 흔들었다. 그리곤 옆 사람 머리 너머로 손가락이 빛줄기 같은 번호에게 고개를 끄덕였다.

'완전체'란 소리가 들렸다. 네 명 모두 나를 돌아보았다. 그러다가 청회색 하늘로 사라지고, 다시…… 노란색, 바싹 마른 도로.

그날 저녁에 I-330은 분홍색 쿠폰을 들고 나를 찾아올 수 있었다. 나는 신호기 앞에 가만히 섰다. 하얀 틈새에서 찰칵하며 I-330을 등록하는 소리가 일어나길 다정한 마음으로, 증오하는 마음으로, 갈망했다. 문이 사방에서 쾅쾅 닫혔다. 창백한, 키가 커다란, 장밋빛, 혹은 가무잡잡한 번호들이 승강기에서 나왔다. 사방에서 커튼을 내렸다. I-330은 없었다. I-330은 찾아오지 않았다.

지금 이 순간에, 22시 정각에, 내가 이 글을 쓸 때, I-330은 누군가에게 어깨를 기댄 채 가만히 서서 두 눈을 꼭 감고 "사랑하세요?" 하고 물을 수도 있다. 그렇다면 그건 누굴까? 도대체 누굴까? 손가락이 빛줄기 같은 사내, 아니면 두툼한 입술로 침을 튀기는 R? 아니면 S?

S…… S가 물웅덩이라도 지나듯 저벅저벅 걷는 소리가 요새 하루도 빠짐없이 들리는 이유는 무얼까? 그림자처럼 끊임없이 따라다니는 이유는 무얼까? 앞에서, 옆에서, 뒤에서 – 청회색, 이차원 그림자. 다른 번호는 그냥 밟고 지나치는데, 나는 그림자가 끊임없이 나타나서 눈에 안 보이는 탯줄로 엮는다. 혹시 탯줄은 I-330? 모르겠다. 어쩌면 그들이, '보호단'이 나에 대한 걸 모두 파악하고……

당신 그림자가 당신을 본다는, 끊임없이 본다는 말을 들으면 당신은 어떻겠는가? 이제 내 심정을 알겠는가? 그러다 보면 갑자기 이상한 느낌이 든다. 두 손은 내 손이 아니다, 걸리적거리기만 한다. 나 자신이 발걸음과 상관없이 엉뚱하게 흔들리는 두 팔을 끊임없이 느낀다. 뒤를 돌아봐야 할 것 같은데, 그럴 수 없다는, 아무리 애써도 목이 딱딱하게 굳었다는, 목에 자물쇠를 채웠다는 느낌도 갑자기 떠오른다. 그래서 달린다. 더 빠르게, 더 빠르게 달린다. 그러면서 등으로 느낀다 – 그림자도 바로 뒤에서 빠르게 쫓아온다는 걸, 나는 도망칠 수 없다는 걸, 어디로도 도망칠 수 없다는 걸……

방으로 들어오니 마침내 혼자다. 하지만 여기에는 다른 게 있다 - 전화기. 나는 전화기를 든다.

"네, I-330 부탁합니다."

수화기에서 부스럭거리는 소리가, 복도에서 누군가 걷는 소리가 들리다, I-330 방을 지나간다…… 그리고 침묵…… 나는 전화기를 내던진다…… 안 된다, 더는 견딜 수 없다. 달려가야 한다, I-330에게.

어제 그렇게 했다. 그곳으로 급히 달려가 한 시간 동안, 16시에서 17시까지, I-330이 사는 집 근처를 방황했다. 다양한 숫자가 줄줄이 행진하며 지나갔다. 발 수천 개가 박자에 따라 내디디고, 발이 백만 개 달린 괴물은 둥둥 떠서 흔들리며 지나갔다. 나 혼자만 태풍에 무인도로 휩쓸려, 청회색 파도 사이를 마냥 살피고 또 살폈다.

조금만 기다리면, 번호를 깔보듯 눈썹을 관자놀이까지 매섭게 추켜올린 모습이, 두 눈을 짙게 가린 창문이, 거기에서, 안쪽에서 타오르는 불길이, 꿈틀대는 그림자가 보일 거다. 그러면 안으로 곧장 들어가서 말할 거다.

"나는 당신 없이 살 수 없는 걸 당신도 알아요. 그런데 왜……"

'그대'라는 따뜻하고 친숙한 단어만, 오직 '그대'란 단어만 사용할 거다.

하지만 I-330은 침묵한다. 갑자기 침묵이 들린다, 음악 나무도 침묵하고, 17시가 지났다는 걸, 모두 사라지고 나 혼자라는 걸, 내가 늦었다는 걸 깨닫는다. 주변은…… 유리 사막, 노란 태양만 가득하다. 매끈한 유리 인도에, 수면에 비추듯, 반짝이는 벽이 하나같이 공중에 거꾸로 매달린다. 나 자신도 흉내 내듯, 머리는 밑에 두 발은 위에 걸린다.

지금 당장 보건소로 가서 질병 진단서를 받아야 한다. 그렇지 않으면 저들이 나를 잡아…… 차라리 그게 더 좋지 않을까? 여기에서 저들이 나를 보고 '수술국'으로 데려갈 때까지 가만히 기다리는 게 - 그래서 모든 걸 끝내는 게, 단번에 모든 걸 속죄하는 게.

부스럭 소리가 희미하게 일더니, 바로 앞에 이중으로 굽은 그림자. 쳐다보지 않아도, 나는 청회색 나사송곳이 몸속으로 파고드는 걸 느낀다. 마지막 힘까지 짜내서 간신히 웃으며 말한다. 말해야 한다.

"나는……나는 보건소에 가야 합니다."

"그렇다면 뭐가 문제요? 왜 여기에 있는 거요?"

이상하게 뒤집혀서 발이 공중에 걸린 채, 나는 침묵한다, 창피해서 얼굴이 타오른다.

"따라오시오."

S가 가혹하게 말한다. 나는 내 것이 아닌 팔을 불필요하게 흔들며 순순히 따라간다. 두 눈을 들어 올릴 수 없다. 미쳐서 거꾸로 뒤집힌 세상을 마냥 걸어야 하기 때문이다. 기계마다 바닥이 위로 이상하게 올라가고, 번호는 하나같이 천장에 거꾸로 달라붙고, 그 밑으로는, 모든 것 밑으로는, 하늘이 두꺼운 유리 인도 바닥에 갇혔다. 지금 생각하면, 내 인생 마지막 순간에, 모든 게 비현실적인 상태로, 이상하게 뒤집힌 걸 봐야 한다는 게 무엇보다 억울하던 기억이 난다. 그래도 눈을 들어 올릴 순 없었다.

걸음을 멈췄다. 바로 앞에서 계단이 올라간다. 또 다른 계단, 이제 하나씩 보이리라, 하얀 의사 복장, 침묵만 가득한 거대한 종……

모든 노력을 다하다 마침내 유리 바닥에서 시선을 떼어내니, 보건소란 황금 글자가 갑자기 두 눈으로 파고든다. 그 순간, S가 나를 살려주는 이유가, 나를 '수술국' 대신 여기로 데려온 이유가 궁금하다는 생각조차 안 떠올랐다. 나는 계단을 단숨에 뛰어올라 쾅! 소리까지 내며 문을 단단히 닫았다. 아침부터 숨을 한 번도 안 쉬고, 심장이 한 번도 안 뛰다, 이제 비로소 처음 숨을 들이켜고, 이제 비로소 가슴 혈관이 열리는 느낌이었다……

의사는 두 명으로, 한 명은 키가 조그맣고 다리가 통통한데, 뿔로 들어 올린 듯한 눈으로 환자를 살폈다. 또 한 명은 종이처럼 얇아서 입술은 가위처럼 반짝이고 코는 날카로운 칼날 같다…… 예전에 만난 의사. 나는 가깝고 소중한 번호에게 달려가듯 종이 의사에게 다가가, 불면증을, 이상한 꿈을, 그림자를, 노란 세상을 중얼댔다. 가위 입술이 반짝이며 웃었다.

"병이 심하군요! 영혼이 생긴 겁니다."

영혼? 고대에 사용하다 오래전에 사라진, 이상한 단어. '영혼을 일깨워', '영혼 없이'라는 표현은 종종 사용해도, '영혼'은……?

"몹시……몹시 심각한가요?"

내가 중얼대자, 가위가 매섭게 자른다.

"치유 불가능."

"하지만…… 도대체 그게 무슨 소린가요? 무슨 말인지…… 도무지 이해할 수 없군요."

"으음, 가령…… 으음, 어떻게 설명하면 좋을까요?……당신은 수학자예요, 그죠?"

"네."

"으음, 그렇다면 – 평면을, 표면을, 예로 듭시다, 가령, 이 거울 같은 거. 그런데 표면에 당신과 내가 있어요, 그죠? 우리는 눈을 가늘게 뜨고 태양을 봐요. 그리고 여기, 저 통 안에서 파란 전기 불꽃, 그리고 저기 - 비행기가 지나는 그림자. 모든 건 표면에 순간적으로 어려요. 하지만 이런 불투과성 물질에 열을 가해서 부드럽게 만들었다고, 그래서 더는 무엇도 안 미끄러진다고, 무엇이든 안으로, 우리가 어릴 적에 호기심 가득한 눈으로 살피던 여기, 거울 세상으로 들어간다고 상상해 보세요. 내가 장담하는데, 어린애는 바보가 아니랍니다. 평면에 부피가, 이제 몸뚱이가, 세상이 생겨서 이제 모든 게 거울 안으로, 당신 안으로, 들어가는 거예요, 태양도, 프로펠러가 빙글빙글 도는 회오리 바람도, 당신이 덜덜 떠는 입술도, 다른 사람 입술도. 이해하세요? 차가운 거울은 반사해서 뱉어내지만, 이건 그대로 빨아들여, 무엇이든 흔적을 남기지요…… 영원히. 이해하겠습니까? 어떤 사람 얼굴에 순간적으로 희미한 주름살이 생기면 그게 당신 내면에 영원히 남는 거예요. 예전에 조용한 곳에서 물방울 떨어지는 소리를 들었는데, 지금도 그 소리가 들리는 거예요……"

"맞아요, 맞아, 정확히……"

나는 종이 손을 잡았다. 지금도 들렸다 - 수도꼭지에서 세면대로 천천히 떨어지는 물방울 소리. 그리고 깨달았다, 이 소리는 영원하다는 걸.

"하지만 영혼이 갑자기 왜, 왜 나오나요? 나는 지금까지 영혼이 없었는데, 갑자기…… 왜…… 아무도 없는 영혼이 왜 나만……?"

나는 종이 손에 더 힘껏 매달렸다. 생명줄이 사라질까 무서웠다.

"왜요? 그럼 당신은 어깨뼈가, 날개 뼈대가 있는데 깃털이나 날개는 왜 없나요? 날개는 이제 필요가 없기 때문이에요. 비행기가 있어서 날개는 방해만 되기 때문이에요. 날개는 하늘을 날 때 필요한데, 우리는 날아갈 곳이 없어요. 목적지에 도착했으니까요, 오랫동안 찾아다니던 목적지가 바로 우리 앞에 있으니까요. 그렇지 않나요?"

나는 뭐가 뭔지 모른 채 고개를 끄덕였다. 종이 의사는 나를 바라보며 수술칼처럼 날카롭게 웃었다. 다른 의사가 듣고 통통한 발로 또닥또닥 다가와, 뿔에 걸린 눈으로 종이처럼 얇은 의사를 들어 올리고 나를 들어 올렸다.

"뭐가 문제야? 영혼? 영혼이라고 했어? 제기랄! 이런 식으로 가다간 콜레라까지 나오고 말겠군. 내가 말했잖아……"

뿔에 걸린 한쪽 눈으로 종이처럼 얇은 동료를 들어 올린다.

"상상력을 잘라내야 한다고 누구든…… 상상력 박멸. 오로지 수술, 철저하게 수술하는 방법으로……"

그러더니 커다란 X선 안경을 코에 걸치고 내 주변을 빙글빙글 돌며 두개골 구조를 살피고 두뇌를 조사하고 공책에 무언가를 적는다.

"신기해, 정말 신기해. 동의하시겠어요…… 알코올에 넣어서 보존하는 것을? 그러면 '한 국가'에 대단히 유익하겠어요…… 전염병을 막는 데 도움이 되겠어요…… 당연히 당신은, 그러면 안 되는 특별한 이유가 없는 한……"

얇은 의사가 끼어든다.

"으음, 여보게, D-503은 '완전체'를 만드는 책임자라, 아무래도 문제가……"

"으음."

통통한 의사가 투덜대더니, 자기 진찰실로 또닥또닥 들어간다.

이제 우리 둘만 남았다. 종이처럼 얇은 손은 내 손으로 살며시 다정하게 내려오고, 얼굴 옆면은 내 얼굴로 숙인다. 그리고 속삭인다.

"내가 분명히 말하는데 - 당신만 아픈 건 아니에요. 방금 내 동료가 전염병이란 말을 괜히 꺼낸 게 아니에요. 기억을 더듬어 보세요 - 당신 같은 현상을, 비슷한 현상을 지금까지 다른 사람한테서 한 번도 못 보았나요?"

종이 의사가 나를 자세히 바라본다. 무얼 암시하는 말일까? 누구를 말하는 걸까? 혹시……?

"저기요."

나는 의자에서 벌떡 일어났다. 하지만 종이 의사는 벌써 다른 현상에 대해 커다랗게 말한다.

"불면증과 꿈에 대해선 방법이 하나 있어요 – 많이 걷는 거. 내일 아침부터 시작하세요, 밖으로 나가서 산책하세요…… 으음, 가령, 고대관 같은 곳으로."

종이 의사가 두 눈으로 내 몸뚱이를 다시 꿰뚫어 보며 엷디엷은 미소를 떠올린다. 고운 종이 같은 미소에 깃든 단어 하나가, 편지가, 이름이, 하나밖에 없는 이름이 내 눈에 또렷하게 보이는 느낌이다…… 혹시 이것 역시 상상력에 불과한 거 아닌가?

나는 종이 의사가 그날과 다음 날은 쉬어야 한다는 진단서를 쓸 때까지 간신히 기다렸다. 그리고 그 손을 한 번 더 가만히 움켜잡고 밖으로 뛰어나갔다. 심장이 비행기처럼 빠르고 가볍게 위로, 공중으로 마냥 솟구쳐올랐다. 내일은 정말 기쁜 일이 생길 것 같다. 그게 뭘까?

열일곱 번째 기록

주제: 유리 너머. 나는 죽었다. 복도.

정말 완벽하게 당혹스럽다. 어제, 모든 문제가 해결되었다고, X를 전부 찾아냈다고 생각한 바로 그 순간, 방정식에 미지수가 새로 나타났다.

이번 이야기에서 모든 좌표는 출발점이 당연히 고대관이다. 고대관은 최근에 내 삶을 규정한 X축과 Y축과 Z축 정중앙이다. 나는 X축(59번가)을 따라 좌표 출발점으로 걸어갔다. 어제 일어난 일 전체가 몸속에서 허리케인처럼 소용돌이쳤다. 거꾸로 뒤집힌 건물과 사람, 고통스러울 정도로 낯선 팔, 반짝이는 가위, 세면대로 날카롭게 떨어지는 물방울 - 모든 게 소용돌이쳤다. 살덩이를 파고들어 몸뚱이 속에서, 불길에 녹은 표면 안쪽에서, '영혼'이 있는 곳에서 미친 듯이 소용돌이쳤다.

의사 처방에 따르려고 나는 삼각형 빗변 대신 직각을 이루는 두 선을 따라 걷는 걸 일부러 선택했다. 그래서 두 번째 선에 - '녹색 담벼락'을 따라가는 길에 - 올라섰다. '담벼락' 뒤로 무한히 뻗어 나간 녹색 바다에서 뿌리와 꽃과 나뭇가지와 잎사귀가 거센 파도를 일으켰다. 높이 솟구치다 곧바로 굴러떨어지고 부서지며 압도했다. 나는 인간, 즉, 가장 정밀하고 정교한 도구로 새롭게 변신해……

하지만 다행히도 나와 거센 녹색 바다 사이에는 '담벼락' 유리가 있었다. 아, 담장과 장애물로 경계를 세우는 지혜는 얼마나 위대하고 신성한가! 지금까지 인류가 발명한 가장 위대한 발명품은 바로 담장과 장애물이리라. 인간은 담장을 처음 세운 다음에 비로소 야생동물 상태에서 벗어났다. 인류는 '녹색 담벼락'을 세운 다음에 비로소, 기계적으로 완벽하게 돌아가는 세상에서 나무와 새와 동물이라는 끔찍하고 비합리적인 세상을 차단한 다음에 비로소 야만 상태에서 벗어났다……

유리 너머에서 주둥이가 뭉툭한 짐승이 몽롱하고 애매하게 쳐다보았다. 노란 눈에서 이해할 수 없는 생각 하나만 고집스럽게 묻어나왔다. 우리는 서로 눈을 오랫동안 쳐다보았다. 내 눈은 표면 세상에서 다른 세상으로, 표피 세상으로 넘어가는 통로였다. 의문점 하나가 몸속에서 솟구쳤다. 저놈이, 노란 눈 짐승이, 더러운 잎사귀 더미에서 마음대로 사는 게, 계산하지 않고 사는 게 우리보다 행복하면 어쩌지?

내가 손을 들자, 노란 눈이 껌뻑이며 물러나더니 녹색 덤불로 사라졌다. 하잖은 짐승! 말도 안 돼 - 저런 짐승이 우리보다 행복할 수 있다는 건! 나보다 행복할 수야 있겠지. 나는 예외니까, 나는 아프니까.

하지만 설사 내가…… 짙은 빨간색 고대관 담장이 벌써 눈앞에 나타났다, 쭈글쭈글 정겹게 오그라든 노파 입술도.

나는 노파에게 달려갔다.

"그 여자 있습니까?"

안으로 쪼그라든 입술이 천천히 열린다.

"어떤 '그 여자'?

"'어떤'이라니요! 당연히 I-330이죠…… 그날 나와 함께 왔잖아요…… 비행기를 타고."

"아, 아, 알겠다…… 알겠다……"

주름살은 입술을 에워싸고 노란 눈에서 교활한 광선은 내 몸뚱이를 깊숙이, 더 깊숙이 파고든다. 그러다 마침내, "아, 그래…… 여기에 있어, 조금 전에 왔거든."

I-330이 여기에 있다. 나는 노파 발치에서 은빛을 머금은 쑥을 한 다발 보았다. 고대관 안마당도 박물관 일부라, 고대 풍경을 조심스럽게 보존하는 거다. 손에 쑥 줄기 하나가 있어, 노파는 다정하게 쓰다듬고, 햇살 줄기는 노파 무릎을 노랗게 가로지른다. 바로 그 순간, 나, 태양, 노파, 쑥, 노란 눈은 하나다. 눈에 안 보이는 핏줄로 단단히 엮였다. 핏줄에서 힘차게 뛰는 건 하나로 영광스럽게 연결된 피……

이런 내용까지 기록한다는 게 당혹스럽지만, 나는 모든 걸 솔직하게 적겠다고 약속했다. 으음, 그렇다면…… 나는 허리를 숙여서 뽀뽀했다, 안으로 들어간, 부드럽고, 케케묵은 입술에. 노파가 입술을 닦으며 웃었다.

나는 소리가 울리고 어둡고 익숙한 공간을 지나, 침실로 곧장 달려갔다. 여자 혼자가 아니면 어떻게 하지? 하는 생각이 갑자기 떠오른 건 벌써 방문에 이르러 손잡이를 움켜잡은 다음이다. 나는 동작을 멈추고 귀를 가만히 기울였다. 하지만 들리는 거라곤 내 심장이 쿵쾅대는 소리가 전부다, 몸속이 아니라 근처 어딘가에서.

안으로 들어갔다. 널찍한 침대…… 아무도 손을 안 대서 매끈하다. 거울. 옷장에 또 다른 거울, 그리고 열쇠 구멍에…… 열쇠를 끼운 골동품 고리. 그게 전부다. 아무도 없다.

나는 조용히 불렀다.

"I-330, 여기에 있나요?"

그러다가 훨씬 더 조용히, 두 눈을 꼭 감은 채, 여자 앞에 벌써 무릎을 꿇은 것처럼, 숨조차 멈추고, "내 사랑!"

침묵. 수도꼭지에서 세면대로 급하게 떨어지는 물방울 소리가 전부다. 왠지 모르게 그 소리가 정말 짜증스러웠다. 그래서 수도꼭지를 단단히 잠갔다. 여자는 거기에 없는 게 분명하다. 그건 다른 '아파트'에 있다는 의미였다.

나는 널찍하고 어둑어둑한 계단을 달려서 내려가며 방문 하나를, 또 하나를, 세 번째를 열려고 했다. 모두 잠겼다. '우리' 아파트만 빼고 모두 잠겼다 - 그런데 '우리' 아파트는 텅 비었다……

그런데도 특별한 이유 없이 나는 몸을 돌렸다. 천천히 걸었다, 간신히. 신발이 갑자기 무쇠처럼 무거웠다. 이렇게 생각한 기억이 또렷하게 떠오른다, 중력은 불변이라고 가정하는 건 오류다. 따라서 내가 세운 모든 공식은……

생각이 깨졌다. 아래층에서 문을 쾅 닫는 소리, 누군가 타일 바닥을 빠르게 또닥또닥 걷는 발소리. 나는 - 다시 가볍게, 무엇보다 가볍게 - 난간으로 달려가, 그 너머로 허리를 내밀고, 한 마디로 모든 걸 말하려고 소리친다……"그대……"

그러다 온몸이 굳는다. 밑에서, 창문틀 까만 사각형 그림자 바깥에서, S 머리가 장밋빛 날개 귀를 흔들며 급히 지나간다.

나는 번개처럼 빠르게, 특별한 이유도 없이, 느낀다, S가 나를 보면 안 된다고, 절대로 안 된다고!

나는 벽에 찰싹 달라붙어 까치발을 한 채 위층으로, 안 잠긴 아파트로 살금살금 올라갔다.

문가에서 잠시. S가 계단을 쿵쿵 오르는 발소리가 희미하게 일어난다. 여기로 오는 게 분명하다. 아아, 방문아, 제발! 방문에 대고 간절하게 사정했으나, 나무로 만든 방문이 삐걱대며 운다.

나는 녹색, 빨간색, 노란색 부처를 순식간에 지나쳤다. 거울 달린 옷장 문이 나타났다. 얼굴은 창백하고, 두 눈은 열심히 뜨고, 입술은…… 심장은 쿵쾅거리고, 문에선 삐걱거리는 소리가 다시 일었다…… S다, S……

나는 열쇠를 잡았다. 고리가 흔들렸다. 기억이 떠오른다 – 즉각적인 생각, 분명하지만 터무니없어, 그냥 깨져나가는 생각.

"저번에 I-330이……"

나는 옷장 문을 재빨리 열고 안으로, 어두운 곳으로 들어가, 문을 단단히 닫았다. 한 발짝 나아가자 발밑에서 바닥에 흔들렸다. 나는 둥둥 떠서 아래쪽 어딘가로 천천히, 부드럽게 내려가고, 두 눈은 까맣게 변했다. 내가 죽었다.

이번에 겪은 이상한 현상을 기록하려고 나중에 책상에 앉아, 나는 기억을 더듬고 다양한 책을 뒤졌다. 그래서 이제 충분히 이해한다. 순간적으로 죽은 상태에 빠져든 거다. 고대인에겐 익숙하지만, 내가 아는 한 우리 같은 현대인은 조금도 모르는 현상이다.

내가 얼마나 오랫동안 죽었는지 모르겠다. 5~10초는 안 넘을 것 같다. 그러다 다시 살아나서 두 눈을 떴다. 어두웠다. 밑으로 계속 내려가는 느낌이다…… 나는 한 손을 쭉 펴서 무어든 잡으려 했다. 빠르게 움직이는 벽이 거칠게 긁었다. 손가락 끝에서 피가 났다. 상상하는 병은 아닌 게 분명하다. 그렇다면 이게 뭐지?

숨소리가 끊어지며 거칠게 일어났다(이런 고백까지 해서 창피하지만, 모든 게 너무나 갑작스러운 데다 이해할 수조차 없었다). 1분,

2분, 3분 – 밑으로 또 밑으로. 마침내 살짝 쿵! 소리. 발밑에서 내려가던 물체가 이제 꿈쩍을 안 했다. 어둠 속에서 손잡이를 찾아, 밀었다. 문이 열렸다. 희미한 불빛. 뒤에서 정사각형 바닥이 빠르게 올라가는 게 보였다. 그쪽으로 달렸다 – 너무 늦었다. 나는 거기에 갇혔다 – 하지만 '거기'가 어딘지 알 수도 없었다.

복도. 침묵이 1,000톤 무게다. 동그랗게 올라간 천장을 따라 등잔불 – 끝없이 이어지는 점이 어렴풋한 빛을 내뿜으며 흔들렸다. 우리가 땅속에 판 '지하도'랑 조금 비슷하나, 훨씬 좁은 데다 유리가 아니라 뭔지 모를 고대 물질로 만든 거다. 생각 하나가 – 200년 전쟁 당시에 우리 조상이 숨었다던 지하 대피소가 – 문뜩 떠올랐다…… 아무래도 상관없다, 앞으로 나아가야 한다.

20분은 족히 걷다가 오른쪽으로 방향을 튼 게 분명하다. 여기부터 복도가 넓고 등잔불이 훨씬 밝았다. 희미하게 웅얼대는 소리. 기계 소리 같기도 하고 인간 목소리 같기도 했다. 근처에 불투명하고 묵직한 문이 하나 있었다. 소리가 안에서 흘러나왔다.

나는 똑똑 두드렸다. 그러다 다시 더 커다랗게. 웅얼대는 소리가 멈췄다. 뭔가 쨍그랑 소리가 나더니 문이 천천히 묵직하게 돌아가며 활짝 열렸다.

지금 생각해도 누가 더 놀랐는지 모르겠다. 바로 눈앞에 칼날처럼 날카롭고 종이처럼 얇은 의사가 나타났다.

"당신이? 여기에?"

그러더니 가위 입술을 찰칵 닫았다. 그래서 나는 – 인간이 하는 말을 생전 하나도 모르던 것처럼 – 의사가 무슨 말을 하는지도 모른 채 물끄러미 쳐다보았다. 의사는 나에게 당장 떠나라고 말한 게 분명하다. 종이처럼 얇은 배로 빠르게 밀며 나를 환한 복도 끝으로 몰더니,

내 몸을 빙글 돌려서 등을 밀었기 때문이다.

"하지만, 미안합니다…… 나는 I-330이 있다는 생각에…… 만나고 싶어서…… 게다가 저 뒤에는……"

"여기서 기다리시오."

의사가 찰칵 닫더니, 사라졌다.

마침내! 마침내 I-330이 나타났다, 여기에…… '여기'가 어디든 뭐가 문제겠는가? 낯익은, 샛노란 비단, 깨무는 미소, 커튼을 내린 눈…… 나는 입술이, 두 손이, 무릎이 떨리고, 머리에는 우스꽝스러운 생각만 떠올랐다. '진동은 소리다. 떨리면 소리가 나야 한다. 그런데 왜 아무 소리도 안 들리지?'

I-330이 나에게 눈을 열었다, 시종일관. 나는 거기에 들어가서……

"더는 견딜 수 없었습니다! 도대체 어디에 있었습니까? 왜?"

나는 I-330을 열심히 쳐다보며, 정신착란을 일으킨 듯 말도 안 되는 소리를 빠르게 뱉어냈다. 하지만 머릿속으로 생각만 했을 수도 있다.

"저기에 그림자가 - 따라와서…… 내가 죽었어요…… 옷장에서…… 당신네…… 저 의사가…… 가위로…… 나에게 있다고…… 했거든요. 고칠 수 없는 영혼이……"

"고칠 수 없는 영혼! 가련해라!"

I-330이 웃었다…… 나에게 웃음을 뿌렸다. 그와 동시에 정신착란은 끝나고, 웃음방울은 사방에서 쨍그랑거리며 반짝이고, 모든 게, 모든 게 아름다웠다.

"으음."

모서리에서 의사가 나타나, I-330 옆으로 다가왔다.

"괜찮아요, 아무것도 아니에요! 나중에 말할게요. 간단한 사고……

내가 금방 들어가겠다고 알려주세요…… 아, 15분 안에……"

의사가 모서리 너머로 멀어졌다. I-330은 기다렸다. 문이 묵직하게 쿵! 닫혔다. 그러자, I-330이 어깨, 팔, 온몸으로 내 몸을 천천히, 천천히 압박하며, 날카로운 바늘을 심장에 깊이, 더 깊이 달콤하게 찔렀다. 그런 다음에 우리는 함께 걸었다, 우리 둘은 - 하나다……

우리가 어디에서 어두운 곳으로 들어갔는지 지금은 기억조차 안 난다. 하지만 어둠 속에서 계단 한 층을 끝없이, 조용히, 올랐다. 볼 순 없어도 알 순 있었다. I-330은 내가 그러는 것처럼 두 눈을 꼭 감은 채 머리를 뒤로 젖히고 이로 입술을 깨물며 걸었다 - 그러면서 음악 소리를, 내가 가느다랗게 떠는 소리를 들었다.

나는 고대관 안마당 수많은 피신처 가운데 하나로 들어갔다. 담장 - 벌거벗어, 갈비뼈가 흔들리고 노란 이가 드러난, 황폐한 담장. I-330이 두 눈을 뜨고 말했다.

"내일모레, 16시."

그리고 떠났다.

이런 일이 진짜로 일어났던가? 모르겠다. 내일모레면 알 수 있으리라. 진짜 흔적은 딱 하나 - 오른손 손가락 끝에 긁힌 상처. 하지만 부책임자는 내가 실수해서 손가락이 연마기에 닿는 걸 분명히 보았다고, 그래서 생긴 상처라고 말한다. 아아, 그럴 수도 있다. 그럴 수도. 모르겠다 - 하나도 모르겠다.

열여덟 번째 기록

주제: 논리 정글. 상처와 고약. 두 번 다시.

어제는 잠자리에 들자마자 깊은 잠속으로 가라앉았다. 짐을 너무 많이 실어서 뒤집힌 화물선처럼. 묵직하고 진하게 흔들리는 녹색 바다. 그러다 바닥에서 천천히 올라와 중간 깊이 어딘가에서 눈을 떴다. 내 방, 아침, 여전히 짙은 녹색. 옷장 거울에서 햇살 파편이 두 눈을 파고 들어, 시간표가 규정한 수면 시간을 정확히 채우는 걸 방해한다. 옷장 문을 여는 게 좋을 것 같다. 하지만 온몸에 거미줄이 감긴 것 같다, 거미줄이 두 눈까지 뒤덮은 것 같다. 일어날 힘이 없다……

그런데도 일어나서 문을 여는데 – 갑자기 거울 문 뒤에서 장밋빛 드레스가, I-330이, 꿈틀대며 나온다. 정말 엉뚱한 현상에 어느새 충분히 적응한 터라, 지금 생각하면, 나는 조금도 안 놀라고 의문점도 안 품었다. 그냥 옷장 안으로 재빨리 들어가 숨을 헐떡이며 탐욕스럽게 I-330과 무작정 하나가 되었다. 이제 비로소 보인다, 어둠 속에서 틈새로 날카로운 햇살이 바닥에, 옷장 벽에 번갯불처럼 부닥치며 솟구치더니…… I-330이 쭉 내민 목으로 칼날이 떨어지며 잔인하게 반짝인다…… 너무나 끔찍한 광경에 나는 도저히 견딜 수 없어 비명을 내지르다, 다시 눈을 뜬다.

내 방. 아침, 여전히 짙은 녹색. 햇살 파편이 옷장 문에 부닥친다. 나는 - 침대. 꿈. 하지만 심장은 여전히 무섭게 쿵쾅대고 흔들리며 고통을 흩뿌려, 손가락이, 무릎이 아프다. 모든 일이 실제로 일어난 건 의심할 여지가 없다. 그런데 나는 무엇이 꿈이고 무엇이 현실인지 더는 모른다. 비이성적인 가치관이 단단하고 익숙한 삼차원 틈새로 자라나더니, 단단하게 반질거리는 평면 대신 울퉁불퉁한 털북숭이로 가득 에워싼다……

아직은 종이 울리기 훨씬 전이다. 나는 가만히 누워서 생각한다. 극단적으로 이상한 논리 사슬이 머릿속에서 저절로 풀려나간다.

표면 세계는 모든 방정식이, 모든 공식이, 곡선과 입체가 거기에 상응한다. 하지만 비이성 공식에 관한 한, $\sqrt{-1}$에 관한 한, 우리는 거기에 상응하는 입체를 모른다, 지금까지 본 적이 없다…… 하지만 거기에서 공포가 치솟는 걸 보면, 거기에 상응하는 눈에 안 보이는 입체가 있어야 한다, 분명히 있어야 한다. 수학에서도 그들은 성가신 그림자로 이상야릇하게 - 비이성 공식으로 - 스크린에서 그러듯 우리 앞에 나타났다 사라진다. 그런데 수학에도 죽음에도 착각은 없다. 따라서 이런 입체를 우리가 우리 세상에서 못 본다면, 이들이 존재하는 훨씬 방대한 세상이 다른 곳에 있을 수밖에, 당연히 있을 수밖에 없으니…… 그곳에서, 표면 이면에서……

나는 종소리가 울릴 때까지 기다리지 않고 벌떡 일어나서 방안을 빠르게 서성인다. 내가 쌓아 올린 수학 역시 - '나'라는 뒤죽박죽 세상에서 여태껏 변함없이 단단한 섬처럼 유일하게 버텨온 수학 역시 -

정박지에서 벗어나, 똑같이 소용돌이치며 둥둥 떠다닌다. 그렇다면 '영혼'이라는 터무니없는 존재 역시, 설사 지금 당장은 내 눈에 안 보이더라도, (옷장 거울 문 안에 있는) 제보처럼, 신발처럼, 실제로 있는 건 아닐까? 그런데 신발은 질병이 아니라면, '영혼'은 왜 질병이란 말인가?

아무리 둘러보아도 논리라는 야생 덤불에서 빠져나갈 길은 안 보인다. 이곳 역시 다른 정글만큼이나, '녹색 담벼락' 너머에 있는 정글만큼이나, 엉뚱하고 이상한 짐승이 말없이 표현하며 살아가는 정글만큼이나 알 수 없는, 섬뜩한 정글이다. 그런데 울창한 수풀 사이로 뭔가 끝없이 거대하고 동시에 끝없이 조그만 물체가, 전갈 같은 게, 눈에는 안 보여도 끊임없이 파고드는 침이, $\sqrt{-1}$ 이 보이는 것 같다…… 어쩌면 그게 바로 '영혼'이라는 거, 전설적인 고대 전갈처럼 스스로 자신을 찔러 모든 걸……

종소리. 하루 시작이다. 모든 게, 죽지도 않고 사라지지도 않은 채, 햇살을 그대로 뒤집어쓴다, 눈에 보이는 물체가 밤에 안 죽고 어둠을 뒤집어쓰는 것처럼. 안개가 애매하게 흔들리며 머리에 가득 들어찬다. 안개 사이로 기다랗게 늘어선 유리 식탁이, 천천히, 말없이, 하나같이 음식을 씹는 동그란 머리들이 보인다. 안개 사이로 아주 멀리서 박자기 소리가 째깍거리고, 나는 마음을 편하게 달래는 박자에 맞추어 다른 모든 번호와 마찬가지로 기계적으로 50을 센다. 50은 음식을 한 입 먹을 때마다 씹어야 하는 숫자다. 그런 다음에는, 기계적으로, 째깍 소리에 맞추어 아래층으로 내려가서 출근 공책에 이름을 쓴다, 다른 모든 번호와 마찬가지로. 하지만 나는 다른 모든 번호와 동떨어진 느낌, 바깥소리를 모조리 부드럽게 차단한 벽 안쪽에 혼자 사는 느낌이다. 여기에서, 벽 안쪽에서, 내 세상은……

그런데, 이 세상에서 나 혼자 살아간다면, 지금 모든 내용을 기록하는 이유는 무얼까? 엉뚱한 '꿈'을, 옷장을, 끝없는 복도를 왜 기록할까? 수학 원리에 따라 엄격하게 조화로운 시를 써서 '한 국가'에 영광을 바치는 대신, 엉뚱한 모험 소설 같은 것만 쓴다는 사실이 슬프다. 아, 이게 소설에 불과하다면, 하루하루 살아가는 인생살이가 아니라면, X 와 $\sqrt{-1}$ 과 추락만 가득한 인생살이가 아니라면 얼마나 좋을까!

하지만 이러는 게 최선일 수도 있다. 여러분은, 미지의 독자 여러분은, 우리와 비교할 때 순진무구한 어린애일 가능성이 크다. 우리는 '한 국가'에서 자라나, 인류가 도달할 수 있는 최고봉에 올랐기 때문이다. 따라서, 아무리 씁쓸한 내용이라도 내가 모험이라는 사탕으로 두툼하게 감싸서 내민다면 여러분은 그대로 받아 얌전하게 삼킬 터이니 말이다.

저녁.

여러분은 아는가, 비행기를 타고 파란 나선형을 그리며 빠르게 치솟고 또 치솟는 느낌을, 창문을 활짝 열어서 바람이 얼굴로 매섭게 몰아치는 느낌을? 지구는 없다, 지구는 잊었다, 화성, 금성, 토성처럼 머나멀다. 바로 이게 지금 내가 살아가는 방식이다. 매서운 바람은 얼굴에 몰아치고, 나는 지구를 까마득히 잊었다, 달콤한 장밋빛 O를 까마득히 잊었다. 하지만 지구는 존재하고, 누구든 조만간에 돌아가서 내려앉아야 하니, 나는 그녀 이름이, O-90이, 내 섹스 시간표에 들어오는 날만 기다린다.

오늘 저녁은 머나먼 지구가 존재를 드러낸다.

나는 병에서 낫고 싶은 마음이 너무나 간절해, 의사가 지시한 대로 유리 사막을 따라, 쭉 뻗은 도로를 따라 2시간은 돌아다녔다. 다른 모든 번호는 시간표가 규정한 대로 공회당에 들어가, 오로지 나 혼자만 돌아다녔다…… 기본적으로 당연히 부자연스러운 광경이 아닐 수 없다. 손가락 하나가 전체에서, 손에서 떨어져나온 광경을, 손가락이 혼자 떨어져나와 유리 보도를 따라 달리고 구부리고 이리저리 돌리고 펄쩍펄쩍 뛰는 광경을 상상해 보라. 바로 내가 그 손가락이다. 무엇보다 이상하고 무엇보다 부자연스러운 건, 그 손가락은 다른 모든 손가락처럼 손에 달라붙고 싶은 갈망이 없다는 거다. 이런 식으로 나 혼자 계속 살거나 - 더 숨길 이유가 뭐겠는가? - 그 여인과, I-330과 함께하고 싶다, 그래서 어깨를 통해, 마주 낀 손가락을 통해 나 자신을 그 여인에게 다시 모조리 쏟아붓고 싶다……

나는 태양이 떨어질 즈음에 집으로 돌아갔다. 초저녁 장밋빛 주검이 이글거렸다, 사방 유리 벽에도, 누적탑 황금빛 뾰족탑에도, 마주치는 번호 목소리에도 미소에도. 얼마나 이상한가, 죽어가는 햇살이 아침에 이글거리는 햇살과 똑같은 각도로 떨어진다는 게, 그런데 모든 게 완전히 다르다는 게, 장밋빛도 완전히 다르다는 게. 지금은 고요한데, 씁쓸한 느낌이 살짝 어린 게 전부인데, 아침이면 다시 펄펄 끓어올라 사방이 시끌벅적하다는 게.

현관 로비에서 U가, 관리인이, 장밋빛 주검만 가득한 편지 더미에서 한 장을 꺼내 나에게 건넨다. 다시 말하지만, U는 완벽하게 점잖은 중년 여인으로, 나를 꽤 우호적으로 여기는 게 분명하다. 그런데도, 아가미처럼 축 늘어진 뺨을 볼 때마다 나는 괜스레 짜증이 치밀어오른다.

U가 옹이진 손으로 편지를 내밀며 한숨을 내쉰다. 하지만 세상과 분리한 커튼이 살짝 흔들릴 뿐, 나는 움켜쥔 손에서 흔들리는 편지봉투에 모든 관심을 쏟는다. I-330이 보낸 편지가 분명하다.

두 번째 한숨이 두 번째 밑줄을 묵직하게 그으며 강조해, 나는 편지에서 시선을 떼어내고 바라본다. 수줍어서 눈꺼풀을 나지막이 내린 커튼 너머로 아가미 한가운데에 미소가, 동정 어린 미소가 매달린다. 그러더니, "가련해, 정말 가련해"와 함께 한숨이 세 번째 밑줄을 그으며, 편지를 향해, 본분에 따라 당연히 먼저 파악한 내용을 향해, 고개를 살짝 끄덕인다.

"아니, 진짜, 제가…… 도대체 왜요?"

"아니에요, 아니에요. 나는 당신을 당신보다 잘 알아요. 지금까지 계속 지켜보았는데, 이제 당신은 인생을 오랫동안 공부한 사람과 손을 맞잡고 인생을 함께 헤쳐나가야 해요……"

U 미소가 고약처럼, 손에서 떨리는 편지가 나에게 상처를 주면 그걸 덮어줄 고약처럼, 내 몸뚱이에 지겹게 달라붙는 느낌이다. 그러더니 수줍게 내리깐 커튼 사이로 들릴락 말락 속삭이는 목소리.

"나도 곰곰이 생각하겠어요, 내 사랑, 나도 그걸 곰곰이 생각하겠어요. 확실한 건, 나에게 기력이 충분하단 느낌이 들면…… 하지만 아니에요, 먼저 그것부터 곰곰이 생각할게요……"

'은혜로운 선생님' 맙소사![15] 저 여자가 지금…… 나에게 하려는 말은……

눈앞에 얼룩이, 위아래로 굽이치는 사인곡선이, 손에서 펄떡대는 편지가 있다. 나는 벽으로, 빛이 환한 곳으로 걸어간다. 태양이 죽어, 짙은 장밋빛 주검이 내 몸에, 바닥에, 두 손에, 편지에 어둡게 꾸준히 깔린다.

나는 편지봉투를 찢어 재빨리 - 서명, 상처. I-330이 아니다, O다. 그런데 또 다른 상처. 편지 오른쪽 모서리에 얼룩……물기가 떨어진

---

15) '하느님 맙소사!'에 해당한다.

자국…… 나는 얼룩이 싫다, 원인이 무엇이든, 잉크든…… 다른 거든. 예전 같으면 얼룩을 보는 순간 짜증이 불쑥 치밀고 두 눈에 불쾌한 느낌이 가득했을 거다. 그런데 이번에는 조그만 회색 얼룩이 구름처럼 보이는 이유가 무얼까? 모든 걸 어둡게 무겁게 내리누르는 느낌은 무얼까? 이번에도 '영혼' 때문일까?

편지.

당신은 알 거야…… 아니, 어쩌면 모를 거야…… 뭐라고 말해야 좋을지 모르겠는데, 아무래도 상관없어. 하지만 당신이 없는 한, 나에겐 환한 대낮도 아침도 봄도 없겠지. 왜냐하면, 나에게 R은 단지…… 하지만 당신은 이런 감정에 관심 없을 거야. 게다가 나는 R이 정말 고맙거든. R이 아니면, 나 혼자, 지난 며칠을 어떻게 보냈을지 몰라…… 나한테는 지난 며칠 동안 낮과 밤이 십 년 같고 이십 년 같았어. 내 방은 직사각형이 아니라 끝없이 동그란 것 같았어…… 돌아가고 또 돌아가고, 언제나 끝임없이, 출구는 어디에도 없고.

나는 당신 없이 살 수 없어 - 당신을 사랑하기 때문이야. 이제 깨달았어.

나는 알아, 이제 당신은 누구도 필요하지 않다는 걸, 그 여자 말고, 다른 여자 말고, 세상 누구도 필요하지 않다는 걸, 그래서…… 당신은 알아 - 당신을 사랑한다는 이유 하나 때문에 나는……

앞으로 이삼일이면 조각난 모습을 추슬러서 예전의 O-90과 비슷하게 꾸밀 수 있을 거야. 그러면 관계 당국을 찾아가서 당신에 대한 등록을 취소할 거야. 그럼 당신은 편안하고 행복하겠지.

나는 두 번 다시…… 잘 있어.

　　O.

두 번 다시. 그래, 이러는 편이 훨씬 좋아. O 말이 옳아. 하지만
왜, 도대체, 왜……

열아홉 번째 기록

주제: 무시해도 상관없는 극소량. 찡그리며 쳐다보기. 난간 너머.

등잔불이 쭉 늘어서서 희미하게 흔들리는 이상한 복도…… 아니야, 아니야, 그곳이 아니야, 훨씬 나중이야, 고대관 안마당 은밀한 모서리에서…… 여인이 말했어, "내일모레, 16시." 그렇다면 오늘이야, 그래서 모든 게 날개를 달았어. 하루가 날아가. 우리 '완전체'도 날아가려고 준비해. 로켓 엔진은 이미 장착했고, 오늘, 지상에서 실험해. 화염이 정말로 웅장하고 강력하니, 매번 내뿜는 화염은 I-330을, 하나밖에 없는 여인을, 개성이 넘치는 여성을 맞이하는 예포, 오늘을 반기는 예포다.

화염을 처음 내뿜을 때 번호 열 명 정도가 갑판에서 대피를 못 하고 검댕이 부스러기로 변했으나, 이것 때문에 작업 리듬이 흐트러진 건 조금도 없다는 사실을 나는 자랑스럽게 기록한다. 누구도 움츠러들지 않았다. 우리도 기계도 예전처럼 정교하게 직선과 원으로 끊임없이 움직였다, 아무런 일도 안 일어났다는 듯. 번호 열 명은 '한 국가'

인구에서 1/1억도 안 된다. 현실적으로, 무시해도 상관없는 극소량이다. 고대인은 수학이란 걸 몰라서 동정심을 보이는 경향이 있으나, 우리 눈에는 우스꽝스러울 뿐이다.

어제 비참한 숯덩이 흔적을 보고서 내가 관심을 보였다는 자체도, 지금 여기에 기록한다는 자체도 우스꽝스럽다. 모든 건 표면을 다이아몬드처럼 단단하게, 우리 담벼락처럼 단단하게, '연화'하는 과정에 불과하다.

16시. 나는 보충 산책하러 나가지 않았다. 누가 아는가, 모든 게 햇살을 받으며 환하게 쨍그랑거리니, I-330이 지금 이 순간에 여기로 올 생각을 떠올릴지……

나는 건물 전체에 거의 혼자다. 햇살을 흠뻑 머금은 벽 사이로 먼 곳까지 보인다. 오른쪽 왼쪽 아래쪽으로 방이 하나같이 텅텅 비어서 공중에 걸린 채, 거울에 박힌 것처럼 쭉쭉 이어간다. 파란색이 감도는 계단에서 깡마른 회색 그림자 하나가 햇살을 살짝 머금은 채 미끄러지듯 올라갈 뿐이다. 발걸음이 들린다 – 문 너머를 바라본다 – 미소가 나에게 고약처럼 달라붙는 걸 느낀다. 하지만 방문 앞을 그대로 지나 다른 계단으로 내려간다……

신호기에서 찰칵 소리가 난다. 나는 하얗고 좁은 틈새로 몸을 날린다. 그리고…… 그리고 낯선 남성 번호를 (자음으로 시작하는 번호를) 본다. 승강기가 웡웡대고, 문은 쾅 닫힌다. 바로 앞에 – 얼굴 위로 아무렇게나 비스듬히 묵직하게 올라간 이마. 그리고 두 눈…… 낯선 느낌, 잔뜩 찡그린 이마 밑에서, 두 눈이 있는 곳에서 말소리가 나오는 것 같다.

"I-330이 당신에게 보낸 편지. 모든 걸 편지에 적힌 그대로 하라고 부탁했습니다."

125

툭 튀어나온 이마 밑으로 주변을 둘러본다. 아무도 없다, 주변에 아무도 없다. 어서, 어서 나에게 줘! 사내는 주변을 다시 둘러보더니, 편지봉투를 내밀고 떠난다. 이제 혼자다.

아니다, 혼자가 아니다. 편지봉투에서 분홍색 쿠폰, 그리고 희미한 향기 - I-330 향기. 이건 I-330이다, I-330이 온다, I-330이 나를 만나러 온다. 재빨리 편지 - 내 눈으로 직접 읽으려고, 그래도 확인하려고……

하지만 아니다, 이럴 순 없다! 다시 읽는다, 문장을 뛰어넘으며.

'쿠폰…… 커튼을 잊지 말고 내리세요, 내가 거기에 있는 것처럼…… 내가 거기에 있다고 저들이 생각하는 건 아주 중요하니…… 미안해요, 정말 미안해요……'

나는 편지를 갈가리 찢어발긴다. 거울에, 순간적으로, 잔뜩 일그러진 눈썹. 나는 편지를 찢어발긴 것처럼 쿠폰도 찢어발기려고 집어든다……

"모든 걸 편지에 적힌 그대로 하라고 부탁했습니다."

두 손이 축 늘어진다. 쿠폰이 식탁에 떨어진다. I-330은 나보다 강하다. 안타깝게도 나는 I-330 부탁대로 행동할 것 같다. 하지만…… 하지만, 모르겠다. 어쩌면 I-330이 찾아올 수도 있다, 아직은 시간이 많이 남았다…… 쿠폰은 식탁에 그대로 있다.

거울에는 잔뜩 일그러진 눈썹. 오늘은 의사 진단서를 왜 안 받았을까? 그러면 마냥 걷고 또 걸으며 '녹색 담벼락'을 한 바퀴 돌다, 침대에 쓰러질 텐데 - 바닥까지…… 하지만 당장은 13호 공회당에 가야 한다, 자리에 앉아서 두 시간 동안 온몸에 나사를 단단히 조여야 한다 - 두 시간 - 꿈쩍 않고…… 마음에선 비명이 일고 두 발은 쿵쿵거려도.

강의. 번뜩이는 장비에서 평소처럼 금속성 목소리 대신 보풀이 부드럽게 이는 데다 이끼까지 묻어나오는 목소리로 흘러나오는 게 정말 이상하다. 여성 목소리. 옛날에 살던 여성을, 고대관에서 본 노파처럼 덩치는 조그맣고 허리는 갈고리처럼 굽은 노파를 나는 떠올린다.

고대관…… 생각을 떠올리는 순간, 모든 게 밑에서 분수처럼 터져 나온다. 나로선 온 힘을 다해서 마음을 단단히 다질 수밖에 없다. 그러지 않으면 공회당에서 비명을 마구 내지를 것 같다. 보풀이 부드럽게 이는 소리가 몸뚱이를 뚫고 그대로 지나간다. 남는 건 어린애에 관한, 어린애 기르는 내용이라는 인식이 전부다. 나는 감광판으로 변한다. 모든 느낌이 정확하게, 묘하게 이질적이고 무관심하고 무감각하게 담긴다. 불빛이 확성기에 어린다 – 황금빛 초승달. 그 밑에서 아기가, 살아있는 사례가, 초승달을 향해 팔을 뻗는다. 조그만 제보 모서리는 입으로 물고, 조그만 주먹은 조그만 엄지를 안에 넣은 채 꼭 움켜쥔다. 손목에 가벼운 그림자 – 조그맣고 통통한 주름. 나는 감광판처럼 기록한다, 맨발 하나가 탁자 모서리를 넘어, 발가락이 장밋빛 부채꼴 모양으로 허공을 밟는다 – 이제 바닥으로 떨어지겠지.

여인이 비명을 내지르더니, 제보를 투명한 날개처럼 펼치며 무대로 날아서 아기를 잡는다. 조그만 손목 주름에 입술을 댄다. 여인은 아기를 탁자 한가운데로 옮기고 무대에서 내려온다. 내 마음은 기계적으로 새긴다, 양쪽 끝이 내려간 분홍빛 초승달 입술, 접시처럼 파랗고 동그란 눈에는 물기가 가득하다. O. 공식이 술술 풀리듯, 나는 사소한 사건이 지금 막 일어날 수밖에 없었던 이유를 갑자기 깨닫는다.

O는 바로 뒤 왼쪽에 앉았다. 나는 뒤를 바라본다. O는 아기가 있는 탁자에서 시선을 순순히 떼어내 나를 바라보더니, 내 몸속으로 들어온다. 그래서 O, 나, 무대에 놓인 탁자는 이번에도 삼각점. 삼각점을 연결하는 선, 눈에 안 보이는 선, 아직도 안 보이는 사건.

나는 어슴푸레한 녹색 거리를 따라 집으로 걷는다. 가로등이 벌써 여기저기에 반짝인다. 내 몸 전체가 시계처럼 째깍거린다. 시곗바늘은 조금 후에 특정 숫자를 가리킬 터이고, 그러면 나는 되돌릴 수 없는 행동을 할 것이다. 여인은, I-330은, 자신이 나와 함께 있다고 누군가가 생각하는 게 필요하다. 내가 필요한 건 I-330인데, I-330이 '필요'한 거랑 나랑 무슨 상관이란 말인가! I-330이 다른 번호랑 놀아나는 걸 내가 가려줄 순 없다 - 결단코 그럴 순 없다.

뒤에서, 물웅덩이를 풍덩거리듯, 익숙한 발걸음. 이제 뒤를 돌아보지 않는다. S가 분명하기 때문이다. 건물 현관까지 따라오다, 건물 밑에, 옆길에 서서, 나사송곳 드릴로 내 방까지 뚫고 들어올 게 분명하다 - 커튼을 내려서 다른 번호 범죄를 숨길 때까지……

S는, 나를 지키는 수호천사, 내 생각에 종지부를 찍었다. 그래서 결정했다 - 그러지 않기로. 완전히 결정했다.

방으로 들어와서 전등을 켜는 순간, 나는 내 눈을 믿을 수 없었다. 식탁 옆에 O가 서 있었다. 아니, 몸에서 벗겨낸, 텅 빈 드레스처럼 걸려 있었다. 드레스에는 심이 하나도 없는 듯, 두 팔은 탄력 없이 축 늘어지고, 두 다리와 목소리는 흐느적거렸다.

"나는…… 편지 때문에…… 편지 받았지? 그지? 대답을 들어야겠어, 꼭 - 지금 당장."

나는 어깨를 으쓱한다. 모든 책임은 당신 탓이라는 듯, 파란 눈에 가득 들어차는 물기를 즐겁게 바라보며 대답을 늦춘다. 그러다, 한 단어 한 단어로 콕콕 찌르며 기쁘게 대답한다.

"대답? 으음…… 당신 말이 맞아. 완벽하게. 모든 점에서."

"그렇다면……"

O는 덜덜 떨리는 걸 미소로 가리려 하지만, 나는 그대로 본다.

"좋아! 내가 떠나겠어 - 지금 당장 떠나겠어."

O가 말하더니, 식탁에 그대로 널브러진다, 두 눈은 내리깔고, 팔과 다리는 축 늘어지고 다른 여자가 보낸 분홍색 쿠폰은 구겨진 채 식탁에 그대로 있다. 나는 '우리들' 원고를 급히 펼쳐서 쿠폰을 숨긴다 - O에게서, 아니, 나 자신에게서.

"아직도 글을 써. 벌써 170쪽이야…… 예상하지 못한 내용으로 들어서는 중이야……"

목소리, 그림자 목소리.

"기억나…… 7쪽에…… 내가 떨군 거, 그래서 당신이……"

파란 접시 - 침묵, 물기가 모서리를 순식간에 넘쳐 양쪽 뺨으로 흐르는데, 말이 모서리를 재빨리 낚아챈다.

"안 되겠어, 금방 떠날게…… 그래서 두 번 다시…… 당신이 하라는 대로 할게. 하지만 당신 아기를 가져야 하겠어, 그러고 싶어 - 나한테 아기를 주면 바로 떠날게, 바로 떠난다고!"

O가 제보 안에서 온몸이 떨리는 걸 나는 그대로 본다. 그리고 느낀다, 조금 있으면 나도…… 나는 두 손을 뒷짐 지고 빙그레 웃는다.

"'은혜로운 선생님' 사형 기계에 들어가고 싶어서 안달이 난 거야?"

그러자 O는 둑이 무너진 것처럼 말을 쏟아낸다.

"그건 아무래도 상관없어! 이제 느끼고 싶어, 몸속으로 아기를 느끼고 싶어. 그래서, 며칠만, 딱 며칠만…… 주름이 자잘한 생명체를 품에 한 번이라도 안는다면 - 탁자에 올려놓은 아기처럼. 딱 하루만!"

삼각점, O, 나, 탁자에 올린 조그만 주먹, 주름살이 통통한……

어릴 적에 학교에서 누적탑으로 견학을 간 게 기억난다. 나는 제일 꼭대기 층계참에서 유리 난간 너머로 허리를 내밀었다. 밑에서는 사람들이 점처럼 보이고 나는 심장이 달콤하게 쿵쾅거렸다. 만일 내가?

하지만 당시에는 난간을 훨씬 단단히 붙잡기만 했다. 지금은, 그냥 뛰어내린다.

"아기를 원한다? 결과를 잘 알면서……"

두 눈이 감긴다, 태양을 바라보듯. 물기, 환한 미소.

"그래, 그래! 정말 원해!"

나는 원고 밑에서 분홍색 쿠폰을 - 다른 여자 쿠폰을 - 꺼내 아래층으로 달린다, 당직 관리인에게. O가 내 손을 잡고 뭐라고 소리치지만, 나는 돌아온 다음에 비로소 그 말을 알아듣는다.

O는 침대 모서리에 걸터앉아 두 손을 무릎 사이에 단단히 꼈다.

"그거…… 그 여자 쿠폰?"

"아무런들 어때? 그래, 그래, 그 여자 거야."

무언가 쨍그랑 깨진다. 아니, O가 그냥 꿈틀댄 걸 수도 있다. O는 무릎 사이에 두 손을 꽉 낀 채 가만히 앉아있다.

"됐지? 서둘러……"

내가 O 손을 거칠게 잡는데, 빨간 점이(내일이면 파랗게 변하겠지) O 손목에 기다랗게 나타난다, 아기처럼 통통한 주름에.

그게 마지막이다. 스위치를 찰칵, 생각은 모두 사라지고, 어둠, 불꽃 - 나는 난간 너머로 날아, 밑으로……

스무 번째 기록

주제: 방전. 생각 재료. 0도 바위.

방전 – 이게 제일 정확한 설명이다. 당시에는 방전과 똑같은 상태였다는 걸 나는 이제 비로소 깨닫는다. 최근 들어서 맥박이 점차 가빠지고 메마르고 팽팽하게 변했다. +, – 양극이 계속 다가오며…… 바삭거리다…… 다시 1밀리, 그리고 폭발…… 정적.

지금 나는 내면세계가 텅 비어서 조용하다. 모두 떠나간 건물에 홀로 병들어 누워, 머릿속에서 이런저런 생각이 똑딱똑딱 부닥치는 날카로운 금속성 소리가 또렷하게 들리는 느낌이다.

'방전' 현상이 고통스러운 '영혼'을 모두 해결해, 내가 다른 모든 번호처럼 돌아간 것 같기도 하다. 최소한, 지금 당장은 O가 입방체 계단에 오르는 모습도, 가스 종으로 들어가는 모습도 아무런 고통 없이 떠올릴 수 있다. '수술국'에서 O가 내 이름을 댄다 해도 상관없다. 마지막 순간이 찾아오면 나는 '은혜로운 선생님'이 징계하는 손에 고마운 마음으로 경건하게 키스하겠다. 나는 '한 국가'에 징벌을 받을

131

권리가 있으며, 이 권리를 결단코 포기하지 않겠다. 우리는, 우리 국가에 속한 번호는, 이 권리를 포기해서도 안 되고 포기할 이유도 없다. 우리가 지닌 유일한 권리, 그만큼 소중한 권리기 때문이다.

이런저런 생각이 조용히 똑딱똑딱 부닥친다, 금속성으로 또렷하게. 눈에 안 보이는 비행기가 파란 최고봉으로, 사랑하는 추상성으로 나를 실어간다. 그곳에서, 공기가 가장 순수하고 가장 깨끗한 곳에서, '권리'에 대한 생각이 고무 타이어처럼 뻥! 터지는 게 보인다. 고대인이 지닌 엉뚱한 편견 가운데 하나, '권리'에 대한 고대인 생각 가운데 하나에 불과하다는 사실을 또렷이 깨닫는다.

진흙으로 빚은 생각도 있고, 황금이나 소중한 유리로 영원히 새긴 생각도 있다. 생각이 담긴 재료를 파악하려면, 거기에 강력한 산성을 한 방울 떨어뜨리는 거로 충분하다. 이런 산성 가운데 하나를 고대인도 알았다. 고대인은 그걸 이렇게 불렀다고 나는 믿는다. 종말. 하지만 그들은 독극물이 두려웠다. 아무것도 없는 파란색보다는 환한 하늘이라도, 장난감 하늘이라도 보는 걸 더 좋아했다. 하지만 '은혜로운 선생님' 덕분에 어른으로 성장했으니, 우리는 장난감이 필요 없다.

으음, 어쨌든, '권리'라는 생각에 산성을 한 방울 떨어뜨렸다고 하자. 고대인조차 가장 성숙한 사람은 '권리'의 원천이 '힘'이며, 그 힘과 '권리'는 함수관계라는 걸 알았다. 여기에 저울이 있다고 가정하자. 한쪽엔 1g, 다른 쪽엔 1톤이다. 한쪽엔 '나', 다른 쪽엔 '우리'가, '한 국가'가 있는 거다. 그렇다면 '나'가 '한 국가'에 권리를 지녔다는 건 저울에서 1g이 1톤과 균형을 이룬다는 소리와 다를 바 없다는 사실이 명백하게 드러나지 않는가?

여기에서 권리는 톤으로, 의무는 그램으로 가르자. 그러면 무존재에서 위대한 존재로 자연스럽게 나아가는 길은 자신이 1g이라는 걸 잊고

1톤의 1/1000000로 여기는 거다.

여러분, 얼굴은 분홍색에 체구는 거대한 금성인 여러분, 그리고 여러분, 대장장이처럼 거무스름한 화성인 여러분, 내가 파랗게 침묵한다며 여러분이 투덜대는 소리가 내 귀에 들린다. 하지만 여러분은 이해하는 법을 배워야 한다. 위대한 모든 것은 단순하다. 영원불변한 진리는 수학 사칙연산 하나밖에 없다. 따라서 윤리는 사칙연산 규칙에 근거할 때 비로소 위대한 영원불변이 될 수 있다. 이건 궁극적인 지혜며, 피라미드 꼭대기며, 사람들이 몇 세기에 걸쳐서 발버둥 치고 숨을 헐떡이고 땀을 뻘뻘 흘리며 오르려고 애쓰던 정점이다.

여기 정점에서 바라보면, 밑에 존재하는 모든 건, 심연에 존재하는 모든 건, 야만인 조상한테 생겨나 우리 속에 살아남아, 심연에서 구질구질한 벌레 무더기처럼 꿈틀대는 모든 건 하나같이 똑같다. 여기 정점에서 보면 불법을 저지르는 어머니도, O도, 살인자도, '한 국가' 얼굴에 대고 무례하게 시를 날리며 비방하는 미친놈도 모두 똑같다. 이들에게 내리는 판결도 똑같다. 사형. 돌로 집 짓던 사람들이 역사의 여명기에 장밋빛으로 천진난만하게 꿈꾸던 신성한 정의가 바로 이것이다. 이들이 섬기는 '신'은 '신성한 교회'에 대한 신성모독을 살인죄처럼 엄격하게 처벌했다.

여러분은, 고대 스페인 사람처럼, 범법자를 장작더미에 올려서 불태울 정도로 지혜로운 스페인 사람처럼 엄격하고 거무스름한 화성인 여러분은 침묵하니, 내 편인 것 같다. 하지만 분홍빛 금성인은 고문과 처형에 대해 야만시대로 돌아가는 거라며 투덜대는 소리가 내 귀에 들린다. 친애하는 친구 여러분, 나는 여러분이 불쌍하다. 철학적 수학적으로 사고할 능력이 여러분에게 없다는 걸 증명할 뿐이니 말이다.

인류 역사는 동그라미를 그리며 올라간다, 비행기처럼. 동그라미는 제각기 다르다. 황금빛도 있고 핏빛도 있다. 하지만 모두 360도다. 0도에서 시작해 10도, 20도, 200도, 360도로 나아가다 0도로 돌아온다. 그렇다, 우리는 0도로 돌아온다 – 당연히. 하지만 수학자로서 볼 때, 이 0도는 완전히 다른, 완전히 새로운 0도다. 0도에서 오른쪽으로 가다 왼쪽에서 0도로 돌아왔다. 그렇다면 +0도가 아니라 –0도가 되는 거다. 이해하겠는가?

내가 볼 때, 이 0도는 거대하고 고요하고 비좁고 칼날처럼 날카로운 바위다. 이리저리 모질게 뒤엉킨 암흑 속에서, 우리는 숨을 꾹 참고 까만 밤이 깃든 0도 바위에서 출발한다. 우리 콜럼버스 탐험가는 몇 세기 동안 배를 몰고 끝없이 나아가고 나아가, 지구 전체를 돈다. 그래서 오랜 고통 끝에, 만세! 예포를 쏘며 돛대 꼭대기로 모두 오른다. 우리 앞에 보이는 건 완전히 다른, 여태껏 알려지지 않은 0도 바다. '한국가' 북극광 오로라가 화려하게 반짝이는 지점이다. 옥색 덩어리, 불꽃, 무지개, 다양한 태양, 태양 수백 개, 무지개 수십억 개……

다른 0도에서, 검은 바위 맞은편에서, 칼날 간격밖에 안 된다 해서 뭐가 문제인가? 칼은 무엇보다 강하고 무엇보다 불멸이며 인간이 만든 것 가운데 무엇보다 훌륭하다. 칼은 단두대도 되고, 매듭을 푸는 보편적인 수단도 되며, 칼날을 따라서 역설이, 무서운 걸 모르는 정신에 유일하게 합당한 길이 뻗어 나간다.

스물한 번째 기록

주제: 글쓴이가 짊어질 의무. 얼음이 부푼다. 가장 어려운 사랑.

어제는 I-330이 오는 날인데, 이번에도 안 오고, 설명 하나 없이 애매한 편지 한 장만 또 보냈다. 하지만 나는 고요하다, 완벽하게 고요하다. 설사 내가 편지에 적힌 대로 하더라도, I-330 쿠폰을 당직 관리인에게 건네고 커튼을 내리고 방에 혼자 있더라도, 그건 내가 I-330이 바라는 뜻에 정반대로 행동할 수 없기 때문이 아니다. 말도 안 된다! 당연히 절대로 아니다. 이유는 딱 하나, 고약처럼 달라붙는 미소를 커튼으로 완전히 차단한 채 이 글을 차분히 쓸 수 있기 때문이다. 이게 첫 번째다.

두 번째로, I-330을 잃으면 (옷장 사건, 일시적인 죽음, 기타 등등) 미지수 전체를 풀어낼 유일한 열쇠까지 잃을까 두렵다. 이 글을 쓰는 작가로서, 나는 해답을 찾아낼 의무가 있다. 미지수는 무어든 인간에게 근본적으로 유해하다는 사실은 말할 필요도 없고, 호모 사피엔스는 삶 전체에 의문부호는 조금도 없고 감탄사와 마침표와 쉼표만 가득할 때 비로소 진정한 의미에서 인간이랄 수 있기 때문이다.

그래서 작가의 의무감에 이끌리는 듯, 나는 오늘 16시에 비행기를 몰고 고대관으로 갔다. 맞바람이 강하게 몰아쳐, 공기로 가득한 숲을 헤치며 어렵게 나아가고, 눈에 안 보이는 나뭇가지는 마구 때리며 휙휙 스쳤다. 밑에서 도시는 파란 빙산이 일어선 것 같았다. 갑자기 - 구름, 빠르게 나는 삐딱한 그림자. 빙산이 납으로 변하다, 봄철에 강둑에서 바라보면 강물에 떠내려오는 얼음처럼 붉더니, 순간 모든 게 폭발해서 넘치고 소용돌이치며 하류로 쓸려간다. 하지만 몇 분이 지나자, 빙산은 그대로 있고, 부풀어 오른 건 바로 '나'라는 느낌이 들면서 심장이 빠르게 더 빠르게 뛰고 불안감이 늘어났다. 그런데 이 내용을 지금 그대로 쓰는 이유는 뭘까? 왜 이렇게 흥분하는 걸까? 우리 인생살이에서 가장 투명하고 가장 튼튼한 결정체를 깨부술 쇄빙선은 없는 게 분명한데……

고대관 입구에는 아무도 없었다. 주변을 돌아다니다 '녹색 담벼락' 근처에서 관리인 노파를 찾았다. 노파는 한 손으로 햇빛을 가린 채 공중을 쳐다보는 중이었다. 거기에, 담벼락 위에 - 새들이 만드는 까만 삼각형. 눈에 안 보이는 단단한 전기 장벽을 향해 비명을 지르며 돌진하다 튕겨 나가 담벼락 너머로 돌아간다.

새들이 날아가는 삐딱한 그림자는 주름진 노파 얼굴 너머로 빠르게 미끄러지고, 노파는 나를 재빨리 쳐다본다.

"아무도 없어, 아무도 없어! 안으로 들어갈 필요조차 없다고. 아무도……"

필요조차 없다는 말은 도대체 왜 하는 걸까? 정말 황당하다 - 나를 다른 사람 그림자 정도로 여기다니! 그들 모두가 내 그림자에 불과하다면 어쩔 건가? 이 종이에 - 얼마 전까지 하얀 직사각형 사막에 불과한

136

곳에 - 그들을 들여보낸 건 바로 나 아니던가? 내가 아니면, 앞으로 생겨날 독자들이 그들을 쳐다보기라도 하겠는가?

당연하게, 나는 이러한 내용을 노파에게 말하지 않았다. 무엇보다 잔인한 부분은 인간이 자신의 실존을 - 삼차원 실존을 - 의심하는 거란 사실을 나는 체험으로 알기 때문이다. 그래서 노파가 맡은 역할은 문을 여는 거라는 사실만 냉정하게 말하고, 노파는 나를 마당으로 들여보냈다.

텅 비었다. 조용하다. 바람이 바깥에서, 담벼락 너머에서 불었다, 우리가 어깨를 맞대고 둘이 하나로 저 밑에서, 복도에서 나오던 날처럼 멀리서 - 이런 일이 진짜로 있었는지 모르겠지만. 돌로 만든 아치 아래를 걸으니, 축축하고 둥근 천장에서 발걸음 소리가 울리다 등 뒤로 떨어진다.

노란 담벼락은 빨간 벽돌을 흉터처럼 드러내며, 짙은 유리 창문 사각형 너머에서 지켜본다. 문짝이 노래하는 헛간마다 모두 열어보는 것도, 모서리마다, 막힌 곳마다, 쑥 들어간 곳마다, 틈새마다 살피는 것도 지켜본다. 울타리에 있는 문, 아무것도 없이 황량한 공터 - 200년 전쟁 기념물. 흙 속에서 삐져나온 석조 갈비뼈, 노란 이빨이 빙그레 웃는 담벼락, 굴뚝이 수직으로 올라간 고대 벽난로 - 빨간 벽돌과 노란 벽돌이 냉혹하게 흩어진 사이에서 영원히 굳어버린 배.

노란 이빨을 예전에 본 것 같다, 깊은 호수 밑바닥에서 물 사이로 희미하게. 그래서 주변을 탐색했다. 구덩이에 발이 빠지고 돌멩이에 발이 걸리고, 녹슨 발톱이 제보를 붙잡고, 짜디짠 땀방울은 이마를 기어내려 눈으로 파고들고……

그곳에도 없다! 어디서도 못 찾는다 - 밑에서, 복도에서 나오는 출구를. 하지만 차라리 잘된 건지도 모른다. 모든 게 어리석은 '꿈'이었을 가능성이 크다.

나는 먼지와 거미줄을 잔뜩 뒤집어쓴 채 기진맥진한 몸으로 안마당으로 돌아가는 문을 열었다. 갑자기 - 뒤에서 부스럭 소리, 첨벙거리는 발걸음, 뒤를 돌아보니, 거기에 - 분홍색 날개 귀, 이중으로 굽은 미소, S.

S가 눈을 가느다랗게 뜨고 나사송곳 드릴로 내 몸뚱이를 꿰뚫다가 묻는다.

"산책하세요?"

나는 침묵한다. 두 손이 말을 안 듣는다.

"으음, 이제 좀 좋아졌나요?"

"네, 덕분에. 정상으로 돌아가는 것 같습니다."

S는 나를 풀어주고, 두 눈을 올린 채 고개를 뒤로 젖혀, 나는 처음으로 S 목젖을 본다.

우리 위, 50m도 안 되는 상공에서 비행기 여러 대가 윙윙댄다. 나지막이 떠서 천천히 비행하고 밑바닥에는 관찰대가 까맣게 달린 걸 보고 나는 깨달았다. 정체를 파악했다. '보호단' 비행기 - 평소처럼 두세 대가 아니라 열두세 대다. (불행히도 나는 숫자를 대충 말할 수밖에 없다.)

나는 용기를 냈다.

"비행기가 오늘은 왜 저렇게 많나요?"

"왜요? 으음…… 진정한 의사라면 환자가 건강할 때 치료하지요, 내일이든 모레든 일주일이든 결국 병에 걸릴 거라면. 예방 조치라고나 할까……"

S가 고개를 끄덕이더니, 마당 석판을 첨벙첨벙 걸으며 떠난다. 그러다가 고개를 돌려서 소리친다.

"조심하세요!"

이제 혼자다. 조용하다. 공허하다. '녹색 담벼락' 꼭대기 멀리서 바람, 새들이 이리저리 날아다닌다. '조심하라'는 말은 무슨 뜻일까?

나는 비행기를 몰고 바람을 헤치며 빠르게 난다. 가벼운 구름 그림자, 묵직한 구름 그림자. 밑에는 - 파란 지붕, 유리 얼음 입방체는 납으로 변하며 붙어난다……

초저녁.

독자 여러분에게 유익할 게 분명한 생각 몇 개를, 하루하루 다가오는 '만장일치의 날'에 대한 생각 몇 개를 적으려고 원고를 펼친다. 그러다가 오늘 밤엔 쓸 수 없다는 사실을 깨닫는다. 어두운 날개로 창문을 찰싹찰싹 때리는 바람 소리를 계속 들어야 한다. 뒤를 계속 돌아보며 기다려야 한다. 뭐를 기다리나? 나도 모른다. 그래서 갈색이 감도는 분홍색 아가미가 익숙한 모습으로 나타난 순간, 솔직히 말해서, 기뻤다. 아가미는 자리에 앉아, 무릎 사이에 낀 제보 주름을 얌전하게 펴며, 내 몸뚱이 전체에 미소 고약을 재빨리 발랐다, 틈새 하나 안 놓치고 - 나는 꼼짝 못 하게 단단히 묶인 느낌이 좋았다.

"당신도 알다시피, 오늘 교실에 갔다가 (U는 아동 사육 공장에서 일한다) 풍자 그림을 발견했어요, 벽에서. 네, 네, 확실해요! 아이들이 나를 생선처럼 그렸어요. 어쩌면 나는 정말……"

"어이쿠, 아니에요, 아니에요, 당연히 아니에요."

내가 황급히 부정했다. 바로 옆에서 살펴보니까 U 얼굴은 사실 아가미를 닮은 부분이 하나도 없다. 아가미 같다는 내 표현은 완전히 틀렸다.

"으음, 어쨌든, 중요한 건 그게 아니고, 당신도 알다시피, 행동 그

자체예요. 당연히, 나는 '보호단'을 불렀지요. 나는 아이들을 참 좋아하는데, 정말 어렵고 고상한 사랑은 '무자비한 행동'이라고 생각한답니다. 이해하시겠어요?"

당연히 이해한다! 내 생각도 똑같다. 그래서 더 못 참고 스무 번째 기록 일부를 읽어주었다. '이런저런 생각이 조용히 똑딱똑딱 부닥친다, 금속성으로 또렷하게'부터.

고개를 들어 쳐다보지 않아도, 나는 U가 갈색이 감도는 분홍색 뺨을 덜덜 떨며 가까이 더 가까이 다가오다 마침내 딱딱하고 성마른 손가락으로 내 손을 노골적으로 잡는 걸 알았다.

"이 글을 나한테 주세요, 나한테 주세요! 내가 기록해서 아이들에게 암기시키겠어요. 이건 당신 금성 독자보다 우리한테 더 필요해요 - 오늘, 내일, 모레."

그러다 어깨너머를 살피며 속삭인다.

"들었나요? 사람들 말이 '만장일치의 날'에……"

나는 벌떡 일어났다.

"사람들이 - 사람들이 뭐라고 한다고요? '만장일치의 날'에 뭐라고요?"

아늑한 벽이 깡그리 사라졌다. 내동댕이쳐진 느낌이었다, 바깥으로, 거대한 바람이 지붕 위에서 날뛰고 어슴푸레한 구름이 밑으로 비스듬히 가라앉고 또 가라앉는 곳으로……

U는 내 어깨를 단호하게 단단히 붙잡고, 깡마른 손가락은 내가 덜덜 떠는 것에 공명하듯 덜덜 떨렸다.

"자리에 앉아요, 내 사랑, 흥분하지 마세요. 사람들은 어차피 온갖 말을 하는 법이니까, 그리 신경 쓰지 마세요. 그리고 - 당신이 필요하다면, 나는 그날 당신 곁에 있을게요. 아이들을 다른 사람에게 부탁하

고 당신 곁을 지킬게요. 당신도, 내 사랑, 어린애니까요, 그리고 내가
필요……"

나는 재빨리 손을 흔들며 거절했다.

"아니에요, 아니에요. 그럴 필요 없어요! 그럼 당신은 실제로 나를
어린애라고 생각할 터인데, 나 혼자는 아무것도 못…… 그럴 순 없어
요!" (솔직히 고백하자면, 나는 그날 다른 계획이 있다.)

U가 빙그레 웃었다. 미소에 담긴 뜻은 분명하다. '아, 정말 고집불통
아이군!' U는 자리에 앉아, 두 눈을 내리깔고, 두 손은 무릎 사이에
낀 제보 주름을 다시 얌전하게 폈다. 그러다가 화제를 돌렸다.

"이제 나도 결정해야 할 것 같아요…… 당신을 위해서…… 아니에요,
제발 부탁이니, 재촉하지 마요, 나는 아직 생각할 게 많으니……"

나는 재촉하지 않았다. 하지만 다른 번호 말년을[16] 책임지겠다는
이상으로 대단한 영광은 없다는 걸, 나로선 당연히 기뻐해야 한다는
걸 깨달았다.

그날 나는 날개[17] 때문에 밤새도록 고생했다. 두 손을 머리에 올려
서 날개가 달려드는 걸 막으며 마냥 걸었다. 그러다, 의자가 다가왔다.
현대식 유리 의자가 아니라, 나무로 만든 고대 의자였다. 의자가 말처
럼 움직였다 – 오른쪽 앞발, 왼쪽 뒷발, 왼쪽 앞발, 오른쪽 뒷발. 의자가
침대로 달려와서 기어올라, 나는 나무 의자와 사랑을 나눴다. 정말
불편하고 고통스러웠다.

어처구니가 없다. 이런 꿈을 – 질병을 – 고칠 방법이 어디에도 없단

---

16) 주인공은 이제 서른두 살에 불과하다. 그런데도 말년이라 느낀다는 표현은 절망적
    인 분위기를 상징한다. 참고로, U는 살이 축축 늘어진 중년 여성이다.
17) 날개는 귀가 날개처럼 생긴 보안요원 S를 의미한다. 꿈에서 날개가 달려드는
    걸 피했다는 건, 의식은 보안대를 수호천사로 여기지만 무의식은 공포의 대상으
    로 여긴다는 걸 알 수 있다.

말인가? 이런 꿈을 뭔가 합리적으로, 가능하다면 유익하게, 돌릴 방법
이 없단 말인가?

스물두 번째 기록

주제: 파도가 굳었다. 모든 게 완벽하게 발전한다. 나는 세균이다.

당신이 해변에 있는데, 파도가 규칙적으로 일어나 높이 솟구치다, 갑자기 굳고 얼어붙어서 멈춘다고 상상해 보라. 이렇게 기괴하고 부자연스러운 사태가 오늘 일어난 것 같다. 시간표가 규정한 대로 산책하는데, 갑자기 모든 게 멈춰, 모든 번호가 혼란에 빠져들었다. 비슷한 사태가 마지막으로 일어난 건, 우리 연대기에 따르면, 119년 전, 번호가 잔뜩 모여서 행진하는 대열 한 가운데로 유성이 커다란 소리와 연기를 내뿜으며 떨어졌을 때다.

이번에도 우리는 평소처럼 걸었다, 아시리아 기념탑에 새긴 전사들처럼. 머리 천 개, 하나같은 '완전체' 다리는 두 개, 하나처럼 흔드는 '완전체' 팔도 두 개. 누적탑이 엄숙하게 윙윙대는 거리 끝에서 직사각형 하나가 우리에게 다가온다. 앞에도, 뒤에도, 양옆에도 '보호단', 한가운데는 – 세 사람, 제복마다 황금빛 배지는 벌써 떼어냈다. 모든 게 끔찍하게 분명하다.

누적탑 꼭대기 거대한 시계는 얼굴. 구름 사이로 내밀어 초를 하나씩 뱉어내며 무심하게 기다린다. 그러다가 정확히 13시 6분에 직사각형 대열에 문제가 생긴다. 나는 바로 옆이라서 모든 광경을 생생히 보았다. 가늘고 기다란 목, 관자놀이는 파란 핏줄이 거미줄처럼 뻗어나가 조그만 세계 강물 지도처럼 보이던 게, 조그만 세계는 젊은 사내가 분명하다는 게, 지금도 또렷하게 기억난다. 사내는 우리 대열에서 누군가를 알아본 게 분명하다. 까치발을 하고 목을 길게 빼다가 멈췄기 때문이다. 찰칵! '보호단' 한 명이 전기 채찍으로 파란 불꽃을 날리자, 사내가 낑낑 소리를 가늘게 뱉어낸다, 강아지처럼. 그러다 - 2초 간격으로 또렷하게 일어나는 찰칵! 찰칵, 낑낑, 찰칵, 낑낑.

우리는 리듬에 따라 아시리아 전사처럼 계속 걸으며 파란 불꽃이 지그재그로 우아하게 이는 광경을 바라보고, 나는 생각했다, 인간 사회는 끊임없이 발전한다고 - 발전해야 한다고. 고대 채찍은 얼마나 끔찍했던가 - 그런데 지금은 얼마나 아름다운가……

바로 그 순간, 기계에서 튕겨 나온 도토리처럼 날쎈하고 나긋나긋한 여성 번호 한 명이 우리 대열에서 "됐어요! 그만, 그만……!" 하고 소리치며 튀어나가더니, 직사각형 한가운데로 몸을 던졌다. 119년 전에 운석이 떨어진 것처럼, 모든 행진이 갑자기 멈추고 우리 대열은 갑자기 얼어붙은 파도 꼭대기 같았다.

순간, 나는 여자를 낯선 번호처럼, 다른 모든 번호처럼 바라보았다. 여자는 더는 번호가 아니었다 - 이제 인간에 불과했다, '한 국가' 얼굴에 대고 노골적으로 모욕하는 형이상학적인 물체에 불과했다. 그런데 여자 동작 하나에 - 엉덩이를 흔들며 왼쪽으로 돌리는 동작에 - 나는 갑자기 느꼈다. 나는 저 엉덩이를 안다, 채찍처럼 유연한 몸을 안다! 두 눈과 입술과 두 팔이 저 몸을 안다! 당시에 나는 완벽하게 확신했다.

'보호단' 두 명이 여자를 막았다.

잠시 뒤에 '보호단' 궤적이 아직은 거울처럼 깨끗한 인도로 넘어와 – 순식간에 여자를 잡다…… 나는 심장이 잔뜩 얼어붙다 걸음을 멈추고 – 괜찮은 건가, 금지된 건가, 합리적인 건가, 엉뚱한 건가? – 제대로 따져보지도 않고 몸을 날렸다.

공포에 질린 눈 수천 개가 내 몸에 동그랗게 꽂히는 걸 느꼈다. 하지만 그건 내 몸속에서 튀어나온 털북숭이 야만인을 필사적이고 의기양양하게 흥분시킬 뿐이니, 야만인은 더욱 빠르게 달렸다. 이제 두 걸음 남았다. 여자가 몸을 돌렸다……

덜덜 떠는 주근깨 얼굴, 빨간 눈썹…… 그 여자가, I-330이 아니다!

기쁨이 터져 나온다. "맞아, 저 여자를 잡아라!" 같은 소리를 외치고 싶지만 웅얼대는 소리만 들린다. 그리고 내 어깨에 – 묵직한 손. 나는 잡혔다, 어딘가로 끌려간다, 그래서 설명하려고 애썼다……

"아니, 아니, 들어보세요, 아니, 아니, 사정이 있었어요, 나는 저 여자가……"

하지만 나 자신을, 내가 걸린 질병을, 여기에 기록한 내용 전체를 어떻게 설명하지? 그래서 포기하고 순순히 걸었다…… 갑작스러운 돌풍에 잎사귀 하나가 나무에서 떨어져 밑으로 순순히 내려온다. 하지만 도중에 빙글빙글 돌기도 하고 익숙한 나뭇가지마다 갈래마다 옹이마다 붙잡는다. 나 역시 동그란 머리마다, 투명한 얼음벽마다, 구름을 꿰뚫은 누적탑 파란 첨탑마저 침묵하며 붙잡는다.

그 순간, 꿰뚫을 수 없는 커튼이 나를 전체 세상에서, 아름다운 세상에서 차단하기 직전에, 근처에서 흔들리는 분홍색 날개 귀가 거울처럼 매끈한 인도를 따라 다가오는 게, 거대하고 익숙한 머리가 다가오는 게 보였다. 이윽고 귀에 익은, 나직한 목소리.

"나는 번호 D-503이 병에 걸려서 감정을 통제할 수 없다는 사실을 알려야 할 의무가 있습니다. 게다가 지금 막 이렇게 행동한 건 자연스러운 분노 때문이 분명하오……"

나는 그 말을 움켜잡았다.

"맞아요, 맞아. 심지어 '저 여자를 잡아라!'고 소리쳤어요."

뒤에서 목소리.

"당신은 어떤 소리도 안 쳤어."

"맞아요, 하지만 그러고 싶었어요 - '은혜로운 선생님'에게 맹세해요, 정말로."

순간적으로 차가운 회색 나사송곳 시선이 내 몸을 파고들었다. 내 말이 (거의) 진짜란 사실을 보았는지 혹은 이번에도 나를 잠시 살려둘 은밀한 목적이 있었는지 모르겠지만, 그는 쪽지 한 장을 써서 나를 붙잡은 '보호단'에게 건넸다. 그래서 나는 다시 자유로, 더 정확하게 말한다면, 끝없이 뻗어 나간 아시리아 대열로 돌아왔다.

직사각형은 주근깨 얼굴과 혈관 지도가 파란 관자놀이와 함께 모서리 너머로 사라졌다, 영원히. 우리는 걸었다 - 머리는 백만 개, 몸뚱이는 하나로, 그리고 우리 각자는 - 공손한 기쁨이 분자마다, 원자마다, 식세포마다 가득 들어찬다. 고대 세상에서도 기독교인은, (불완전한) 우리 조상은 이걸 이해했다, 순종은 미덕이며, 교만은 악덕이라는 걸, '우리'는 신에게 나오고 '나'는 악마에게 나온다는 걸.

지금 나는 모든 번호와 함께 나란히 행진한다 - 그러면서도 나 혼자 동떨어졌다. 나는 조금 전 흥분으로 여전히 덜덜 떨렸다, 쇠로 만든 고대 열차가 덜거덕대며 빠르게 지나는 다리처럼. 나는 나 자신을 느꼈다. 하지만 스스로 느끼는 건 눈에 들어간 티끌, 손가락에 생긴 종기, 치아를 파먹는 세균이 전부다. 건강한 눈, 손가락, 치아는 느낌이 없는 법이다, 아예 존재하지 않는 것처럼. 그렇다면 개인적인 자각은 질병에 불과하다는 게 또렷하지 않은가?

어쩌면 나는 (파란 관자놀이와 주근깨) 세균을 차분하게 조용히 먹어 치우는 식세포가 아닐 수 있다. 어쩌면 나 자신이 세균이며, 어쩌면 우리 가운데 나처럼 식세포인 척하는 세균이 수천 마리는 넘을 수 있다……

기본적으로 하나도 중요하지 않은 오늘 사건이 행여나…… 시작에 불과하다면, 첫 번째 운석에 불과하다면, 우리 유리 천국으로 화염에 휩싸인 운석이 무수히 떨어질 징조에 불과하다면?

스물세 번째 기록

주제: 꽃. 녹아드는 결정체. 만약.

백 년에 한 번 피는 꽃이 있다고 한다. 그렇다면 천 년이나 만 년에 한 번 피는 꽃은 왜 없을까? 바로 오늘 '천 년에 한 번 피는' 거라서 우리가 모르는 거 아닐까?

술에 취한 듯 황홀경에 빠진 채 계단을 걸어서 당직 관리인을 찾아가는데, 사방에서, 눈길이 닿는 곳마다, 천 년이나 된 꽃봉오리를 활짝 폈다. 모든 게 활짝 폈다 – 안락의자도, 신발도, 황금빛 배지도, 전구도, 누군가 짙은 털북숭이 눈도, 난간 기둥도, 누군가 계단에 떨어뜨린 손수건도, 관리인 책상도, 책상 너머로 갈색 주근깨가 섬세한 U 뺨도. 모든 게 특별하고, 새롭고, 섬세하고, 화사하고, 촉촉하다.

U가 분홍색 쿠폰을 받는데, 머리 위로, 유리 벽 너머로, 달이 안 보이는 나뭇가지에 걸려서 담청색으로 향기롭게 흔들렸다. 나는 달을 의기양양하게 가리키며 말했다.

"달 – 이해하세요?"

U는 나를 쳐다보다 쿠폰에 적힌 번호를 보고, 나는 각진 무릎 사이에서 주름을 펴는, 황홀할 정도로 얌전하고 익숙한 손동작을 다시 바라본다.

"내 사랑, 당신이 비정상으로 보여요, 당신이 아픈 거로 보여요 – 비정상과 질병은 똑같은 거예요. 지금 당신은 몸을 망치는데, 아무도, 아무도 그 사실을 말하지 않는 거예요."

"아무도"는 물론 쿠폰에 적힌 번호를, I-330을 말한다. 아, 소중하고 훌륭한 U! 물론 당신 말이 옳다. 나는 경솔하다, 나는 아프다, 나는 영혼이 있다, 나는 세균이다. 하지만 꽃을 피우는 것도 질병이다, 아닌가? 봉오리가 활짝 펼 때 고통스럽지 않은가? 당신은 정자야말로 가장 끔찍한 세균이라고 생각하지 않는가?

위층 방으로 돌아왔다. 활짝 핀 의자 꽃받침에 – I-330. 나는 바닥에 주저앉아 I-330 두 다리를 껴안고 무릎에 머리를 기댄다. 우리는 말하지 않는다. 침묵, 심장 박동…… 나는 결정체다, I-330 안으로 녹아든다. 내가 움직일 공간을 제한하던 꽃받침이 녹아서 사라지는 걸, 완전히 사라지는 걸, 나는 또렷하게 느낀다. 나는 I-330 무릎으로, 그 안으로 녹아서 사라진다. 조그맣게, 더 조그맣게 줄어들면서 동시에 더 커다랗게, 너 널찍하게 무한으로 팽창한다. I-330은 인간이 아니라 우주다. 침대 옆 의자와 나는 곧바로, 기쁨으로 가득한, 하나가 된다. 고대관 정문에서 멋들어지게 미소 짓는 노파도, '녹색 담벼락' 너머 야생 밀림도, 까만 바닥에서 노파처럼 꾸벅꾸벅 조는 은빛 폐허도, 어디선가 헤아릴 수 없이 머나먼 곳에서 문을 쾅 닫는 소리도 – 하나같이 몸뚱이로 들어와서 심장이 뛰는 소리를 나와 함께 들으며 축복받은 순간으로 몰려든다……

나는 내가 결정체라고, 내 몸뚱이로 들어오는 문이 있다고, I-330이

149

앉은 의자가 행복한 걸 느낀다고 엉뚱하고 혼란스럽게 마구 지껄이려고 애쓴다. 그러다가 하나같이 말도 안 되는 소리를 멈춘다, 창피하다. 나는 – 그러다 갑자기……

"내 사랑, 나를 용서하세요! 모르겠어요 – 말도 안 되는 소리나 하고, 너무 멍청하게……"

"멍청한 걸 왜 나쁘다고 생각하세요? 인류가 똑똑한 걸 오랫동안 세심하게 보살피고 개발한 만큼 멍청한 걸 개발했다면, 멍청한 것 역시 대단한 존재로 발전했을 거예요."

"맞아요……"

옳은 말 같다 – 지금 이 순간에 I-330이 대체 어떻게 틀릴 수 있단 말인가?

"게다가 멍청한 행동 하나 때문에 – 당신이 산책할 때 보여준 행동 때문에 – 나는 당신을 훨씬 더, 엄청나게 많이 사랑한답니다."

"그렇다면 나를 왜 고문했나요, 왜 안 왔나요, 왜 쿠폰만 보내고 나한테……"

"당신을 시험하려고? 내가 바라는 대로 당신이 하는지 – 당신이 온전히 내 것인지 알아보려고?"

"네, 온전히!"

I-330이 내 얼굴을 – 나 전체를 – 양손으로 잡아 고개를 올린다.

"당신이 말한 '정직한 번호라면 누구나 지켜야 할 의무'는 어떻게 하고요? 네?"

달콤하고 날카롭고 하얀 치아. 미소. 활짝 핀 의자 꽃받침에서 I-330은 꿀벌 같다 – 벌침과 꿀.

그래, 의무…… 최근에 기록한 내용을 머릿속으로 훑는다. 의무를 떠올린 흔적이 어디에도 없다……

나는 침묵한다. 황홀하게 (그리고 멍청하게) 미소를 띠며 상대 눈동자를 들여다본다. 내 눈으로 양쪽 눈동자를 바라본다. 거기에 담긴 나 자신을 본다, 조그만 무지개 감옥에 갇힌 나, 조그만 무한소. 그러다 다시 – 꿀벌 – 입술, 꽃봉오리가 피는 달콤한 고통……

어떤 번호든 조용히 째깍거리는 박자기가 몸속에 있어, 우리는 시계를 안 봐도 5분 안짝은 정확히 맞춘다. 하지만 지금은 박자기조차 멈춰, 시간이 얼마나 지났는지 모른다. 베개 밑에서 시계가 달린 배지를 황급히 꺼낸다.

'은혜로운 선생님' 감사합니다! 아직 20분이나 남았다. 하지만 시간이, 어리석을 정도로 짧아, 빠르게 흘러가는데, 나는 I-330에게 많은 걸 – 나에 대한 모든 걸 말해야 한다, O가 보낸 편지도, 내가 O에게 아기를 준 끔찍한 밤도, 왠지 모르지만 어린 시절도 – 수학 선생 쁠라빠도, $\sqrt{-1}$ 도, 처음 맞는 '만장일치의 날'에 하필이면 제보가 잉크에 얼룩져서 엉엉 울던 것도.

I-330은 머리를 들어 팔꿈치에 기댔다. 입술 양쪽 모서리에 기다랗고 날카로운 선 두 개, 새까만 눈썹을 추켜세운 각도. 십자가.

"어쩌면, 그날……"

I-330이 말을 멈춘다. 눈썹이 짙어진다. 그러더니 내 손을 꼭 잡는다.

"말해 줄래요, 나를 안 잊겠다고, 나를 늘 기억하겠다고?"

"그런 말을 왜 하세요? 무슨 뜻인가요? 내 사랑!"

I-330이 침묵한다. 두 눈이 내 몸뚱이를 꿰뚫고 머나먼 곳을 쳐다본다. 바람이 거대한 날개로 유리창에 펄럭이는 소리가 갑자기 귓속을 파고든다. 당연히, 계속 펄럭였겠지만, 이제 비로소 들은 거다. '녹색 담벼락' 꼭대기 너머에서 울어대던 새들이 괜히 떠오른다.

I-330이 머리를 흔든다, 무언가를 털어내듯. 그러더니 온몸으로

나를 다시 애무한다 - 비행기가 완전히 착륙하기 전에 스프링처럼 튀며 바닥을 애무하듯.

"아, 스타킹을 주세요! 빨리!"

탁자로 던진 스타킹이 펼쳐놓은 원고 193쪽에 있다. 급히 서둘며 집어 드느라 원고가 흩어졌다. 이제 다시는 순서대로 모을 수 없다. 설사 제대로 모은다 해도 진짜 순서는 아닐 게다. 틈새가, 장애물이, X가 생겼을 거다.

나는 말했다.

"계속 이런 식으로 지낼 순 없어요. 당신은 여기에 있는데도, 바로 옆에 있는데도, 불투명한 고대 담벼락 너머에 있는 것 같아요. 부스럭 소리를, 말하는 소리를 담벼락 너머로 듣느라, 제대로 알아들을 수 없어요. 담벼락 너머가 어떤지 모르니까요. 더는 못 견디겠어요. 당신은 뭔가를 계속 숨겨요. 저번에 고대관에서 내가 어디를 갔으며, 복도는 다 뭐고, 의사는 왜 있었는지 한 번도 말하지 않았어요. 아아, 혹시 그런 일이 정말 없었던 건가요?"

I-330이 내 어깨에 두 손을 올리더니, 내 눈 속으로 천천히 들어왔다.

"모든 걸 알고 싶으세요?"

"네, 알고 싶어요. 알아야 하겠어요."

"그럼 어디든 끝까지 겁내지 않고 따라오겠어요 - 내가 어디로 인도하든?"

"어디든!"

"좋아요. 당신한테 약속할게요. '만장일치의 날'이 지난 다음, 만약…… 아, 그건 그렇고, 당신이 만드는 '완전체'는 어떤가요? 매번 물으려다 잊었는데 - 언제 다 만드나요?"

"무슨 뜻인가요, '만약'이라니? 또? '만약'에 뭐요?"

하지만 I-330은 벌써 문가로 이동한다.

"시간이 지나면 스스로 알겠지요……"

이제 나는 혼자다. I-330이 남긴 건 희미한 향기, 담벼락 너머에서 불어온 달콤하고 건조하고 노란 꽃가루 흔적이 전부다. 그리고 조그만 갈고리처럼 - (선사시대 박물관에서) 고대인들이 물고기 잡을 때 사용하던 낚싯바늘처럼 - 몸뚱이에 단단히 틀어박힌 의문부호.

I-330이 갑자기 '완전체'를 떠올린 이유는 무얼까?

스물네 번째 기록

주제: 함수 한계점. 모든 걸 지워나가기. 부활절.

나는 지나치게 빠른 기계와 같다. 베어링이 뜨겁게 달아올라, 다음 순간에 쇠가 녹아내리면서 모든 게 파괴될 것이다. 빨리 - 찬물, 논리. 한 통 가득 붓지만, 뜨겁게 달아오른 베어링에서 논리는 식식대며 하얀 연기로, 잡을 수 없는 증기로 치솟으며 흩어진다.

함수에서 맞는 값을 찾으려면 함수를 극한으로 가져가야 한다는 건 분명하다. 어제 어리석게 '우주로 녹아들어' 극한까지 가는 것 역시 죽음을 뜻하는 게 분명하다. 죽음 자체가 우주에 완벽하게 녹아드는 것이기 때문이다. 따라서 우리가 사랑을 'L', 죽음을 'D'라 가정한다면 $L=f(D)$란 함수가 나온다. 한마디로 사랑과 죽음은……

그렇다, 맞다, 정확하다. 이게 내가 I-330을 두려워하고, 저항하고, 경계하는 이유다…… 하지만 이런 '경계심'과 더불어 '갈망'이 깃드는 이유는 뭐란 말인가? 정말 무서운 건 바로 이거 - 지난 밤처럼 또다시 황홀하게 죽기를 갈망하는 거다. 정말 무서운 건 바로 이거 - 논리

함수를 적분해서 죽음이 분명하게 드러난 오늘조차 I-330을 입술과 두 팔과 가슴으로, 온몸에 가득한 세포로 갈망한다는 거다……

내일은 '만장일치의 날'이다. I-330도 당연히 참석할 터이니, 내가 볼 수 있다, 멀리서만. 멀리서만 – 정말 고통스러울 거다, I-330에게 다가가고 싶은 마음을 억누를 수 없어서, 그 손을, 어깨를 머리칼을…… 하지만 나는 이런 고통조차 갈망하니, 올 테면 오라.

맙소사! 얼마나 엉뚱한가 – 고통을 갈망한다는 게. 고통은 음수값이며, 고통의 총합은 행복의 총합을 뺏어 먹는다는 걸 누가 모르겠는가? 그런데도……

하지만 – '그런데도'는 없다. 모든 게 백지다. 텅 비었다.

초저녁.

건물 유리 벽 너머로 거센 바람, 화려한 분홍빛, 불온한 저녁놀. 나는 분홍빛이 파고드는 걸 피하려고 의자를 돌려서 기록물 내용을 훑어본다. 그리고 깨닫는다, 나를 위해 쓰는 글이 아니라는 걸, 여러분을, 미지의 독자를, 내가 사랑하고 동정하는 독자 여러분을 위해 쓴다는 사실을 – 여러분은 야만적인 공간을 여전히 터벅터벅 걸어 다닌다는 사실을.

으음, 그렇다면 '만장일치의 날'에 관해, 엄청난 축제에 관해 쓰겠다. 나는 이날을 언제나 좋아했다, 어릴 적부터. 이날은 우리에게 고대인이 생각하는 '부활절'과 비슷한 것 같다. 이날 이브에 일종의 시간력을 만들어서 한 시간씩 지워나가, 한 시간 가까워졌다며, 한 시간 덜 기다리게 되었다며 기뻐하던 기억이 난다…… 아무도 안 본다는 확신만 있다면, 솔직히, 오늘도 조그만 시간력을 만들어서 들고 다니며 내일까지 몇 시간이나 남았는지 살피고, 행여나 멀리서 I-330을 본다면……

(여기서 중단한다. 새 제보가 배달왔다, 공장에서 막 나온 거다. 우리는 대체로 이날 제보를 새로 배급받는다. 복도에서 - 발걸음, 좋아하는 감탄사, 소음.)

다시 쓴다. 내일 나는 해마다 반복하는 데도 매번 새로운, 매번 상쾌하게 시끌벅적한 광경을, 만장일치라는 위대한 성배를 경건하게 들어올리는 수많은 팔을 본다. 내일은 '은혜로운 선생님'을 매년 선출하는 날이다. 내일 우리는 '은혜로운 선생님'에게 우리 행복이라는 불멸의 요새로 들어가는 열쇠를 다시 바친다.

당연히, 이날은 고대인이 무질서하고 혼란스럽게 선거하는 날과 완전히 다르다. 말할 필요도 없지만, 고대인은 선거 결과 자체를 사전에 몰랐다. 전혀 예상할 수 없는 우발적 결과를 토대로 국가를 무작정 세우는 것 - 이것만큼 어리석은 짓이 어디에 있단 말인가? 그런데도 인류는 이걸 이해하는 데 몇 세기가 걸렸다.

말할 필요도 없지만, 우리 사이에는, 다른 모든 것과 마찬가지로 이 문제 역시, 우발성이 존재할 여지는 전혀 없다. 돌발 사건은 조금도 일어날 수 없다. 선거 자체는 상징성이 핵심으로, 우리는 수천만 세포가 하나로 모인 거대한 유기체라는 걸, 우리는 - 고대인 언어로 - 교회라는 걸, 하나라는 걸, 결코 쪼갤 수 없다는 걸 다시 확인하는 데 의의가 있다. '한 국가' 역사상, 장엄한 일치를 감히 모독하는 목소리는 지금까지 단 한 번도 없었다.

고대인은 도둑놈처럼 자신을 숨긴 채 비밀투표로 선거했다고 한다. 우리 역사학자 가운데 일부는 이들이 가면을 철저하게 쓰고 선거 행사를 치렀다는 주장까지 한다. (환상적으로 우울한 광경이, 밤에 광장에서 까만 망토를 뒤집어쓰고 벽에 숨어서 살금살금 움직이는 모습이,

횃불에서 새빨간 불꽃이 타오르며 바람에 흔들리는 모습이······) 하지만 이렇게 은밀하게 진행한 이유를 아직 누구도 파악을 못 했다. 선거는 신비롭고 미신적인 데다 범죄 행사와 관련되었을 가능성이 크다. 하지만 우리는 숨길 것도 창피할 것도 없다. 우리는 공개적으로 환한 대낮에 솔직하게 선거해서, 나는 다른 번호가 '은혜로운 선생님'에게 투표하는 걸 볼 수 있고, 다른 번호는 내가 '은혜로운 선생님'에게 투표하는 걸 볼 수 있다. 정말이지, 이걸 어떻게 다른 식으로 처리하겠는가, '모든 번호'와 '나'는 '우리'로 하나인데. 고대인이 비겁하고 은밀하게 '비밀'로 하는 것에 비하면 우리 방식은 얼마나 고상하고 성실하고 고결한가! 게다가 얼마나 편리한가! 있을 수 없는 불협화음이 행여나 생긴다면, '보호단'이 아무도 모르게 우리 대열에, 바로 그 자리에 있다가 해결한다. 옆길로 벗어난 번호를 즉각 파악해서 나쁜 길로 빠져들지 않도록 보호한다 - 그래서 '한 국가'를 보호한다. 그리고, 마지막으로, 한 가지 더······

왼쪽 벽 너머 - 옷장 유리문 앞에서 제보를 급히 벗는 여인. 순간적으로 힐끗 바라본다, 두 눈과 입술과 날카롭게 튀어나온 장밋빛 꼭지······ 그러다 커튼은 내려오고, 어제 일어난 모든 일이 즉각 떠올라, '마지막으로, 한 가지 더' 말하려는 건 깡그리 잊어버린다. 이제는 더 알고 싶지도 않다, 조금도! 내가 원하는 건 딱 하나 - I-330. 이 여인이 곁에 매 순간 머물면 좋겠다 - 오직 내 곁에만. '만장일치의 날'에 관해 조금 전까지 쓴 건 하나같이 쓰레기다, 요점에서 완전히 벗어났다, 바로 지우고, 찢어버리고, 쓰레기통에 버리고 싶다. (신성모독일 수도 있지만, 사실이니) 나에게 축제는 이 여인과 함께 보내는, 함께 어깨를 맞대는 날밖에 없기 때문이다. 이 여인이 없으면 내일 떠오르는 태양도 조그만 양철 조각에 불과하며 하늘은 파랗게 칠한 양철이고 나 자신은……

나는 전화기를 재빨리 움켜잡는다.

"I-330, 당신이에요?"

"네, 나예요. 너무 늦게 전화하셨네요."

"너무 늦은 건 아닐 수도 있어요. 당신에게 묻고 싶어요…… 내일 당신과 함께 지내고 싶어요. 내 사랑……"

마지막 말은 속삭이듯 했다. 이유는 모르겠지만, '완전체' 제작 현장에서 오늘 아침에 일어난 사건이 갑자기 생생하게 떠올랐다. 누군가 백 톤짜리 망치 밑에 시계를 하나 장난삼아 올려놓았다. 망치가 흔들려서 얼굴에 돌풍이 일며 백 톤은 연약한 시계로 정확히 조용히 내려갔다.

침묵. 저쪽에서, I-330 방에서, 누군가 속삭이는 소리가 들리는 것 같다. 그러더니 I-330 목소리.

"안돼요, 그럴 수 없어요. 이해하세요 – 나도 그러고 싶지만…… 안돼요, 안돼, 그럴 수 없어요. 왜냐고요? 두고 보면 알아요."

밤.

스물다섯 번째 기록

주제: 하늘에서 내려오다. 역사상 가장 커다란 참사. 기지수[18]는 끝났다.

행사 직전에 모두 똑바로 일어서고, 애국가는 우리 머리 위에서 - 음악 나무에서 트럼펫 수백 대 그리고 목소리 수백만 개로 - 엄숙한 하늘처럼 천천히 흔들리고, 순간 나는 모든 걸 잊는다. 오늘 행사에 대해 I-330이 불손하게 흘린 암시도 잊는다. 아니, I-330조차 잊은 것 같다. 오늘 나는 제보에 조그만 잉크 얼룩이 생겨, 다른 사람은 볼 수 없고 내 눈에만 보이는데도, 엉엉 울던 소년으로 돌아갔다. 지울 수 없는 얼룩이 내 몸에 까맣게 뒤덮인 걸 주변에선 아무도 못 보겠지만, 나는 범죄자라는 걸, 이렇게 솔직하고 순진무구한 얼굴 사이에 끼어들 자격이 없다는 걸 안다. 내가 벌떡 일어나서 외친다면, 나 자신을 있는 그대로 까발린다면. 그래서 모든 걸 끝낸다면 - 아아, 정말 이럴 수 있다면! - 파란 하늘처럼 아무런 생각 없이 순수하고 순진무구한 나 자신을 한순간이라도 느낄 수 있다면.

---

18) 방정식에서 이미 아는 수, 또는 주어진 수.

눈을 모두 들어 올린다. 얼룩 하나 없이 새파란데 간밤에 흘린 눈물은 여전히 촉촉한 아침 - 조그만 점 하나가 간신히 보이다가 이제 까맣게, 이제 햇살을 받아 반짝인다. 그분이, 새로운 여호와가 하늘에서 내려오신다, 고대인이 섬긴 여호와처럼 지혜롭고 사랑으로 잔인하게. 그분은 가까이, 더 가까이 다가오고 수백만 심장은 그분을 맞으려 높이, 더 높이 치솟는다. 이제 그분이 우리를 보신다. 그런데 나는 마음속으로 그분과 함께 공중에서 내려다보니, 좌석은 동심원을 줄줄이 그리며 쭉 늘어서고, 우리 제보는 파란 점으로 엷게 쭉 늘어서, 조그만 태양이 (수많은 배지가 반짝이며) 동그랗게 쭉 늘어선 거미줄 같다. 조금 후면 거미줄 한가운데 앉으실 터이니, 그분은 하얗고 지혜로운 거미, 하얗게 차려입은 '은혜로운 선생님', 행복이라는 은혜로운 거미줄로 우리 모두 손과 발을 지혜롭게 묶어주는 분이시다.

하지만 전지전능하신 그분이 드디어 하늘에서 완전히 내려오시니, 애국가를 불어대던 나팔 소리는 침묵하고 모든 번호는 자리에 앉는다. 그 순간, 나는 깨닫는다, 하나같이 섬세한 거미줄이라는 걸, 팽팽하게 잡아당겨서 부르르 떨린다는 걸, 어느 순간에 끊어져서 생각조차 할 수 없는 사태가 일어나리라는 걸……

나는 자리에서 살짝 일어나 주변을 살피다, 사랑스러운 눈으로 이 얼굴 저 얼굴을 초조하게 살피는 시선과 마주쳤다. 번호 한 명이 한 손을 들어 손가락을 거의 안 보일 정도로 살짝 움직이며 다른 번호에게 신호한다. 그러자 - 거기에 대답하는 신호. 다시 신호…… 나는 알아챘다, 저들은 '보호단'이라는 걸. 저들이 잔뜩 경계한다는 사실도 알아챘다. 거미줄이 부르르 팽팽하게 떨렸다. 내 몸뚱이도 - 라디오 수신기에서 그러는 것처럼 - 거기에 반응하며 부르르 떨렸다.

무대에서 시인이 송시를 낭독하며 선거를 알리는데, 나는 한마디도 안 들었다 – 묵직한 추가 육보격[19]으로 정확히 흔들린다는, 한번 흔들릴 때마다 뭔지 모를 약속 시각이 다가온다는 느낌만 들었다. 쭉 늘어선 줄을, 얼굴과 얼굴을, 책장 넘기듯, 불안하게 살폈다. 하지만 하나밖에 없는 번호는, 내가 찾는 번호는 여전히 안 보이니, 나는 어떻게 해서든 찾아야 했다, 재빨리, 조금 후에는 추가 째깍째깍 움직이다……

S, 당연히 S였다. 밑에, 무대 너머에, 장밋빛 날개 귀가 반짝이는 유리를 지나는데, 열심히 달리는 몸뚱이는 까맣게 이중으로 굽은 S 모습이었다. 그 번호가 좌석 사이 뒤엉킨 통로 어딘가로 급하게 뛰어갔다.

S, I-330 – 둘 사이에는 뭔지 모를 끈이 있다. 둘 사이가 끈으로 연결되었다는 걸 나는 항상 느꼈다. (하지만 그게 뭔지 아직은 모르겠다. 언젠가는 그 끈을 내 손으로 끊어버리고 말리라.) 나는 두 눈을 S에 고정했다, 실뭉치가 구르듯 실을 뒤로 흘리며 멀리 더 멀리 굴러갔기 때문이다. 그러다 멈추더니, 이제……

번개처럼 재빠른 고압 방전. 나는 몸이 꿰뚫렸다, 매듭이 뒤엉켰다. 내가 앉은 줄, 내 자리와 40도도 안 되는 위치에서 S가 멈춰 허리를 숙였다. I-330이 보이는데, 바로 옆에 – 역겨울 정도로 두툼한 입술로 빙그레 웃는 R-13.

당장 달려가서 "오늘 저놈과 있는 이유가 뭡니까? 내가 요청한 걸 거부하더니……"라고 소리치고 싶었다. 눈에 안 보이는 거미줄이 내 손과 발을 자비롭게 단단히 동여맸다. 그래서 이를 꽉 깨문 채, 무쇠처럼 뻣뻣하게 앉아, 두 번호만 열심히 노려보았다. 지금도 그렇지만, 당시에도 심장에서 물리적으로 날카롭게 일어나던 통증이 기억난다. 이렇게 생각한 것도 기억난다. '심리적인 게 물질적인 고통을 가할

---

19) 시 운율 가운데 하나.

수 있다면, 분명히 그건……'

불행히도, 나는 결론을 못 내렸다. '영혼'에 대한 생각에 뒤이어 '심장이 장화로 떨어졌다'[20]는 우스꽝스러운 고대 속담이 문뜩 스친 기억만 난다. 그러다 감각이 사라졌다. 육보격은 침묵했다. 이제 시작이다…… 하지만 뭐가?

전통에 따라 선거 직전 5분 휴식. 전통에 따라 선거 직전 침묵. 하지만 지금은 고대인이 기도하고 숭배하는 침묵이 아니다. 우리 누적탑을 모를 때, 하늘을 다스리지 못해 '천둥 번개'가 툭하면 일어날 때 사방에 가득하던 침묵, 폭풍전야에 고대인이 떠올리던 침묵이다.

공기는 투명한 무쇠. 숨을 쉬려면 누구든 입을 크게 벌려야 할 것 같다. 귀는 고통스러울 정도로 긴장하며 기록하고, 그 뒤 어딘가에서 불안하게 속삭이는 건 쥐가 갉아대는 소리 같다. 나는 시선을 내리깐 채 두 명을, 어깨를 맞대고 나란히 앉은 I-330과 R을 열심히 바라본다 - 무릎에 올려놓은 두 손이 낯설고, 지겹고, 털이 부숭부숭하고, 덜덜 떨린다……

누구든 시계가 달린 배지를 손에 든다. 일 분. 이 분. 삼 분……오 분…… 무대에서 - 천천히, 무쇠 목소리.

"찬성하는 번호는 손을 드시오."

예전에 그런 것처럼 그분 눈을 - 똑바로, 헌신적으로 - 들여다볼 수 있다면, "저요, 온 마음을 다해서. 저요!" 하고 소리치며 손을 들 수 있다면! 하지만 이번엔 감히 그럴 수 없었다. 관절이 녹슬어 굳은 듯, 젖먹던 힘까지 짜내서 손을 간신히 드는 게 전부였다.

부스럭대는 손 수백만. 누군가 숨죽인 "아!" 드디어 무슨 일이 일어나, 곤두박질친다는 느낌이 들었다. 하지만 나는 그게 무언지도 모르

---

20) '잔뜩 겁먹었다'는 숙어.

162

고, 감히 그쪽을 쳐다볼 힘도 없다……

"반대하는 번호?"

이번 행사에서 가장 엄숙한 순간이 다가왔다. 예전에는 모든 번호가 꼼짝 않고 앉아서 '가장 탁월한 번호'의 자비로운 굴레에 머리를 기쁘게 숙였다. 하지만 이번에는, 끔찍하게도, 다시 부스럭대는 소리가 한숨처럼 조그맣게 - 애국가를 불어대는 트럼펫 소리보다 또렷하게 - 일어났다. 인간은 누구나 이렇게 조그만 한숨을 내뱉으며 삶을 마감하고, 주변을 에워싼 얼굴은 하나같이 창백하게 변하면서 이마에 식은 땀을 흘리는 법인데……

나는 두 눈을 들었다, 그리고……

1/100초 사이에 수많은 손이 '반대'한다며 번쩍 올랐다 떨어지는 게 보였다. 십자가 표식을 떠올린 창백한 얼굴도, I-330 얼굴도 보였다. 내 눈에 어둠이 깔렸다.

다시 1/100초. 침묵. 고요. 나는 쿵쾅거리는 심장. 그러다, 갑자기, 정신 나간 지휘자가 신호한 듯, 사방에서 우당탕하며 커다랗게 외치는 소리, 회오리바람처럼 흩날리는 제보, 무기력하게 뛰어다니는 '보호단', 바로 앞에서 공중으로 솟구치는 발뒤꿈치, 바로 옆에서 필사적으로 벌린 입, 아무 소리도 안 들리는 비명. 어떤 까닭인지, 장면 하나하나가 무엇보다도 생생하고 날카롭게 머릿속에 박힌다, 소리 없이 비명을 내지르는 수많은 입, 끔찍한 영화 장면처럼.

끔찍한 영화에서 이어지는 장면처럼 - 저 아래 어디선가, 순간 - 하얗게 질린 O 입술. 통로 벽에 바싹 달라붙어서 두 팔을 겹쳐 복부를 보호한다. 그러다가 사라진다, 휩쓸려서 - 하지만 내가 잃어버린 걸 수도 있다……

이제 영화 장면이 아니다 - 내 몸뚱이에, 잔뜩 줄어든 심장에, 씰룩대는 관자놀이에 틀어박혔다. 머리 위 왼쪽, R-13이 의자에서 벌떡 일어나 잔뜩 달아오른 얼굴로 미친 듯이 침 튀긴다. 그 품에 I-330 − 어깨부터 가슴까지 제보가 찢어져, 하얀 살에 빨간 피…… I-330은 두 손으로 R-13 목을 단단히 붙잡고, R-13은, 고릴라처럼 역겹고 재빠르게, I-330을 껴안고 좌석에서 좌석으로 펄쩍펄쩍 뛰며 피신한다.

고대 시대에 큰불이 일어난 것처럼, 모든 게 빨갛게 변하고, 나는 한 가지 충동만 느낀다 − 당장 달려가서 둘을 따라잡자. 그만한 힘을 어디에서 끌어모았는지 모르겠는데, 성벽을 깨부수는 망치처럼, 나는 인파를 헤치고 어깨와 의자를 밟으며 달려 − 둘을 따라잡자마자, R 목덜미를 움켜잡았다.

"엉뚱하게 굴지 마! 멋대로 굴지 말라고! 어서 I를 놔. 당장!"

목소리가 안 들렸다 − 모두가 하나같이 소리치고, 모두가 하나같이 도망쳤다.

"뭐야? 누구야? 뭐야?"

R이 몸을 비틀며 덜덜 떨리는 입술로 침을 튀긴다. '보호단'이 잡았다고 생각한 모양이다.

"뭐냐고? 이건 용납하지 않겠어, 허락하지 않겠다고! I를 내려놔 − 지금 당장!"

하지만 R은 입술을 꽉 깨문 채 잔뜩 화나서 머리를 흔들며 마냥 달린다. 바로 여기에서 − 아, 기록으로 남기는 게 끔찍하게 창피하지만, 그래도 남겨야 할 것 같다, 여러분이, 미지의 독자 여러분이, 내 질병 이야기를 끝까지 파악하도록 − 나는 상대 머리로 주먹을 휘둘렀다. 무슨 말인지 알겠는가 − 내가 R을 때렸다! 지금도 생생하게 기억한다. 하지만 해방감이, 상쾌한 느낌이 온몸으로 퍼져나간 것도 기억한다.

I-330이 R 품에서 재빨리 내려오더니, R에게 소리친다.

"어서 피신하세요. 모르겠어요, 이분은…… 어서 피신하세요, R, 가세요!"

흑인 이를 하얗게 드러낸 채, R이 내 얼굴로 몇 마디 뱉어내더니, 곤두박질치다 사라진다. 그리고 나는 I-330을 두 팔로 들어 올려 꽉 껴안고 멀리 피신한다.

심장이 쿵쾅거린다 - 엄청나게 - 심장이 쿵쾅거릴 때마다 기쁨이 용솟음치듯 몰려든다. 다른 데서 무엇이 박살 나든 신경도 안 쓴다 - 아무런들 어떤가! 나에게 중요한 일은 I-330을 옮기는 거, 마냥, 끝없이……

저녁. 22시.

손으로 펜을 힘겹게 잡는다. 오전 내내 긴박한 사건을 겪은 터라 온몸이 녹초다. '한 국가'라는 오랜 벽이, 피신처가, 정말 흔들릴 수 있는 걸까? 우리가 지붕도 없고 집도 없는 상태로, 자유라는 야만 상태로 다시 빠져들 수 있는 걸까, 머나먼 조상처럼? 정말, '은혜로운 선생님' 없이? 반대하는 의견을…… '만장일치의 날'에? 나는 그들이 하나같이 창피하고 고통스럽고 겁난다. 그런데, '그들'이 누구지? '나'는 누구지? '그들', '우리' - 내가 아나?

I-330은 햇살이 뜨거운 유리 벤치에 앉았다, 내가 데려간 제일 높은 자리에. 오른 어깨부터 아래쪽으로 - 숫자로 계산할 수 없는 굴곡이 기적처럼 일어나는 곳으로 - 맨살, 뱀처럼 가느다랗게 흐르는 빨간 피. I-330은 가슴이 드러난 걸, 피가 흐르는 걸 모르는 것 같다…… 아니다, 다 안다 - 하지만 I-330에게는 지금 당장 필요한 게 바로 그런 모습이니, 제보 단추를 끝까지 꿴 상태라면, 당장에라도 뜯어발겨……

I-330이 꽉 다문 이를 날카롭게 번뜩이는 사이로 숨을 가쁘게 몰아쉰다.

"내일…… 내일 어떻게 될지 아무도 몰라요! 알겠어요 - 나도 모르고, 아무도 몰라요 - 내일은 미지수예요! 기지수 전체가 끝나는 거 아세요? 앞으로 모든 게 새롭게, 전례도 없고 상상도 할 수 없는 모습으로 변할 거예요."

아래쪽에서 군중이 펄펄 들끓으며 뛰어다니고 소리 지른다. 하지만 하나같이 머나먼 일, 더욱 멀어지기만 하는 일이다, I-330이 쳐다보며 황금빛 눈동자 좁디좁은 창문을 통해 나를 자기 내면으로 천천히 끌어들였기 때문이다. 오랫동안, 말없이. 예전에, 오래전에, '녹색 담벼락' 너머로 누군가, 이해할 수 없는 노란 눈동자도 이런 식으로 들여다보았다는 생각이, 담벼락 너머에서 새들이 맴돌았다는 생각이 괜히 떠오른다(혹시 다른 때 아니었나?).

"잘 들어요. 내일 엄청난 일이 안 일어나면, 내가 당신을 그곳으로 데려갈게요 - 이해하겠어요?"

아니다, 이해를 못 했다. 하지만 말없이 고개를 끄덕인다. 나는 완전히 분해되었다, 무한히 조그맣게, 한 점으로……

그런데 이런 상황도 나름대로 논리가 있다, 한 점은 다른 것보다 많은 미지수를 내포한다는, 점이 꿈틀대며 움직이면 수천 가지 곡선으로, 수천 가지 입체로 변할 수 있다는.

나는 꿈틀대는 게 무섭다, 내가 어떻게 변할지 몰라서. 내가 볼 때, 누구든 조금이라도 움직이는 걸 두려워하는 것 같았다, 나처럼.

이 글을 쓰는 지금 이 순간에도, 모두 자기 유리 둥지에 틀어박혀, 무언가 일어나기만 기다린다. 평소에 이 시간이면 윙윙대던 승강기 소리도 안 일고, 웃음소리도 발걸음 소리도 안 들린다. 가끔 보이는

166

건, 두 명씩 조그맣게 속삭이는, 뒤를 힐끗거리며 복도를 살금살금 걸어가는……

내일 무슨 일이 일어날까? 내일 나는 어떻게 변할까?

스물여섯 번째 기록

주제: 세상은 존재한다. 뾰루찌. 섭씨 41°.

아침. 천장 너머 하늘 ─ 평소처럼 단단하고 동그랗고 불그스름한 뺨. 사각형 태양이 이상하게 떠올랐다면, 사람들이 동물 가죽을 몸에 다양하게 걸쳤다면, 벽을 돌로 불투명하게 쌓아 올렸다면 차라리 덜 놀랄 것 같다. 그렇다면 세상은 ─ 바깥세상은 ─ 그대로 존재하는 건가? 아니면 관성의 힘만 남은 수준인가? 발전기 스위치는 껐지만, 기어는 찰칵찰칵 돌아가는 ─ 두 바퀴, 세 바퀴, 그러다 네 바퀴에서 멈추는⋯⋯

여러분은 이렇게 이상한 상황에 익숙한가? 한밤중에 깨어나서 두 눈을 뜨니 사방이 깜깜한 데, 갑자기 길을 잃은 느낌이 들어 ─ 주변을 황급히 더듬으며 뭔가 익숙하고 단단한 걸 ─ 벽이나 등잔이나 의자 같은 걸 찾은 적이 있는가? 내가 딱 이런 식으로 주변을 더듬다가 '한 국가' 잡지를 넘겼다 ─ 홱, 홱. 그러다가 나온 구절.

어제 우리는 '만장일치의 날' 행사를 치렀다. 모두가 오랫동안 간절하게 기다리던 행사였다. '은혜로운 선생님'이, 다양한 사례를 통해 확고부동한 지혜를 보이신 분이, 만장일치로 표를 받아 46번째 당선되셨다. 행사 도중에 반역 세력이 행복을 거부하며 소란을 살짝 피웠다. 반역 세력은 '한 국가' 토대를, 어제 선거로 새롭게 거듭날 토대를, 벽돌처럼 받치며 봉사할 권리를 당연히 박탈당했다. 이들이 투표한 걸 고려하는 짓은 청중석에서 아픈 사람이 기침한 소리를 웅장하고 화려한 교향곡 일부로 간주하는 만큼이나 엉뚱하단 게 누가 보더라도 분명하다.

아아! 그렇다면 우리는 그런 일이 일어났는데도 구원받았단 말인가? 이렇게 수정같이 명료한 삼단논법에 누가 반박할 수 있단 말인가? 그 밑에 나오는 두 줄.

오늘 12시에 행정국, 의료국, 보호단이 합동으로 회의한다. 향후 며칠 사이에 국가적으로 중요한 강령을 발표할 예정이다.

그렇다, 벽은 여전히 단단하다. 모든 게 그대로다 – 그대로 느낄 수 있다. 길을 잃어버렸다는 이상한 느낌이, 주변을 하나도 모른다는, 어디로 가야 할지 모르겠다는 느낌이 완전히 사라졌다. 파란 하늘도 동그란 태양도 더는 놀랍지 않다. 주변 역시 평소처럼 일터로 가느라 바쁘다.

대로를 따라 유난히 확고한 걸음으로 뚜벅뚜벅 걷는데, 모든 번호가 나처럼 자신만만하게 걷는 것 같다. 하지만 교차로에서 방향을 트니, 모든 번호가 모서리 건물을 피해 멀찌감치 돌아가는 게 보였다 – 수도관이 터져서 차가운 물이 콸콸 쏟아져 그곳을 지날 수 없다는 듯.

다섯 걸음, 열 걸음, 그러다 나 역시 차가운 물세례를 받아 휘청대며 옆으로 밀려난다…… 벽 2m 높이에 직사각형 벽보가 한 장 붙었는데, 거기에 복수심으로 가득한, 이해할 수 없는 녹색 글씨가 담겼다.

메피

그 밑에는 S 모양으로 굽은 등, 투명한 날개 귀, 화나서 혹은 재미있어서 바르르 떤다. 왼손은 다쳐서 부러진 날개처럼 뒤에 축 늘이고 오른손을 올린 채, 펄쩍펄쩍 뛰면서 벽지를 뜯어내려고 애쓰는데 - 손이 안 닿았다, 매번 조금 짧았다.

지나가는 번호마다 '내가 다가가면, 다른 번호는 안 그러는데 나만 다가가면 - 나를 범인으로 낙인찍고 잡아가지 않을까' 하는 생각에 모두 회피하는 것 같다.

솔직히 고백해서 나도 똑같이 생각했다. 하지만 S가 수호천사를 여러 번 해주었다는, 나를 여러 번 구해주었다는 생각을 떠올리고 - 과감하게 다가가 손을 쭉 뻗어서 벽보를 뜯어냈다.

S가 돌아서더니, 나사송곳으로 내 몸뚱이를 제일 밑바닥까지 재빨리 꿰뚫어 무언가를 찾아낸다. 그리곤 왼쪽 눈썹을 추켜세워 메피가 조금 전까지 붙어있던 벽을 가리킨다. 그리곤 미소 꼬리를 나에게 날린다. 굉장히 기쁜 것 같다. 하지만 그건 조금도 놀라운 현상이 아니다. 의사는 병이 잠복해서 열이 천천히 오르는 편보다 섭씨 40도까지 올라서 뾰루찌가 팍팍 일어나는 편을 좋아하는 법이다. 어떤 병인지 또렷하게 파악할 수 있기 때문이다. 오늘은 벽마다 사방에 붙인 메피가 뾰루찌다. 나는 S가 웃은 걸 이해한다. (하지만 진짜 이유를 파악한 건 내가 정말 이상하고 황당한 사건을 수없이 겪은 다음이라는 걸 고백해

야 하겠다.)

지하철로 내려가니, 발밑에도, 순결한 계단 유리에도 - 하얀 벽지, 메피. (삐뚤삐뚤한 걸 보면 급히 붙인 게 분명한데) 아래쪽 벽에도, 기다란 의자에도, 객차 거울에도, 사방에 똑같이 하얀 벽지, 끔찍한 뾰루찌.

사방이 조용한 가운데 멀리서 윙윙대는 바퀴 소리가 피를 오염시키는 소음 같다. 누군가 어깨를 부닥치자, 깜짝 놀라면서 둘둘 만 종이 뭉치를 떨어뜨린다. 왼쪽에 다른 번호 - 신문을 들어서 똑같은 줄을 읽고 또 읽는데, 신문이 희미하게 떨린다. 사방에서 - 바퀴에서, 손에서, 신문에서, 속눈썹에서 - 빠르게 더 빠르게 뛰는 맥박을 느낀다. 어쩌면 오늘, I-330과 그곳에 가면 체온이 39도, 40도, 41도 - 체온계에 까맣게 표시한 선까지 올라가……

작업 현장 - 똑같은 침묵, 눈에 안 보이는 프로펠러가 멀리서 윙윙대는 소리. 기계마다 가만히 서서 조용히 노려본다. 기중기만 까치발로 걷는 듯 간신히 들릴 정도로 움직이다 허리를 숙여 공기를 압축한 담청색 덩어리를 갈고리로 움켜잡아 '완전체' 연료 탱크에 싣는다. 시험 비행할 준비에 들어간 거다.

"으음, 일주일이면 작업을 모두 마치겠나?"

내가 부책임자에게 묻는다. 부책임자는 얼굴이 고운 도자기다. 고운 담청색과 우아한 장미꽃으로 (두 눈과 입술로) 장식했다. 그런데 오늘은 고운 색이 모두 사라졌다. 우리는 커다란 소리로 일정을 계산하는데, 도중에 내가 말을 멈추고 입을 쩍 벌린다. 둥근 지붕 바로 밑 높은 곳에, 기중기가 지금 막 들어 올린 파란 덩어리에 - 보일락말락 하얀 직사각형, 풀로 붙인 벽보. 나는 몸뚱이가 마구 떨린다 - 웃어서 떨리는 건가? 그렇다, 내가 웃는 소리가 들린다. (여러분은 자신이 웃는 소리를 듣는 기분이 어떤지 아는가?)

"아니, 잘 들어…… 고대 비행기에 탔다고 생각해봐. 고도계는 5,000m 상공을 가리키는데, 날개가 부러져서 공중제비하는 비둘기처럼 곤두박질치는 거야, 그런데도 열심히 계산하는 거야. '내일, 12시부터 2시……2시에서 6시……6시 - 저녁 식사……' 너무 엉뚱하지 않아? 지금 우리가 하는 게 바로 그런 거라고!"

파란 꽃이 흔들리다 부풀어 오른다. 내가 유리라면, 그래서 앞으로 서너 시간 후에 생길 일을 부책임자가 볼 수 있다면 얼마나 좋을까……

스물일곱 번째 기록

주제: 없다 – 불가능은.

나 혼자 끝없는 복도에 – 똑같은 복도에, 고대관 지하에 – 있다. 말을 못 하는, 콘크리트 하늘. 어디선가 돌바닥으로 똑똑 떨어지는 물방울. 낯익은, 묵직한, 불투명한 문 – 안쪽에서 조그맣게 윙윙대는 소리.

I-330은 16시 정각에 오겠다고 했다. 하지만 벌써 5분이 지나고, 10분이 지나고, 15분이 지났다 – 아무도 안 온다.

순간 나는 원래 '나'로 돌아가, 행여나 문이 열릴까 두렵다. 5분만 더 기다리다, I-330이 안 오면……

어디선가 돌바닥으로 똑똑 떨어지는 물방울. 아무도 안 온다. 기쁨이 고통스럽게 몰려든다 – 나는 구원받았다. 이윽고 복도를 따라 천천히 돌아간다. 천장에 점점이 늘어선 전구가 떨리면서 빛이 줄어들고 또 줄어들어……

갑자기, 뒤에서 문이 급하게 삐걱대더니, 급히 걷는 발소리, 천장과

173

벽마다 부드럽게 울린다 - 그러더니 I-330이 나타난다 - 가볍게, 우아하게, 뛰어오느라 숨이 가빠, 입으로 숨을 몰아쉰다.

"나는 알았어요, 당신이 올 줄, 여기에 올 줄! 나는 알았어요 - 당신이, 당신이……"

속눈썹이 활짝 열리며 나를 들여보낸다 - 그래서…… 고대의 엉뚱하고 기적 같은 의식, I-330 입술이 내 입술에 닿는다 - 이게 나한테 의미하는 바를 어떻게 설명할까? 내 영혼에서 I-330만 남기고 모두 깨끗이 쓸어내는 태풍을 어떤 공식으로 설명할 수 있을까? 그래, 그래, 내 영혼 - 웃으려면 웃어라.

천천히, 힘겹게, I-330이 눈꺼풀을 들어 올린다 - 그러더니 말이 천천히 힘겹게 흘러나온다.

"아니에요, 충분해요…… 나중에. 이제 출발해요."

문이 열린다. 계단 - 다 닳도록 낡았다. 안으로 들어서니, 잡다한 소음, 휘파람, 빛……

그리고 나서 24시간이 거의 지나, 이제 모든 게 마음속에 차분하게 가라앉았다. 그런데도 내가 겪은 걸 설명하는 게 정말 어렵다, 대충 설명하는 것조차. 머릿속에서 폭탄이 터진 것 같았다. 입마다 날개마다 커다란 소리마다 잎사귀마다 말마다 바위마다 - 차례대로 나란히 쌓여……

'어서 돌아가자!'는 생각이 제일 먼저 떠오른 기억이 난다. 복도에서 기다리는 동안, 나는 저들이 폭파든 파괴든 어떤 식으로든 '녹색 담벼락'을 무너뜨린 게 분명하단 생각이 떠올랐다. 그래서 저 밖에 있는 모든 게 우리 도시로 우르르 몰려든 것 같았다, 우리가 오랜 세월에 걸쳐 힘겹게 몰아낸 천박한 세상이.

나는 이런 생각을 I-330에게 말한 게 분명하다. I-330이 웃으면서 대답했기 때문이다.

"맙소사, 아니에요! 우리가 '녹색 담벼락' 너머로 나온 것뿐이에요."

나는 두 눈을 동그랗게 뜨고, 활짝 깨어난 실재를, 두껍고 흐릿하게 설치한 벽 유리를 통해 천 배로 줄어든, 아무 소리도 안 들리는 모습을 뿌옇게 본 것 말고 살아있는 번호는 지금까지 아무도 못 본 실재를, 나는 똑바로 마주 보았다.

태양…… 우리 태양이, 거울처럼 반반한 도로 표면을 고르게 밝히는 태양이 아니었다.

파편은 생생하게 살아나고 얼룩은 끊임없이 움직였다. 두 눈이 어지럽고 머리가 빙빙 돌았다. 나무는 양초처럼 하늘 높이 솟구쳐 오르고, 옹이 진 앞발로 거미처럼 땅바닥을 기고, 조용한 녹색 분수처럼…… 모든 게 기어 다니고 꿈틀대고 부스럭거리고…… 털북숭이 조그만 공 같은 게 발밑에서 튀어나갔다. 나는 그 자리에 그대로 얼어붙었다. 한 발짝도 뗄 수 없었다, 발밑은 표면이 편편하지 않았기 때문이다. 여러분도 알겠는가. 단단하고 평평한 바닥이 아니라 역겨울 정도로 부드럽고 편하고 경쾌하게, 녹색으로 생생하게 살아났기 때문이다.

나는 모든 것에 깜짝 놀라, 숨을 헐떡거렸다, 속에서 구역질이 올라왔다 - 그래, 이 말이 제일 정확한 표현 같다. 가만히 서서, 흔들리는 나뭇가지를 두 손으로 꼭 움켜잡을 수밖에 없었다.

"괜찮아요, 아무렇지 않아요! 처음에만 이래요, 금방 괜찮아져요. 겁내지 마세요!"

I-330 옆에, 녹색을 배경으로, 어지럽게 움직이는 격자무늬, 누군가 정말 가느다란 옆모습, 종이, 얇은…… 아니다, 누군가가 아니다 - 내가 아는 사람이다. 기억난다 - 의사다. 그래, 이제 정신이 돌아온다, 모든

게 보인다. 사람들이 웃는다. 사람들이 양쪽에서 팔을 잡고 나를 앞으로 질질 끈다. 나는 두 발이 뒤엉키다 미끄러진다. 바로 앞 - 이끼, 조그만 언덕, 날카로운 소리, 깍깍 우는 소리, 잔가지, 나뭇등걸, 날개, 잎사귀, 휘파람……

짙은 나무가 갑자기 퍼지면서 갈라진다. 햇살이 환한 녹색 공터. 공터에 - 사람들…… 혹은 - 뭐라고 불러야 좋을지 모르겠다 - 존재라는 표현이 훨씬 정확하겠다.

여기가 가장 어려운 부분이다. 가능한 범주를 모두 뛰어넘었기 때문이다. I-330이 그동안 여기에 대해 말하는 걸 끈질기게 거부한 이유가 이제 분명히 드러났다. I-330이 하는 말을 나는 결코 안 믿었을 터이니 말이다 - 아무리 I-330이라도. 내일이면 나 자신조차 못 믿을 거다 - 이 기록조차도.

공터에, 해골처럼 생긴 황량한 바위 주변에 삼사백 명 정도가 모여서 시끌벅적했다…… 사람들 - 그래, '사람들'이란 표현이 옳다 - 다른 식으로 부를 순 없다. 광장 관람석에서 익숙한 얼굴부터 보이듯, 여기에서도 처음에는 회청색 제보만 보였다. 그러다가 제보 사이에서 - 까만색, 빨간색, 황금색, 적갈색, 회색, 하얀색 사람들이 - 또렷하게 보이는데, 이들 역시 사람인 게 분명하다. 하나같이 옷을 안 입은 채 번들거리는 동물 가죽만 짧게 걸쳤다. 선사시대 박물관에서 조상이 마구를 채운 말에 올라탈 때 걸친 동물 가죽 같았다. 하지만 여성은 우리 여성과 똑같은 얼굴이었다. 혈색이 좋고 털이 없으며, 가슴은 커다랗고 단단하며 기하학적으로 근사하게 생겼다. 남성은 얼굴 일부만 털이 없었다 - 우리 조상처럼.

모든 게 하나같이 믿을 수 없고 갑작스러워, 나는 가만히 서서 (그래, 가만히 서서!) 쳐다보았다. 저울과 똑같았다, 한쪽에 너무 많이 담으면 그 다음부터는 거기에 아무리 더 담아도 저울은 안 움직이는 식으로 말이다.

갑자기, 나는 혼자가 되었다. I-330이 곁에 없었다 - 내가 모르는 사이에 갑자기 사라졌다. 주변에는 존재들만, 동물 가죽을 입은 사람들만 햇살을 받아 비단처럼 반짝였다. 나는 누군가 뜨겁고 단단하고 새까만 어깨를 움켜잡았다.

"제발 부탁이니, 알려주세요 - I-330은 어디로 갔습니까? 아아, 조금 전까지, 방금까지……"

털북숭이 엄숙한 눈썹이 나를 쳐다보았다.

"쉬잇! 조용!"

그러더니 털북숭이를 끄덕이며 공터 한가운데를, 해골처럼 생긴 노란 바위를 가리켰다. 거기에, 수많은 머리 위에, 모든 사람 위에, I-330이 있었다. 그 뒤에서 햇살이 환하게 비추며 내 눈으로 파고들었다. I-330 몸뚱이 전체가 새파란 하늘을 배경으로 새까맣고 날카롭게 우뚝 섰다. 파란 천에 도톰하게 새긴 새까만 실루엣 같았다. 바로 머리 위로 구름이 둥둥 떠갔다. 그런데 배처럼 조용히 미끄러지는 건 구름이 아니라 바위, I-330 자신, 군중과 공터 같았다. 대지 자체도 점차 밝아오며 발밑으로 둥둥 떠갔다……

I-330이 말했다.

"형제 여러분! 여러분 모두 잘 압니다, 저기에서, 저 벽 너머 도시에서, 저들이 '완전체'를 만든다는 사실을. 여러분 모두 잘 압니다, 우리는 벽을 - 모든 벽을 - 허물어, 녹색 바람이 끝에서 끝까지 - 지구 전역으로 - 자유롭게 불어댈 날이 다가온다는 사실을. 하지만 '완전체'를 만드는 목적은 저 벽을 하늘로, 우주로, 수많은 행성으로, 오늘 밤에 까만 잎사귀를 지나 여러분에게 반짝이며 다가갈 수많은 별빛으로 수출하려는 것이니……"

바위로 몰아치는 파도, 거품, 바람.

"'완전체'를 무너뜨리자! 무너뜨리자!"

"아닙니다, 형제 여러분, 무너뜨리는 게 아닙니다. 우리가 '완전체'를 빼앗는 겁니다. '완전체'가 하늘로 솟구치는 날에 우리가 장악하는 겁니다. '완전체'를 만드는 책임자가 우리 편이기 때문입니다. 저 담벼락 너머에서 우리 쪽으로 넘어와, 나와 함께 넘어와, 지금 여러분과 함께하기 때문입니다. '완전체' 책임자 만세!"

순간, 나는 머리 위 어딘가로 솟구쳤다. 밑에 - 머리, 머리, 머리, 활짝 벌려서 소리치는 수많은 입, 공중으로 치솟았다 떨어지는 수많은 팔. 나 자신이 모든 사람 위로 솟구치는 것 같았다. 정말 엄청났다, 정말 황홀했다. 나는 '나', 독립 실재, 온전한 우주였다. 예전엔 단순한 부품이었으나, 이제는 아니었다. 지금은 완벽한 통일체였다.

그리고 지금은 - 사랑스럽게 포옹한 다음, 행복이 온몸으로 파고들고 각인되어 이리저리 뒤틀린 채 - 밑으로 내려와, 바위 옆에 섰다. 태양, 위에서 들리는 목소리, 환하게 웃는 I-330.

황금빛 머리칼, 환하게 빛나는 황금빛 여인이 풀 냄새를 솔솔 풍겼다. 두 손에는 컵, 나무로 만든 게 분명하다. 여인이 새빨간 입술로 한 모금 마시더니, 컵을 넘겨, 나는 불을 끄려고 두 눈을 꼭 감은 채 달콤하면서 톡 쏘는, 차갑게 타오르는 불꽃을 마구 들이켰다.

그러자 - 피가, 온 세상이 - 천 배는 빠르게 돌아갔다. 가벼운 대지가 솜털처럼 하늘을 날았다. 모든 게 가볍고 단순하고 또렷했다.

바위에서 낯익은 글씨가 커다랗게, 메피가, 이제 비로소 보였다. 이유는 모르겠지만, 정말 그렇다는, 꼭 필요하다는, 모든 걸 강하고 담백하게 하나로 연결하는 실이라는 생각이 들었다. 바로 그 바위에서 투명한 몸에 날개 달린 젊은이가 보였다. 심장이 새빨갛게 이글거리는 석탄처럼 눈부실 것 같았다. 그러다가 이글거리는 석탄을 이해했다…… 아니다, 느꼈다 - 위에서, 바위에서, I-330이 하는 말을 안 들어도 모조리 느끼듯. 모든 사람이 함께 숨 쉬는 것 - 모든 사람이 함께 어디론가 날아갈 것 같았다, 그날 담벼락 위에서 날아다니던 새처럼……

뒤에서, 잔뜩 모여 숨 쉬는 인파 사이에서 - 커다란 목소리.

"이건 모두 미친 짓이야!"

이 말과 동시에 바위로 번쩍 뛰어오른 건 바로 나 같다 - 그래, 내가 그런 게 확실하다. 태양, 수많은 머리, 파란색을 배경으로 톱니처럼 들쭉날쭉 녹색 줄, 내가 소리쳤다.

"그렇소, 맞소, 미친 짓이오! 하지만 모든 사람이 미쳐야 하오, 하나도 빠짐없이 미쳐야 하오! 빠를수록 좋소! 이건 필수불가결하오 - 내가 압니다."

바로 옆에 I-330. 환하게 웃었다 - 까만 선 두 개, 입술 양쪽 끝에서 올라왔다, 비스듬히. 이제 나도 몸뚱이에 석탄이 들어왔다. 순간이다, 편하다, 약간 고통스럽다, 아름답다……

그런 다음에 비로소 사방으로 흩어지는 파편.

천천히, 바로 머리 위에 - 새 한 마리. 생생하게 살았다, 나처럼. 사람처럼 머리를 오른쪽 왼쪽으로 돌리며 까맣고 동그란 눈으로 내 몸뚱이를 꿰뚫었다……

또 다른 파편. 등에서 고대 상앗빛으로 반짝이는 가죽. 까만 벌레 한 마리가 조그맣고 투명한 날개를 펼친 채 등을 따라 기어가, 그걸 떨쳐내려고 등을 씰룩쌜룩, 또 씰룩쌜룩……

또 다른 파편. 잎사귀 그늘이 서로 얽힌 격자무늬. 그늘에 사람들이 누워서 고대의 전설적인 음식 비슷한 걸 씹었다 - 기다랗고 노란 열매,

까만 조각. 여인 한 명이 그걸 내 손에 올렸다, 정말 우습다, 내가 먹을지 안 먹을지도 모르는데.

다시 – 인파, 수많은 머리, 수많은 발, 수많은 손, 수많은 입. 수많은 얼굴이 순간적으로 떠오르고 사라졌다, 거품처럼 터지면서. 그러다가 조금 뒤에는 – 혹시 나한테만 그렇게 보였나? – 투명한 날개 귀가 날아다녔다.

나는 온 힘을 다해 I-330 손을 움켜잡았다. I-330이 돌아보았다.

"왜요?"

"그자가 나타났어요…… 내가 보기에."

"그자? 누구요?"

"S…… 조금 전에 – 인파 사이에서……"

새까맣고 가느다란 눈썹이 관자놀이로 올라갔다. 날카로운 삼각형, 미소. I-330이 웃는 이유를 나는 이해할 수 없었다. 이런 상황에서 어떻게 웃을 수 있을까?

"모르겠어요 – 그자든 누구든 여기에 왔다는 게 무얼 의미하는지 모르겠어요?"

"말도 안 돼요! 우리가 여기에 있다는 사실을 저쪽에, 담벼락 안쪽에 있는 사람들도 알지 않겠어요? 생각해 보세요 – 그럴 가능성을 한 번이라도 생각했나요? 저쪽에서는 우리를 사냥한다고요! 당신은 지금 꿈을 꾸는 거라고요."

I-330이 가볍게, 명랑하게 웃어, 나도 웃는다. 대지가 – 취해서 가볍게, 명랑하게 – 둥둥 떠오른다……

스물여덟 번째 기록

주제: 두 여성. 엔트로피와 에너지. 불투명한 인체 부위.

여러분 세상이 우리 먼 조상이 살아가던 세상과 비슷하다면, 바다에서 여섯 번째, 일곱 번째 대륙을 우연히 발견하고, 도시마다 환상적으로 미로가 쭉쭉 뻗고, 사람들은 날개나 비행기도 없이 하늘로 치솟고, 눈짓 한 번으로 바위를 들어 올린다던, 한 마디로, 꿈이라는 질병에 시달리는 사람이라도 결코 상상조차 못 하던 걸 발견했다고 상상해 보라. 어제 내가 느낀 감정이 바로 이렇다. 내가 예전에 말해서 여러분도 잘 알듯, 200년 전쟁 이후로 담벼락을 넘어간 번호는 우리 가운데 누구도 없었기 때문이다.

나는 안다, 어제 내 앞에 스스로 모습을 드러낸 낯설고 황당한 세계를 여러분에게, 미지의 친구들에게, 상세히 털어놓아야 한다는 걸. 그런데도 이 주제로 돌아갈 수 없다. 새로운 사건이 끊임없이 밀어닥치는데, 나는 모든 내용을 긁어모을 수 없다. 제보 앞자락을 펼쳐 들고 양손을 가득 펼쳐도 물통 가득 퍼부은 물은 그대로 스치며 지나고,

딱 몇 방울만 이 원고에 떨어지는 식이니 말이다.

처음에는 방문 바깥에서 커다랗게 일어나는 목소리를, 쇳덩이처럼 단단한 I-330 목소리를 듣고, 나무 줄자처럼 유연한 U 목소리를 알아챘다. 그러다가 문이 요란하게 열리면서 두 여인이 방으로 쏜살처럼 들어왔다. 그렇다, 말 그대로 - 쏜살처럼.

I-330은 의자 등받이에 한 손을 올리고 오른 어깨너머로 다른 여인에게 미소를 머금었다. 나는 마주하고 싶지 않은 미소였다.

I-330이 나에게 말했다.

"잘 들어요. 이 여인은 당신을 조그만 아이처럼 나한테서 보호해야 한다고 생각하는 것 같아요. 당신이 그러라고 하셨나요?"

그러자 다른 여인이 아가미를 떨었다.

"그래요, 저 사람은 아이예요. 정말이에요! 그래서 당신이 하는 짓거리를…… 목적이 있다는 걸…… 계략이라는 걸 모르는 거예요…… 그래요, 나는 저 사람을 지켜야 해요……"

순간적으로 거울에 - 내가 잔뜩 찡그려서 툭 튀어나온 눈썹. 나는 벌떡 일어나, 몸속에서 다른 '나'가 털북숭이 주먹을 흔드는 걸 힘겹게 억누르며, 앙다문 이 사이로 말을 하나씩 힘겹게 짜내며 U에게, 아가미로, 곧장 던졌다.

"나가! 지-지금 당장! 어서 나가!"

아가미가 빨간 벽돌로 부풀어 오르더니, 푹 꺼지면서 하얗게 변했다. 입을 여는 게 뭔가 말하려는 것 같더니, 아무 말 없이 굳게 닫은 채 밖으로 나갔다.

나는 I-330에게 달려갔다.

"나 자신을 절대로 - 절대로 용서하지 않겠어요! 감히 저 여자가 - 당신한테? 하지만 오해하는 건 아니겠죠…… 설마…… 설마 내가…… 저 여자한테…… 저 여자가 이러는 건 나한테 등록하고 싶기 때문인데, 나는……"

"다행히도, 저 여자는 등록할 시간이 없을 거예요. 그리고 나는 저런 여자 천 명이 있다 해도 상관없어요. 당신은 저런 여자 천 명이 아니라 나를 믿을 테니까요. 어제 그런 일을 겪고 나서 나는 당신에게 활짝 - 나 전체를, 제일 밑바닥까지, 당신이 원하는 만큼 활짝 열었으니까요. 나는 당신 손에 달렸으니까요, 당신은 - 어느 순간에라도 마음만 먹으면……"

"무슨 뜻이에요 - 어느 순간에라도 마음만 먹으면?"

이 말을 하는 순간, 나는 깨달았다. 양쪽 귀와 뺨으로 피가 몰렸다. 그래서 소리쳤다.

"두 번 다시, 나한테 두 번 다시 그렇게 말하지 마세요! 당신은 알아요, 다른 '나'를, 옛날 나를, 그리고 지금은……"

"그건 아무도 몰라요. 인간이란 존재는 소설이랑 비슷해요. 마지막 끝날 때까지 아무도 모르는 거예요. 미리 안다면 읽는 재미가 없으니까요……"

I-330이 머리를 쓰다듬었다. 그래서 나는 I-330 얼굴을 볼 순 없지만, 목소리로 깨달았다. 지금 I-330은 멀리, 아주 멀리 쳐다보며, 자신이 아는 곳으로 조용히 천천히 떠가는 구름에 시선을 꽂았다……

그러다 갑자기 나를 밀쳐냈다 - 단호하지만 부드럽게.

"잘 들어요, 내가 이렇게 찾아온 건 이제 우리가 죽을 날이 다가올 수도 있겠다는 말을 하려는 거예요…… 공회당 건물을 오늘 저녁에 모두 폐쇄한 거 아세요?"

"폐쇄?"

"네. 내가 걸어서 지나오다 보았어요 - 공회당에서 무언가 준비하는 중이에요, 탁자, 하얀 가운을 입은 의사 등등."

"그게 무얼까요?"

"나도 몰라요. 아직은 아무도 몰라요. 바로 이게 문제에요. 하지만 나는 느껴요 - 전기 스위치를 켜고 불꽃이 튀는걸. 오늘이 아니라면 내일…… 하지만 그들에게 시간이 부족할 수도 있어요."

나는 '그들'이 누구고 '우리들'은 누군지 구분하는 걸 오랫동안 잊고 지냈다. 내가 원하는 게 무언지 - 저들에게 시간이 충분하길 바라는지 아닌지도 모르겠다. 한 가지 분명한 건, I-330이 지금 날카로운 칼날에 올라서서 걸어간다는 - 그래서 어느 순간에……

"하지만 그건 미친 짓이에요. 당신 - '한 국가'. 이건 총구멍에 손을 대서 총알을 막으려는 것과 같아요. 이건 완전히 미친 짓이에요!"

미소.

"'모든 사람이 미쳐야 한다 - 빠를수록 좋다.' 어제 누가 이렇게 말했지요. 기억나세요? 저 너머에서……"

그렇다, 공책에도 기록했다. 그렇다면 진짜 있었던 일이다. 나는 I-330 얼굴을 가만히 들여다본다. 까만 십자가가 유난히 또렷하다.

"내 사랑, 너무 늦기 전에…… 당신이 원한다면, 내가 모든 걸 포기하겠어요, 모든 걸 잊겠어요 - 함께 저곳으로, 담벼락 너머로 갑시다, 그들에게…… 그들이 누구든."

I-330이 머리를 저었다. 두 눈에 난 어두운 창문 사이로 내면 깊숙한 곳에서 활활 타오르는 불꽃이, 혓바닥을 날름대는 불길이, 잔뜩 쌓아놓은 땔감이 보였다. 나는 분명히 깨달았다, 너무 늦었다는 걸, 아무리 말해도 소용이 없다는 걸……

I-330이 일어났다. 금방이라도 떠날 것 같았다. 이게 마지막일 수도 - 마지막 순간일 수도 있었다…… 나는 상대 손을 꼭 움켜잡았다.

"안 돼요! 조금만 더 – 아, 제발…… 제발……"

I-330이 내 손을, 내가 그렇게 싫어하는 털북숭이 손을, 환한 곳으로 천천히 들었다. 나는 손을 빼내고 싶었으나, I-330이 단단히 붙잡았다.

"당신 손…… 당신은 몰라요 – 대부분이 몰라요 – 여기에 여인들이, 도시 여인들이, 저 건너편 사람을 사랑한 여인들이 있었다는 사실을. 당신도 그 피를 상당히 물려받은 게 분명해요. 어쩌면 바로 그것 때문에 내가……"

침묵. 이상하게도 – 침묵이, 텅 빈 느낌이 심장을 마구 뛰게 했다. 그래서 소리쳤다.

"아! 당신을 보낼 순 없어요! 그들에 대해 모두 말할 때까지 당신을 보낼 순 없어요, 당신이 사랑하니까…… 그들을, 그리고 나는 그들이 누군지, 어디에서 왔는지 모르니까. 그들은 누구죠? 우리가 잃어버린 반쪽? H2와 O? H2O가, 개울물과 바닷물과 폭포수와 파도와 태풍이 생기려면 반쪽짜리 두 개가 하나로 합쳐야 해요……"

나는 I-330 동작 하나하나를 또렷하게 기억한다. I-330이 탁자에서 유리 삼각자를 집어 들어, 내가 말하는 동안 날카로운 테두리로 뺨을 꼭 눌러서 하얀 자국이 생기다, 다시 사라지며 분홍색이 들어차던 과정도 똑똑히 기억한다. 그런데 I-330이 말한 건, 특히 앞부분은, 단편적인 느낌과 색깔 말고 기억이 하나도 안 나는 게 정말 이상하다.

I-330이 처음에 200년 전쟁에 대해서 말한 건 안다. 나는 녹색 풀밭에, 까만 흙에, 파란 눈송이에 어린 빨간 피를 – 빨간 피가 가득 고인 웅덩이를 보았다. 그러다 노란색, 태양에 타버린 풀, 벌거벗은 노란 털북숭이 사내와 털북숭이 개들이 – 잔뜩 부어오른 시신, 개 같기도 하고 인간 같기도 하고…… 이건 물론 담벼락 바깥이다. 도시는

이미 점령해, 현재처럼 석유에서 합성한 음식을 먹었다.

하늘에서 지상으로 떨어지는 – 까맣고 묵직하게 흔들리는 커튼, 숲 너머에서, 마을 너머에서, 사방에서 천천히 피어오르는 연기 기둥. 숨죽인 채 울부짖는 소리 – 도시까지 까맣게 끝없이 이어지는 줄 – 강제로 구원 당하도록, 강제로 행복하도록.

"당신도 이런 얘기는 대부분 알지요?"

"네, 대부분."

"하지만 일부가 지금까지 살아남아, 저기서, 저 담벼락 너머에서 지낸다는 건 몰랐어요 – 아는 사람 자체가 거의 없으니까. 저들은 벌거 벗은 채 숲으로 피신했어요. 저들은 나무한테, 동물과 새한테, 꽃과 태양한테 사는 법을 배웠어요. 몸에서 털도 두텁게 자랐어요. 하지만 두툼한 털 밑에는 새빨간 피가 뜨겁게 흐르지요. 당신은 나쁜 사례에 요. 숫자가 무성하게 자랐어요. 그래서 숫자가 온몸에서 이처럼 기어 다녀요. 당신은 모든 걸 빼앗긴 채 숲으로 알몸으로 쫓겨나야 했어요. 무서워서, 기뻐서, 마구 화나서, 추워서 덜덜 떠는 법을, 활활 타오르는 불에 기도하는 법을 배워야 했어요. 그리고 우리는, 메피는 – 우리 메피는……"

"아니, 잠깐! 메피? 메피가 뭡니까?"

"메피? 오래된 이름이에요, 이 사람은…… 기억나세요 – 저 바깥에 서, 바위에 떠오른 젊은이 영상? 혹은, 아니에요, 당신네 언어로 설명 하지요, 그래야 당신이 쉽게 이해할 테니. 세상에는 두 가지 힘이 있어 요 – 엔트로피와 에너지. 전자는 더없이 행복한 평안으로, 행복한 평형 상태로 나아가고, 후자는 평형 파괴로, 고통스러울 정도로 끝없는 운 동으로 나아가요. 우리 – 아니, 당신네 – 조상, 기독교인은 엔트로피 를 신으로 숭배했어요. 하지만 우리 반기독교인은, 우리는……"

바로 이 순간, 문에서 속삭이듯 노크하는 소리가 살짝 일어나더니, 짓이긴 얼굴이, 이마가 두 눈으로 내려온 사내가, I-330이 건넨 쪽지를 나에게 가져오던 사내가 안으로 뛰어들었다.

사내는 황급히 다가오더니, 숨을 공기 펌프처럼 헐떡이느라 아무 말 못 했다. 전속력으로 달려온 모양이다.

"왜 그래? 무슨 일이야?"

I-330이 물으며 사내 손을 잡았다.

사내가 마침내 숨을 뱉어냈다.

"저들이 와요…… '보호단'…… 그들과 함께 – 아, 뭐라고 불렀더라…… 곱사등처럼 생겨서……"

"S?"

"네! 저들이 들어왔어요, 이 건물로. 곧바로 들이닥칠 거예요. 빨리 피하세요, 빨리!"

"허튼소리! 시간은 충분해……"

I-330이 웃었다. 그런데 두 눈에는 – 불꽃, 활활 타오르는 불길.

엉뚱하고 무모한 용기 – 아니면 무언가 다른 거, 내가 여전히 모르는 거.

"'은혜로운 선생님'을 위해서! 어서 피하세요 – 이건……"

"'은혜로운 선생님'을 위해서?"

날카로운 삼각형 – 미소.

"으음…… 그렇다면…… 나를 위해서…… 제발."

"아, 당신에게 중요한 내용을 얘기해야 하는데…… 아, 그렇다면 내일……"

I-330이 나에게 흥겹게 (그래, 흥겹게) 고개를 끄덕이고, 다른 사내는, 이마 밑에서 순간적으로 튀어나오며 고개를 끄덕였다. 그리고 나

는 혼자가 되었다.

빨리, 책상으로. 나는 공책을 펼치고 펜을 집었다. 내가 일하는 모습을, '한 국가'를 위해서 일하는 모습을 보여주어야 한다. 그런데 갑자기 – 머리칼 하나하나가 생생하게 살아나며 꿈틀댄다. 저들이 이걸 가져가서 마지막 쪽을 읽는다면, 이제 막 쓴 글을, 이 글을 읽는다면?

나는 책상에 앉아서 꿈쩍을 않는다 – 사방에서 벽이 와들와들 떨고 두 손으로 움켜잡은 펜이 와들와들 떨고, 글씨가 흔들리면서 뿌옇게 변한다……

이걸 숨겨? 하지만 어디에? 모든 게 유리잖아. 그럼 태워! 하지만 저들이 옆방에서, 복도에서, 볼 거야. 그런데 나 역시, 고통으로 가득한, 어쩌면 가장 소중한, 나의 일부를 더는 파괴할 수 없었다.

멀리서, 복도에서 다양한 목소리, 다양한 발소리. 나는 종이 한 줌을 간신히 낚아채서 엉덩이 밑에 넣었다. 그리고 의자에 대갈못처럼 단단히 박혔다. 엉덩이 세포가 일제히 와들와들 떨었다. 발밑에서 바닥은 – 선박 갑판. 올라갔다 내려갔다……

나는 조그맣게 오그라들어 눈썹으로 숨긴 채 한쪽 눈 모서리로 살그머니 쳐다보았다, 그들이 복도 오른편 끝부터 시작해 이 방 저 방을 오가며 점차 가까이, 가까이 다가오는데. 개중에는 나처럼 자리에 앉은 채 온몸이 굳어버린 번호도 있고, 펄쩍 일어나 문을 활짝 열어서 맞이하는 번호도 있었다 – 행복한 번호들! 나도 저럴 수 있다면……

"'은혜로운 선생님'은 가장 완벽한 소독약으로, 인류에게 가장 중요하며, 덕분에 '한 국가'란 유기체는 어떤 부작용도 없이……"

덜덜 떨리는 펜으로 나는 말도 안 되는 내용을 억지로 짜내며 책상으로 상체를 숙이는데, 머릿속은 미친 듯이 망치질해대고, 등 뒤로는 방문 손잡이가 삐걱거리는 소리를 들었다. 공기는 강하게 몰려들고,

의자는 밑에서 춤춘다……

나는 원고에서 시선을 힘겹게 떼어내며 방문객에게 고개를 돌렸다. (계략을 꾸며서 행동한다는 게 정말 힘들다…… 그런데 오늘 누가 나한 테 계략이란 말을 했지?) 제일 앞에서 이끄는 건 S. S가 무뚝뚝하게 조용히 재빨리 두 눈으로 나를, 내 의자를, 내 손 밑에서 덜덜 떠는 원고를 꿰뚫는다. 그러다, 순간, 매일 보는 낯익은 얼굴이, 그들 사이에 서 동떨어진 인물이 문으로 들어온다 - 잔뜩 부풀어 올라, 분홍빛이 감도는 갈색 아가미……

나는 불과 삼십 분 전에 이 방에서 일어난 장면을 하나씩 떠올리다 확신한다, 이제 저 여자가 모든 걸…… 원고를 깔고 앉은 엉덩이에서 (다행히, 투명하지 않은 엉덩이에서) 몸 전체가 두근대며 고동친다.

U가 뒤에서 S에게 다가가, 옷소매를 조심스레 건들더니, 나지막이 말한다.

"저분은 D-503, '완전체'를 만드는 책임자입니다. 당신도 저분에 대해 들었을 겁니다. 저분은 여기에서, 저 책상에 앉아서, 늘 일한답니 다…… 몸은 조금도 안 돌보면서!"

그리고 나는…… 정말 기적처럼 대단한 여인!

S는 나에게 다가와서 어깨너머로, 책상 위로 몸을 구부린다. 나는 내가 쓴 원고를 팔꿈치로 가리려고 애쓰지만, S가 준엄하게 소리친다.

"거기에 있는 걸 보여주시오, 당장!"

수치심으로 얼굴을 붉히며 나는 S에게 원고를 내민다. S가 읽더니, 눈꼬리에서 미소가 어리다 얼굴을 살짝 내려와 입술 오른쪽 꼬리에 머물러, 꼬리가 살짝 흔들린다……

"내용이 알쏭달쏭하군. 그렇지만…… 으음, 계속하시오. 우리가 더 는 방해하지 않겠소."

S가 물에서 노를 젓듯, 첨벙거리며 문으로 걸어간다. 그렇게 한 발 멀어질 때마다 내 발과 내 손과 내 손가락은 조금씩 돌아온다. 영혼이 온몸으로 다시 골고루 번진다. 이제 숨도 쉴 수 있다.

마지막 하나. U가 방에서 잠시 우물쭈물하다 다가와서 내 귀에 대고 속삭인다.

"행운이 따른 줄 아세요, 내가……"

이 말을 왜 하는 걸까?

나중에, 저녁에, 나는 번호 세 명이 잡혀갔다는 걸 깨달았다. 하지만 이런 사실을, 아니, 최근에 일어난 사건 자체를, 누구도 커다랗게 말하지 않는다. '보호단'이 우리 가운데 눈에 안 띄게 깃든 효과다. 우리끼리 대화하는 거라곤 수은주가 빠르게 내려간다는 정도, 기온이 떨어진다는 정도다.

스물아홉 번째 기록

주제: 얼굴에 실오라기. 새싹. 부자연스러운 압축.

이상하다. 수은주가 내려가는데 바람은 아직도 없다. 조용하다. 저 위 어딘가에서 태풍이 일어나는데 아직은 우리 귀에 안 들린다. 먹구름이 미친 듯이 내달린다. 하지만 아직은 얼마 없다 - 울퉁불퉁하게 떨어져 나온 파편에 불과하다. 저 위에선 도시 전체가 벌써 뒤집혀 높은 건물과 벽이 산산이 무너지고 깨져나가며 끔찍한 속도로 조금씩 조금씩 다가오는 것 같은데, 우리가 있는 곳까지, 밑바닥까지 내려오려면 파란 무한대를 며칠은 더 내달려야 한다.

여기, 밑바닥에는 침묵이 깔린다. 눈에 거의 안 보이는, 이해할 수 없는, 가느다란 실오라기가 공중에 날아다닌다. 매년 가을마다 바깥에서, 담벼락 너머에서 실오라기가 날아든다. 이들은 천천히 떠다닌다 - 무언가 눈에 안 보이는 이질적인 게 얼굴에 달라붙는 느낌이 갑자기 몰려든다. 그래서 털어내려고 하는데, 안 된다, 그럴 수 없다. 도무지 떨어지질 않는다.

실오라기는 '녹색 담벼락' 주변에 유난히 많다. 오늘 아침에 내가 걸어간 곳이다. I-330이 고대관에서, 우리 정다운 '아파트'에서 만나자고 요청했다. 그래서 불투명한 고대관 건물로 다가가는데, 뒤에서 누군가 가쁜 숨을 몰아쉬며 바삐 걷는 발소리가 들렸다. 뒤를 돌아보니, O가 나를 따라잡으려고 열심히 쫓아왔다.

O는 몸뚱이 전체가 뭔가 특별하고 완벽한 방식으로 완전히 동그랬다. 두 팔, 봉긋 올라온 가슴, 나한테 익숙한 몸 전체가 팽팽하게 부풀어 올라 제복에 동그랗게 꽉 꼈다. 금방이라도 얇은 천을 뚫고 환한 햇살로 튀어나올 것 같았다. 저 바깥에서도, 녹색 정글에서도, 새싹이 땅을 고집스럽게 뚫고 나온다는 – 가지와 잎사귀를 뻗으려고, 활짝 꽃피우려고 서둔다는 생각이 들었다.

O는 입을 가만히 다문 채 파란 눈빛을 반짝이며 내 얼굴을 쳐다보았다.

"'만장일치의 날'에 당신을 봤어."

"나도 당신을 봤어……"

O가 아래쪽 좁은 통로에서 벽에 몸을 바싹 붙이고 두 팔로 배를 보호하던 장면이 곧바로 떠올랐다. 그래서 나도 모르게 배를, 제복을 동그랗게 밀고 나오는 배를 쳐다보았다.

O는 내가 보는 걸 알아챈 모양이다. 온몸이 분홍색으로 동그랗게 변했다. 분홍색 미소.

"나는 정말 행복해, 너무 행복해…… 당신도 알다시피, 온몸이 가득 찼어. 이리저리 걸어 다니면서 주변 소리는 안 듣고 몸속에서, 안에서 나는 소리만 들어……"

나는 침묵했다. 얼굴에 낯선 게 달라붙어 방해했지만, 나는 그걸 떼어낼 수 없다. 그런데, 갑자기 O가 파란빛을 발산하며 내 손을 잡았

192

다 - 나는 거기에 닿는 입술을 느꼈다…… 이런 경험은 생전 처음이었다. 아무도 알 수 없는, 고대식 애무에 굴욕과 고통이 너무 극심한 나머지 손을 (너무 거칠게) 잡아뺐다.

"정신이 나갔군! 아니야, 이건…… 내 말은, 당신…… 왜 그렇게 행복해? 앞으로 당신이 겪을 고통을 잊어버린 거야? 지금은 아니라도, 한 달이면, 두 달이면……"

O에게서 밝은 빛이 사라졌다. 동글동글한 느낌이 꺼지면서 단번에 쭈그러들었다. 나는 심장이 - 불쾌하고 고통스럽게 오그라든다…… 동정심. (심장은 이상적인 펌프다, 펌프가 압축하고 수축하며 액체를 빨아들이는 건 기술적인 오류다. '사랑'과 '동정심'을 비롯해 이런 식으로 심장을 오그라들게 하는 엉뚱한 감정은 근본적으로 터무니없고, 부자연스럽고, 불건전한 게 분명하다!)

침묵. 왼쪽에 녹색이 뿌연 유리 담벼락. 앞에 빨간색이 짙은 거대한 건물. 두 색이 몸속에 하나로 모여, 그럴싸한 생각을 만들어낸다.

"잠깐만! 당신을 구할 방법이 있어. 당신이 아기를 낳고서 꼭 죽어야 하는 건 아니야. 아기를 기르면서 - 그래 - 아기를 품에 안고 과일처럼 통통하게 살이 차고 물이 오르도록 기를 수 있어……"

O가 심하게 떨면서 나를 와락 움켜잡았다.

"그 여자 기억나…… 당시에, 오래전에, 산책하다 만난 여자? 그래, 그 여자가 지금 여기에 있어, 저 고대관에. 나랑 그 여자한테 가는 거야. 내가 장담해, 지금 당장 모든 걸 해결하는 거야."

나는 I-330과 내가, 우리가, O를 데리고 복도를 지나는 광경을, O가 저 너머에서 꽃과 풀과 잎사귀 사이로 거니는 광경을 마음속에 떠올렸다…… 하지만 O는 뒤로 물러났다. 장밋빛 초승달 양쪽 끝이 부르르 떨다가 꺾였다.

"그 여자군."

나는 왠지 모르게 당황했다.

"내 말은…… 으음, 그래, 그 여자야."

"나한테 그 여자를 찾아가서 – 부탁하라고…… 어떻게 나한테 그런 말을! 두 번 다시 하지 마!"

O가 몸을 구부리더니, 빠르게 걸으며 떠나갔다. 그러다, 뭔가 갑자기 떠오른 듯, 돌아서서 소리쳤다.

"그래, 나는 죽어 – 나는 상관없어! 당신도 관심이 없겠지 – 대체 당신한테 무슨 상관이겠어?"

침묵. 파란 벽과 높은 건물이 높은 곳에서 산산이 무너지고 깨져나가며 끔찍한 속도로 떨어지지만, 앞으로 몇 시간은 – 어쩌면 며칠은 – 무한대를 내달려야 한다. 눈에 안 보이는 실오라기는 천천히 떠다니다 얼굴에 내려앉는데, 아무리 흔들어도 떨어지질 않는다, 도저히 떼어낼 수 없다.

나는 고대관으로 천천히 걸어간다. 심장이 엉뚱하게, 고통스럽게 오그라들어……

서른 번째 기록

주제: 마지막 숫자. 갈릴레오가 실수한 거. 그게 훨씬 좋지 않겠어?

어제 고대관에서 I-330하고 나눈 대화를 여기에 적겠다. 빨간색, 녹색, 청동처럼 노란색, 하얀색, 주황색 등 잡다한 색깔이 화려해서 마음은 어찔어찔하고 논리적인 사고는 흐름이 끊기고, 들창코 고대 시인은 얼어붙은 대리석 미소를 머금으며 위에서 시종일관 내려보는 가운데 나눈 대화다.

대화를 한 자 한 자 그대로 옮긴다 - 내가 보기엔 '한 국가' 운명에, 아니, 우주 전체에 엄청나게 중요할 것 같아서다. 게다가, 미지의 독자 여러분은 이 글을 읽고서 내가 옳다는 걸 깨달을 테니……

I-330은 사전설명 없이 단도직입적으로 나한테 모든 걸 말했다.

"나는 알아요, '완전체'가 내일모레 시험비행에 처음 나선다는 걸. 그날 우리가 '완전체'를 빼앗는 거예요."

"뭐요? 내일모레?"

"네. 자리에 앉아요, 진정하시고. 우리는 한순간도 낭비할 수 없어요. 지난밤에 '보호단'이 닥치는 대로 체포한 수백 명 가운데는 메피가 12명이에요. 우리가 하루나 이틀만 질질 끌어도 모두 처형당해요."

나는 침묵했다.

"시험비행을 하려면, 저들은 당신에게 전기기사와 기계공과 의사와 기상학자를 보내야 해요. 12시 정각에 – 시간을 명심하세요 – 시험비행 도중에 점심을 먹으라는 종소리를 듣고서 식당으로 모두 들어가면, 우리는 복도에 남았다가 식당 문을 잠그고 '완전체'를 탈취하는 거예요…… 알겠어요? 꼭 해내야 해요, 어떤 대가를 치르더라도. 우리는 '완전체'를 손에 넣어서 무기로 활용해 모든 걸 단번에 재빨리 가볍게 끝내는 거예요. 저들이 비행기를 보내면 – 흥! 독수리한테 달려드는 하루살이 꼴이 되겠지요. 그런 다음에 – 꼭 필요하다면 – 화염 배출기를 아래쪽으로 돌려서 단번에……"

나는 벌떡 일어났다.

"그건 생각할 수도 없어요! 터무니없어요! 지금 당신이 계획하는 건 혁명이란 거 모르겠어요?"

"알아요, 혁명! 그런데 뭐가 터무니없죠?"

"그게 터무니없다는 건, 혁명은 이제 결코 있을 수 없기 때문이에요. 우리 – 당신네 말고 – 우리가 예전에 이룬 혁명이 마지막이기 때문이에요. 이제 다른 혁명은 있을 수 없어요. 이건 누구나 알아요……"

날카롭게 비웃는 눈썹 삼각형.

"내 사랑 – 당신은 수학자예요. 아니, 철학자예요, 수학 철학자. 으음, 그렇다면, 마지막 숫자를 나한테 말해보세요."

"무슨 말이죠? 무……무슨 말인지 모르겠어요. 마지막 숫자가 뭔가요?"

"으음, 마지막, 최종적인, 제일 커다란 숫자."

"말도 안 돼요! 숫자는 무한한데, 어떻게 마지막 숫자가 있겠어요?"

"그럼 마지막 혁명은 어떻게 있지요? 마지막은 없어요. 혁명은 무한하니까요. 마지막 혁명은 아이들한테나 필요한 거예요. 아이들은 무한한 걸 무서워해, 밤에 잠자리에 들도록 할 때 필요하니까요……"

"하지만 그럴 이유가, 꼭 그래야 할 이유가 뭐죠? 이미 모두 행복한데 그럴 이유가 뭐냐고요?"

"좋아요, 모두 행복하다고 가정합시다. 그럼 그다음엔 뭐죠?"

"말도 안 돼요! 그건 아이들이나 하는 질문이에요. 아이한테 이야기를 해주면 - 끝까지 했는데도 아이들은 '그럼 그다음엔 뭐죠? 이유가 뭐죠?' 하고 묻는 식이라고요."

"지금 이 세상에 남은 대담한 철학자라곤 아이들밖에 없어요. 아이들은 누구나 대담한 철학자예요. 바로 그런 아이들처럼, 우리는 '그럼 그다음엔 뭐죠?'라고 늘 물어야 해요."

"그다음엔 아무것도 없어요! 끝났다고요. 우주 전체가 균등하다고요, 모든 곳이……"

"아, 우주 전체가 균등하다! 바로 그게 엔트로피, 심리적인 엔트로피에요. 다양성이 살아야, 온도가 달라야 - 체온이 달라야 - 생명이 잉태한다는 걸 수학자인 당신은 모르나요? 모든 곳이, 우주 전체가 똑같이 따듯하거나 똑같이 차갑다면…… 모두 한 점으로 모이다 충돌할 수밖에 없어요 - 사방이 폭발하고 불꽃이 치솟는 지옥으로 돌변할 수밖에 없다고요. 지금 '완전체'가 하려는 게 바로 그거라고요."

"하지만 I-330, 당신은 알아야 해요, 우리 조상이 200년 전쟁 동안 그렇게 했다는 사실을."

"아, 그건 정말 잘한 거예요 - 천 배는. 하지만 한 가지를 실수했어요. 마지막 숫자가 있다고 나중에 믿은 거예요. 하지만 그런 건 없어요,

자연계엔 존재하지 않아요. 그들이 실수한 건 갈릴레오가 실수한 것과 똑같아요. 지구가 태양을 돈다는 주장은 갈릴레오가 맞아요. 하지만 태양계 또한 다른 걸 중심으로 돈다는 건 몰랐어요. 지구가 단순히 원 하나로 도는 게 아니라는 사실을 몰랐던 거예요……"

"그럼 당신네는?"

"우리요? 우리는 마지막 숫자가 없다는 사실을 잘 알아요. 물론 잊어버릴 순 있겠죠. 아니, 모든 게 불가피하게 늙는 것처럼 우리 역시 늙으면 잊을 게 확실해요. 그럼 우리 역시 떨어지겠죠 - 가을이면 나무에서 떨어지는 낙엽처럼 - 당신네처럼, 내일모레…… 아니에요, 아니에요, 내 사랑, 당신을 말한 게 아니에요. 당신은 우리 편이잖아요, 우리 편!"

I-330은 활활 타오르는 불처럼, 태풍처럼, 섬광처럼, 내가 한 번도 못 본 모습으로, 온몸으로 나를 껴안았다. 나는 단숨에 사라져……

그러더니 마침내 내 눈을 가만히 단호하게 바라보며 말했다.

"그럼, 명심하세요, 12시."

그리고 나는 대답했다.

"네, 명심할게요."

I-330이 떠났다. 나는 혼자다. 주변에선 다양하고 시끌벅적하게 소용돌이친다, 파란색, 빨간색, 녹색, 청동처럼 노란색, 주황색……

그래, 12시…… 갑자기 뭔가 이질적인 게 얼굴에 달라붙는 황당한 느낌 - 털어낼 수 없다. 갑자기 - 어제 아침, U - U가 I-330 얼굴에 대고 소리친 말…… 왜? 말도 안 돼.

나는 밖으로 황급히 나간다 - 집으로, 집으로……

뒤쪽 어딘가 담벼락 너머에서 새들이 날카롭게 울어댄다. 앞에는 서쪽으로 떨어지는 태양 - 동그란 지붕, 불타듯 이글거리는 거대한 사각형 주택…… 누적탑 첨탑은 하늘에 얼어붙은 번개 같다. 저 모든 걸, 저렇게 완벽하고 기하학적으로 아름다운 문명을 파괴해야 한다니…… 내가, 내 손으로…… 빠져나갈 길은, 다른 길은 없단 말인가?

공회당을 (번호는 잊어버렸다) 지난다. 안에는 기다란 의자를 높이 쌓고, 한가운데에 탁자들이 있는데 유리로 만든 새하얀 시트로 덮었다. 새하얀 시트에 태양이 새빨갛게 흘린 피 한 방울. 거기에 모든 게 담겼다 - 미지수, 그만큼 두려운 내일. 불규칙한 수, 미지수, X가 난무하는 가운데 살아야 한다는 생각이 부자연스럽다…… 두 눈을 가리고 억지로 걸어가는 느낌이다. 길을 더듬으며, 비틀거리며, 바로 옆에 절벽이 있다는 걸 아는데도. 한 발만 헛디디면 밑으로 떨어져서 고깃덩이로 납작하게 찌부러진다는 걸 아는데도. 바로 내가 지금 그런 거 아닐까?

기다리지 말고 그대로 곧장 뛰어내리면 어떨까? 이게 유일하게 올바른 길 아닐까 - 단번에 모든 걸 해결하는?

서른한 번째 기록

주제: 위대한 수술. 나는 모든 걸 용서했다. 열차 충돌.

구원받았다! 마지막 순간에, 기댈 곳은 어디에도 없는 것 같을 때, 모든 게 끝난 것처럼 보일 때……

'은혜로운 선생님'의 끔찍한 사형 기계가 있는 계단을 하나씩 오르는 느낌, 가스 종이 위에서 철커덩대며 묵직하게 내려오는 느낌, 그래서 파란 하늘을 두 눈에 마지막으로 - 재빨리, 재빨리 - 빨아들이는 느낌……

그런데 갑자기 - 모든 게 '꿈'으로 변했다. 태양은 분홍빛이 상쾌하고, 벽은 그대로 있으니 - 손으로 차가운 벽을 쓰다듬는 느낌은 얼마나 즐겁던가! 베개는 - 하얀 베개에 머리를 누인 자국이 그대로 있는 걸 바라보고 또 바라보는 느낌은 얼마나 기쁘던가!

바로 이게 오늘 아침에 '한 국가 신문'을 읽던 기분이다. 끔찍한 악몽이 모두 끝난 거다. 믿음이 없고 마음이 약한 나는 자살을 생각하던 중이었다. 어제 마지막으로 쓴 글을 읽으니 정말 창피하다. 하지만 상관없다. 일어날 수 있던, 하지만 이제 일어나지 않을, 결코 일어날 수 없는, 끔찍한 사태를 기억하자는 의미로 그냥 두겠다……

'한 국가 신문' 일면에 선언문이 가득했다.

기뻐하라!

이제 여러분은 완벽하게 변한다! 오늘까지는 여러분이 만든 기계가 여러분보다 완벽했다.

어째서?

발전기가 내뿜는 불꽃은 가장 순수한 이성이며, 피스톤 운동 하나하나는 가장 완벽한 삼단논법이기 때문이다. 그런데 여러분 이 지닌 이성은 그만큼 올바르지 않단 말인가?

기중기, 압착기, 펌프 철학은 컴퍼스로 그린 동그라미처럼 완 벽하고 또렷하다. 그런데 여러분이 지닌 철학은 컴퍼스로 그린 동그라미보다 못하단 말인가?

기계 장치가 아름다운 건 규칙적으로 운동하기 때문이다 – 추 가 흔들리듯 정확히 꾸준하게. 하지만 여러분은 어릴 적부터 테일 러 시스템에 적응해, 추처럼 정확하게 성장하지 않았는가?

여러분에게 부족한 건 딱 하나, 기계는 상상력이 없는데 여러 분은 상상력이 있다는 거다.

여러분은 펌프 실린더가 작업 도중에 멍청하게 꿈꾸며 묘하게 웃는 걸 보았는가? 여러분은 기중기가 한밤중에, 충분히 휴식하 도록 지정한 시간에, 이리저리 뒤척이다 한숨짓는 소리를 들은 적이 있는가?

없다!

그렇다면 여러분은? 창피한 줄 알라! 멍청하게 웃으며 한숨짓는 걸 '보호단'이 주목한 사례는 최근에 계속 늘어난다. '한 국가' 역사학자 사이에는 수치스러운 사건을 기록할 바에야 차라리 은퇴하겠다는 분위기까지 일어난다. 창피한 줄 알라!

하지만 이건 여러분 잘못이 아니다 - 병에 걸렸기 때문이다. 상상력이라는 질병 때문이다.

이건 여러분 이마를 갉아먹어 까맣게 주름살을 만드는 벌레다. 이건 여러분이 더 멀리 도망치게 하는 열병이다. 인간은 행복하지 않을 때 비로소 '더 멀리 도망치는' 법인데 말이다. 이건 우리가 행복한 길로 나아가는 걸 방해하는 마지막 장애물이다.

그러나 기뻐하라. 이제 우리는 장애물을 완전히 파괴할 수 있다. 길은 열렸다.

'국가 과학원'은 상상력이 깃드는 위치를 최근에 발견했다. 두뇌 속 '뇌교'[21]라는 곳에 있는 조그만 종양이 바로 그것이다. X선으로 종양을 세 번 지지면 상상력이란 질병은 깨끗하게 사라진다……

영원히.

여러분은 완벽하다. 여러분 모두 기계처럼 변한다. 100% 행복으로 나아가는 길은 이제 환히 열렸다. 그러니 서둘러라, 누구든 - 남녀노소 불문하고 - '위대한 수술'을 빨리 받아라. 공회당을 서둘러 찾아가라, 그곳에서 '위대한 수술'을 집행한다. '위대한 수술' 만세! '한 국가' 만세! '은혜로운 선생님' 만세!

이 내용 전체를 내가 환상적인 고대 소설 비슷한 기록물에서 읽은

---

21) 중뇌와 연수 사이에 있다. 소뇌로 이어진다. 뇌신경 핵이 많다.

게 아니라면, 지금 내가 그러듯 여러분 손에서 잉크 냄새가 그대로 묻어나오는 신문이 덜덜 떨린다면, 가장 객관적인 현실이란 걸 나처럼 깨닫는다면, 당장은 아닐지언정 앞으로 가장 객관적인 현실이 될 거라면, 여러분도 나와 똑같은 기분을 느끼지 않겠는가? 여러분 머리도 나처럼 빙빙 돌지 않겠는가? 차가운 바늘이 등을, 팔을, 달콤하면서도 섬뜩하게 콕콕 찌르지 않겠는가? 자신이 거인으로, 무거운 짐을 짊어진 거인으로 변한 것 같지 않겠는가? 똑바로 서면 머리가 유리 천장에 부닥칠 수밖에 없는?

나는 전화기를 잡았다.

"I-330이요…… 네, 네, 330."

그러다가 가쁜 숨을 몰아쉬며 소리쳤다.

"아, 집에 있었군요! 지금 읽는 중이라고요? 하지만 이건, 이건…… 정말 훌륭해요!"

"네……"

길고 어두운 침묵. 수화기가 가늘게 윙윙대며 뭔가 깊은 생각에 잠기다…… 말이 흘러나왔다.

"오늘 당신을 만나야 해요. 네, 내 방으로, 16시 이후에. 꼭."

너무나 사랑스러운 여인! 더없이 소중한 여인! "꼭"이라니…… 나는 미소가 절로 떠오른다는 걸, 도저히 멈출 수 없다는 걸 깨달았다. 그래서 미소를 가로등처럼 환하게 드러내며 거리로 나갔다.

바깥으로 나오니 바람이 휘감았다. 바람이 소용돌이치며 매섭게 때리지만 나는 오히려 의기양양했다. 휘파람 불며 소리치고 싶었다 - 이제 아무래도 괜찮다 - 이제 더는 벽을 무너뜨릴 수 없다. 그러니 무쇠 덩어리가 구름처럼 날다 머리 위로 떨어지려면 떨어지라고 하라, 아무리 그래도 이제는 태양을 가릴 수 없으니. 우리가 태양을 하늘

한가운데에 쇠사슬로 영원히 묶어놓았으니 – 우리, 눈의 아들, 여호수아[22]가.

여호수아 집단이 모퉁이에 가득 모여서 유리 벽에 이마를 바싹 들이댔다. 안에는 눈부시게 하얀 탁자에 어떤 사내가 몸을 쭉 펴고 누워있다. 하얀 시트 끝으로 발바닥이 나와서 노란 각도를 이루고, 하얀 가운 차림 의사들은 사내 머리로 고개를 숙였다. 하얀 손 하나가 쭉 뻗어서 다른 손에 주사기를 찌른다.

"그런데 당신들은, 왜 안 들어가나요?"

"그러는 당신은?"

동그란 머리가 나를 바라보았다.

"나도 들어갈 거예요, 나중에. 그 전에 할 일이……"

괜히 당혹스러워, 나는 그냥 물러났다. I-330을 꼭 봐야 한다, 그 전에. 하지만 왜 '그 전에'? 여기에 나는 대답할 수 없었다.

작업 현장. '완전체'가 가물거리며 새파랗게 번뜩였다. 기관실에서 발전기가 애무하듯 부드럽게 윙윙대며 똑같은 말을 하고 또 하는데 – 괜스레 익숙하게 들렸다, 내 입에서 뱉어낸 말처럼. 나는 그리로 몸을 기울여서 차갑고 기다란 엔진을 쓰다듬었다. 사랑스러워…… 더없이 사랑스러워. 내일 너는 생생하게 살아나는 거야. 내일 너는 생애 처음으로, 자궁에서 거대한 불꽃을 콸콸 쏟아내며 기지개 켜는 거야……

눈앞에 우뚝 선 전지전능한 유리 괴물을 나는 어떻게 바라보았을까, 모든 상황이 변한 거 하나 없이 어제와 똑같다면, 내일 12시에 이걸 배신해야 한다면…… 그래, 배신……

---

22) 여호수아는 눈(Nun)의 아들로, 이스라엘 민족이 이집트를 탈출한 이후, 모세 후계자가 되어 민족을 이끌었다. 여기에서 말하는 여호수아는 선구자를 뜻한다.

누군가 뒤에서 팔꿈치를 조심스럽게 건들었다. 고개를 돌리니, 접시처럼 납작한 얼굴. 부책임자.

"소식 들었나요?"

"무슨 소식? 수술? 그래. 정말 이상한 일이지 - 모든 게, 모든 게 - 단번에……"

"아니요, 그거 말고. 시험비행을 내일모레로 연기했어요. 수술 하나 때문에…… 우리는 없는 힘까지 자아내며 바삐 서둘렀는데 - 모두 헛수고한 거예요……"

"수술 하나 때문에……" 정말 엉뚱하고 어리석은 친구. 납작한 자기 얼굴 뒤에 숨은 건 하나도 못 보는군. 수술 때문에 내일 12시에 유리 식당에 갇혀서 이리저리 뛰어다니며 벽을 기어오르려고 몸부림치는 신세를 피한 거란 사실을 저 친구도 안다면……

15시 39분에 집으로 돌아와, 방으로 들어가니 U가 보였다. U는 책상에 앉아 뼈가 앙상한, 쭉 뻗은, 딱딱한 오른뺨을 손으로 단단히 받쳤다. 오랫동안 기다린 게 분명하다, 내가 들어서는 걸 보고 벌떡 일어날 때 뺨에 움푹 새겨진 손가락 자국 다섯 개가 또렷했기 때문이다.

불쾌한 아침이 순간적으로 떠올랐다. 당시에 U는 저 책상 옆에서, I-330 옆에서 화를 잔뜩 내며…… 하지만 이것도 순간에 불과했다. 오늘 떠오른 태양이 모두 말끔히 몰아냈다. 환한 대낮에 방으로 들어와 무심코 스위치를 켜자, 전등 불빛이 갑자기 들어오며 순간적으로 모든 것을 몰아내는 식이었다 - 창백하고 엉뚱하고 불필요한 것을……

나는 아무런 생각 없이 U에게 한 손을 내밀며 모든 걸 용서했다. U는 두 손을 모두 잡더니, 깡마른 손으로 단단히 움켜잡았다. 축 늘어진 뺨이 잔뜩 흥분하며 고대 장식처럼 흔들렸다.

"계속 기다렸어요…… 얼마 안 되는 시간이지만…… 당신을 생각하면 정말 행복하다는 걸, 정말 기쁘다는 걸 말하고 싶었어요! 당신도 알다시피 – 내일이나 내일모레면 병이 모두 나을 거예요 – 완벽하게 나을 거예요, 새롭게 태어나서……

책상에서 종이가 보였다 – 최근에 쓴 원고. 어제저녁에 올려놓고 쓰던 상태 그대로다. 내가 거기에 쓴 내용을 U가 보았다면…… 하지만 이제 문제 될 거 없다. 이제 다 지나간 일, 망원경을 거꾸로 들고 쳐다보는 것처럼 모든 게 우스꽝스러울 정도로 멀게만 보인다……

"맞아요. 당신도 알 거예요 – 거리를 따라 지금 막 걸어오는데, 앞에 사내가 있고 그림자가 깔렸더군요. 그런데 상상해 보세요, 그림자가 반짝거렸어요. 내일이면 그림자가 하나도 없을 것 같아요 – 아니, 없을 게 분명해요. 어떤 인간, 어떤 물체도 그림자가 없을 거예요…… 태양이 모든 걸 그대로 통과하며 반짝일 거예요……"

내 말에 U는 상냥하면서도 단호하다.

"당신은 몽상가예요! 나는 학교에서 아이들이 그런 식으로 말하는 걸 용서하지 않아요……"

그러더니 아이들을 화제로 떠올려, 자신이 수술실로 모두 데려가 거기에서 아이들을 꽁꽁 묶을 수밖에 없었다는 사실을 말하곤 "사랑은 무자비한 거예요, 네, 무자비한 거"라더니, 자신이 마침내 결정한 것 같다고 말했다……

그러더니 무릎에 덮은 청회색 천을 쭉 펴고 미소를 내 몸에 고약처럼 조용히 재빠르게 바르더니, 떠나갔다.

다행히도 태양이 오늘은 아직 멈추지 않았다. 여전히 달리다, 어느덧 16시가 되었다. 나는 방문을 두드렸다. 심장이 쿵쾅거렸다……

"들어오세요!"

나는 의자 옆에 그대로 꿇고 앉아 I-330 다리를 껴안으며 머리를 뒤로 젖혀서 상대 눈을 보았다 - 한쪽, 그리고 다른 한쪽 - 두 눈 모두 내가 맺혔다, 불가사의한 포로로 사로잡혀……

바깥에는 태풍. 구름이 짙어지다 무쇠 덩어리처럼 변했다. 아무런들 어때! 나는 시끄럽게 날뛰는 소리를 머리에 담을 수 없어, 그냥 흘려보냈다. 그리고 커다랗게 말하다, 태양과 함께 어디론가 날아간다…… 하지만 날아가는 곳을 이제 우리는 안다 - 뒤에는 수많은 행성 - 불꽃을 흩뿌리는 행성, 활활 타오르며 노래하는 꽃이 가득한 행성 - 조용하고 파란 행성, 감각과 이성을 지닌 돌멩이가 모여서 사회를 이룬 행성 - 우리 지구처럼 완벽한 정상에 올라 100% 행복한 행성……

위에서 갑자기 소리가 일어났다.

"정상에 오른 사회는 돌멩이만 가득한 사회일 수밖에 없다고 생각하지 않으세요?"

눈썹 삼각형이 날카롭고 진하게 변했다.

"그리고 행복은…… 으음, 어차피, 욕망은 우리를 고통으로 몰아넣어요, 그죠? 그렇다면 행복은 욕망이 없는 거, 하나도 없는 거예요. 행복을 '+'로 표기하는 건 엄청난 실수, 말도 안 되는 편견이에요. 완벽한 행복은 당연히 '-'로 표기해야 해요…… 거룩한 '-'로."

나는 뒤죽박죽 상태로 이렇게 중얼거린 게 기억난다.

"완벽한 '-'는? -273°……"

"맞아요, -273°. 엄청나게 춥겠지만, 그 정도는 돼야 정상이라고 할 수 있지 않겠어요?"

언젠가, 오래전에 그런 것처럼, I-330이 웬일인지, 이번에도 나를 통해 내 말을 하면서 내 생각을 끝까지 펼쳐나갔다. 하지만 왠지 날카로운 공포가 어려, 나는 도저히 견딜 수 없어서 젖먹던 힘까지 짜내며 간신히 말했다.

"아니에요. 당신은…… 당신은 나를 놀리는군요……"

I-330이 웃었다, 커다랗게 - 정말 커다랗게. 그렇게 웃으며 눈에 안 보이는 벼랑으로 가다 발을 헛디디며 곧바로 떨어졌다…… 침묵.

I-330이 일어나서 두 손을 어깨에 올리더니, 나를 천천히 오랫동안 쳐다보았다. 그러다가 끌어안았다 - 모두 사라졌다, 뜨겁고 날카로운 I-330 입술만 남았다.

"잘 가요!"

멀리서, 위에서 소리가 일어나, 나한테 내려오는 데 오랜 시간이 걸렸다 - 1분, 어쩌면 2분.

"잘 가라니, 무슨 뜻인가요?"

"으음, 당신은 아파요, 나 때문에 범죄를 저질렀어요 - 그동안 고통스럽지 않았나요? 그런데 이제, 수술 - 이제 당신은 나를 깨끗이 지우겠지요. 그러니 잘 가랄 밖에요."

"안 돼요."

내가 소리치자, 하얀 얼굴에 무자비하게 날카롭고 짙은 삼각형.

"뭐라고요? 당신은 행복을 바라지 않으세요?"

나는 머리가 깨져나갔다. 논리 열차 두 대가 부닥쳐서 서로를 기어오르고 짓뭉개며 부스러뜨렸다……

"으음, 어서 대답하세요. 선택은 당신이 하는 거예요. 수술을 받아 100% 행복하게 사느냐, 아니면……"

"나는 살 수 없어요…… 당신 없이는. 나는 당신 하나만 원해요."

내가 말했다, 아니, 생각만 한 것 같기도 하다. 하지만 I-330은 알아듣고 대답했다.

"네, 알아요."

그리곤 두 손을 내 어깨에 그대로 올린 채, 두 눈을 내 눈에 그대로 걸친 채, 다시 말했다.

"내일까지, 그럼. 내일, 12시. 기억하세요?"

"아니에요, 하루 연기했어요…… 내일모레……"

"훨씬 잘됐군요. 12시, 내일모레……"

나는 땅거미 지는 거리를 홀로 걸었다. 바람이 소용돌이치고 몰아치며 나를 종잇장처럼 옮긴다. 하늘에서 무쇠 조각이 날리고 또 날린다 – 하지만 저들은 하루 더, 무한대를 이틀 더, 달려야 한다…… 지나는 옷깃이 부닥치지만, 나는 홀로 걷는다. 이제 모든 게 또렷하다. 모두가 구원받는다. 하지만 나는 구원받을 수 없다. 내가 원하는 건 구원이 아니다……

서른두 번째 기록

주제: 나는 안 믿는다. 트랙터 로봇. 인간 파편.

여러분은 자신이 죽는다는 걸 믿는가? 그렇다, 인간은 죽고, 나는 인간이니, 따라서…… 아니다, 내가 말하려는 건 이게 아니다. 여러분이 안다는 건 나도 안다. 내가 궁금한 건, 여러분은 자신이 죽는다는 걸 진정으로 믿은 적이 있는가, 마음이 아니라 온몸으로, 전면적으로 믿은 적이 있는가, 이 글을 붙잡은 손가락이 언젠가는 차갑게 식어 노랗게 변한다는 걸 느낀 적이 있는가……

아니다, 여러분은 이걸 믿은 적이 없다 - 그래서 10층에 올라 밑바닥으로 뛰어내리지 않는 거다. 그래서 아직도 먹고, 책장을 넘기고, 면도하고, 웃고, 글을 쓰고……

내가 오늘 그렇다 - 그래, 완전히 똑같다. 작업 현장에 달린 까맣고 조그만 저 시곗바늘이 여기로, 밑으로, 자정으로 천천히 기어서 내려오다, 다시 천천히 올라가고, 마지막 선을 지나 - 절대 안 올 것 같던 내일이 나타난다는 걸 나는 안다. 이걸 알면서도 이걸 안 믿는다. 어쩌면 24시간이 24년 같아서 그런지도 모르겠다. 그래서 지금 나는 무언가를 하고, 어딘가를 가고, 다양한 질문에 대답하고, '완전체' 사다리에 오르는 거다. 그래서 '완전체'가 수면에 흔들리는 걸 느끼고, 난간을 잡아야 한다는 걸 알고 내 손으로 차가운 유리를 느끼는 거다. 투명한 기중기가 활기차게 움직이며 새처럼 기다란 모가지를 구부리고 부리를 쭉 내밀어 엔진에 사용할 끔찍한 폭발물 음식을 '완전체'에 다정하게 열심히 먹이는 광경을 지켜보는 거다. 밑에서, 강물에서, 파랗고 축축한 정맥과 마디가 바람을 맞아 부어오르는 걸 또렷이 보는 거다. 하지만 이 모든 건 나에게 끝없이 멀게만, 무관심하게만, 밋밋하게만 보인다 - 종잇장에 적힌 계획안처럼. 종잇장처럼 납작한 부책임자 얼굴이 갑자기 말하는 것 역시 나는 정말 이상하다.

"그럼 이제, 엔진에 사용할 연료를 얼마나 실을까요? 3시간이나 3시간 반 정도 비행할 걸 생각하면……"

앞에는 - 계획안 산출 내용 - 손에는 계산기, 눈금이 가리키는 숫자는 15.

"15톤. 아니, 더 실어…… 그래 - 100톤……"

그래도 나는 아니까, 내일……

계산기를 움켜쥔 손이 가늘게 떨리는 걸 나는 옆눈으로 본다.

"100톤이요? 그렇게 많이요? 그 정도면 일주일은 비행할 거예요. 아니, 일주일 이상!"

"무슨 일이 일어날지…… 누가 알아……"

나는 안다……

바람이 울부짖는다. 공중에 뭔가 안 보이는 물질이 빽빽하게 들어찼다, 꼭대기까지. 숨을 쉬기도, 걷기도 힘들다. 그래도 대로 끝 누적탑에 달린 시계에서 시곗바늘은 천천히, 힘겹게, 한순간도 안 멈추고 기어간다. 첨탑이 구름 속에서 - 희미하게, 파랗게, 숨죽이고 울어대며 전기를 빨아먹는다. 음악 나무에서 트럼펫이 울어댄다.

평소와 마찬가지로 네 명씩 나란히 줄지어 나아간다. 하지만 네 명씩 걷는 줄이 왠지 허술하다. 바람 때문에 허리를 숙인 채 이리저리 흔들리는 것 같다 - 점차 심하게. 그러다가 모서리에서 무언가에 부닥치며 뒤로 밀리고, 수많은 인파가 모여들다 얼어붙어 꿈쩍을 못한 채 숨만 급히 몰아쉰다. 갑자기 모두 하나같이 목을 기다랗게 잡아뺀다.

"저길 봐! 아니, 저기 - 저쪽, 빨리!"

"그들이다! 그들이다!"

"……나는 절대로 싫어…… 차라리 모가지를 사형 기계에 곧장 처넣을지언정……"

"쉬-잇! 미쳤어……"

모서리에 있는 공회당에서 문이 활짝 열리더니, 번호 50명 정도가 묵직한 대열을 이루며 천천히 나온다.

"번호?"

아니다, 번호가 아니다. 저들은 다리가 없다 - 뻣뻣하고 무거운 바퀴를 달아 눈에 안 보이는 전동벨트로 움직인다. 저들은 번호가 아니다 - 저들은 트랙터 로봇이다. 머리 위에서 새하얀 깃발이 바람에 펄럭이는데, 거기에 황금빛 태양을 수놓고, 태양광선 사이에서 글씨가 번뜩인다.

'우리가 일등이다! 우리는 벌써 수술받았다! 모두, 우리 뒤를 따르라!'

그들이 압도적인 힘으로 인파 사이를 헤치며 천천히 나아간다. 벽이, 나무가, 건물이 앞에 나타나면, 그들은 조금도 안 멈추고 벽과 나무와 건물을 헤치며 그대로 나아갈 게 분명하다. 이제 그들은 대로 한가운데에 도달했다. 그러자 서로 손을 깍지끼고 쇠사슬처럼 널찍이 퍼져서 우리를 마주한다. 우리는 - 팽팽한 매듭, 모가지를 길게 빼고 머리는 앞으로 곧추세우고 - 기다린다. 구름. 몰아치는 바람.

갑자기 쇠사슬 양쪽 끝이, 오른편과 왼편에서, 순식간에 굽더니, 재빨리, 더 빨리, 우리에게 달려드는데, 마치 묵직한 기계가 언덕으로 내리꽂히는 것 같다. 그들은 우리를 동그랗게 가두며 몰아간다 - 활짝 열린 문 쪽으로, 문으로, 안으로……

누군가 날카롭게 소리친다.

"저들이 우리를 안으로 몰아간다! 도망쳐라!"

그와 동시에 모두가 도망친다. 바로 옆에 가느다란 탈출구, 모두 그곳으로 몰려들어 머리를 앞으로 내민다 - 머리는 순식간에 쐐기처럼 뾰족하게, 팔꿈치도, 어깨도, 옆구리도 뾰족하게. 소방 호스에서 잔뜩 압축한 물을 뿜어대듯, 사람들이 몰려나오며 넓게 퍼져, 사방으로 - 쿵쾅대는 발, 열심히 버둥거리는 팔, 제보. 순간, 어딘가에서 - S처럼 이중으로 굽은 몸뚱이, 투명한 날개 귀가 살짝 보이다가 - 사라진다, 땅속으로 꺼진 것처럼. 이제 나 혼자, 번쩍이는 팔과 다리 한가운데 휩싸여 - 열심히 도망친다……

나는 잠시 호흡을 가다듬으려 문가로 뛰어들어, 등을 문에 기댄다 - 그와 동시에 조그만 인간 파편 - 바람에 휩쓸린 듯.

"아까부터…… 당신을 따라다녔어…… 지금까지 계속…… 당신 말대로 하겠어 - 무슨 말인지 알지? - 당신 말대로 하겠어……"

내 소매를 잡는, 동그랗고 조그만 손, 동그랗고 파란 눈. O다. 벽을 따라 미끄러지듯 따라오다 바닥으로 푹 꼬꾸라지는 것 같다. 밑에서, 차가운 계단에서 조그만 공처럼 쪼그라들어, 나는 허리를 숙여서 머리를 쓰다듬고 얼굴을 쓰다듬는다 - 손이 축축하게 젖는다. 나는 커다랗고 O는 내 몸에 달라붙은 조그만 - 완전히 조그만 - 일부라도 된 것 같다.

이건 I-330을 위해서 죽는 느낌과 완전히 다르다. 자식을 바라보는 고대인 부모 사이에 존재했을 것 같은 느낌이다.

밑에서, 얼굴을 가린 두 손 사이로 가느다랗게 흘러나오는 말.

"밤마다 나는…… 도저히 못 견디겠어…… 행여나 저들이 나를 수술한다면…… 밤마다 - 혼자, 어둠 속에서 - 나는 아이를 생각해, 아이는 어떻게 생겼을까? 앞으로 아이를 어떻게…… 아이가 없으면 나는 못 살아 - 이해해? 그러니 당신이 꼭, 당신이 꼭……"

어리석은 감정, 하지만 나는 다짐한다, 그래, 내가 꼭. 어리석다는 건, 내가 의무감으로 할 일 역시 범죄행위기 때문이다. 어리석다는 건, 하얀색은 동시에 까만색일 수 없듯, 의무와 범죄는 완전히 다르기 때문이다. 실제로는 까만색도 하얀색도 없는 거, 색깔은 기본적으로 오로지 논리적인 전제에 따라 변하는 거 아닐까? 그리고 그 전제는 내가 O를 불법으로 임신시킨 거라면……

"좋아 - 알았으니까 울지 마, 울지 마…… 당신도 이해하겠지만, 나는 당신을 I-330한테 데려가야 해 - 내가 지난번에 제안한 것처럼 - 그래서 I-330이……"

"알았어."

조용히, 얼굴에서 두 손을 떼어내지도 않고.

나는 O를 부축해서 일으켰다. 그리고 조용히, 각자 자기 생각에 빠져든 채 - 어쩌면 둘 다 똑같은 생각에 빠져든 채 - 소리도 없고 활력도 없는 건물 사이로 깜깜하게 변하는 거리를 따라, 바람이 회초리처럼 몰아치는 사이를 뚫고……

투명하고 팽팽한 지점에서 휙휙 대는 바람 사이로 물웅덩이를 풍덩

거리듯, 귀에 익은 발걸음 소리가 들린다. 모서리에서 뒤를 힐끗 쳐다보니, 인도 희미한 유리에 반사된 채 거꾸로 마구 내달리는 구름 한가운데서 S가 보인다. 그와 동시에 내 손은 내 손이 아니다, 마음대로 흔들린다, O에게 커다랗게 말한다, 내일 – 그래, 내일 – '완전체'가 생전 처음 치솟을 거라고, 전례 없는, 엄청난, 기적 같은 사건이 될 거라고.

O는 깜짝 놀라, 커다랗게 말하며 아무렇게나 팔을 흔드는 나를 동그랗고 파란 시선으로 쳐다본다. 하지만 나는 O가 말할 기회를 안 준다 – 소리치고 또 소리친다. 머릿속에서는 따로 – 나 혼자만 듣도록 – 생각이 정신없이 윙윙대고 쿵쾅거리며 일어난다. 안 돼, 이럴 순 없어······ 방법을 떠올려야 해······ 저자를 I-330에게 데려갈 순 없어······

나는 왼쪽으로 방향을 트는 대신, 오른쪽으로 튼다. 강에 세운 다리가 뒤에서 우리 셋에게 – 나, O, S에게 – 노예처럼 굽은 등을 고분고분하게 드러냈다. 강 건너편에서 불을 환하게 밝힌 건물들이 수면에 빛을 흩뿌리고, 그 빛은 열심히 뛰어오르는 불꽃 수천 개로 부서지며, 잔뜩 화나서 하얗게 일어나는 거품을 밝힌다. 바람은 머리 위 어딘가에 나지막이 굵게 뻗어 나간 베이스 선율처럼 윙윙거린다. 이 소리를 뚫고, 우리 뒤에서 끊임없이······

내가 사는 집. 입구에서 O가 멈추고 뭐라고 말한다.

"싫어! 이건 당신이 약속한 게······"

나는 O가 말을 마칠 틈을 안 준다. 안으로 황급히 밀어서 안으로, 로비로, 들어온다. 관리인 책상 너머에 낯익은, 잔뜩 흥분해서 부르르 떠는, 축 늘어진 뺨. 번호들이 잔뜩 모여서 열띤 논쟁, 2층 난간 너머로 내려다보는 머리들. 계단을 마구 뛰어서 내려오는 사람들. 하지만 이런 광경을 살피는 건 나중에, 나중에······ 이제 나는 O를 반대편 모서리로 재빨리 데려가, 벽에 등을 대고 앉아 (앞으로 갔다 뒤로 가며 거니는, 커다란 머리에 까만 그림자를 벽 너머로 살피다) 수첩을 꺼낸다.

O는 자기 의자로 천천히 가라앉는다 - 제보 안에서 몸뚱이가 녹아 증발한 것처럼, 그래서 텅 빈 제보만 남은 것처럼, 텅 빈 눈만 남아 파랗게 텅 빈 구멍으로 상대를 빨아들이는 것처럼. 잔뜩 지친 목소리.

"나를 여기로 데려온 이유가 뭐야? 나한테 거짓말했군!"

"아니야…… 조용해! 저쪽을 봐 - 보여, 벽 뒤편?"

"그래, 그림자."

"저자가 계속 따라와…… 안 되겠어. 당신도 이해하지? - 나는 갈 수 없어. 내가 글을 써줄 테니 - 당신 혼자 쪽지를 들고 가. 저자는 여기에서 나를 쫓을 테니까."

몸뚱이가 제보 안에서 다시 꿈틀대더니, 복부는 동그랗게 살짝 나오고, 두 뺨은 - 희미하게, 장밋빛 여명.

나는 차가운 O 손가락에 쪽지를 찔러넣고 손을 꼭 누른 채, 내 눈을 파란 눈동자에 마지막으로 담근다.

"잘 가! 어쩌면, 언젠가 우리가……"

O가 손을 빼낸다. 몸을 웅크리고 천천히 걸어간다…… 두 걸음, 그러다가 재빨리 돌아선다 - 그래서 옆으로 다가온다. 입술이 움직인다. 두 눈으로, 입술로, 온몸으로 - 한 마디, 나에게 딱 한 마디 하더니 - 도저히 견딜 수 없는 미소, 엄청난 고통……

그러다 조그만 인간 파편으로 굽어서 밖으로 나가고, 벽 뒤 조그만 그림자는 - 뒤도 안 돌아보고 신속하게, 어느 때보다 신속하게……

나는 U 책상으로 다가간다. 잔뜩 부풀어 오른 아가미가 잔뜩 흥분해서, 잔뜩 성나서 말한다.

"잘 아시겠지만 - 저들은 하나같이 정신 나간 것 같아요! 저자는 자신이 고대관 근처에서 인간 형상을 보았다고 주장해요 - 벌거벗은 몸에 털이 뒤덮인……"

머리가 잔뜩 모인 곳에서 커다란 목소리.

"그래요! 내가 다시 똑똑히 말하지요 - 내 눈으로 보았어요, 직접, 확실히."

"으음, 저 말을 당신은 어떻게 생각하시나요? 완전히 정신착란이에요!"

U는 '정신착란'이 더없이 확고하고 단호하다. 나는 스스로 자문한다. 혹시 모든 게, 지금까지 나에게, 주변에, 일어난 모든 게 정신착란에 불과한 건 아닐까?

그러다가 털북숭이 손을 흘낏 바라보니, 기억이 떠오른다.

"당신도 그 피를 상당히 물려받은 게 분명해요. 어쩌면 바로 그것 때문에 내가……"

아니다 - 다행히도, 이건 정신착란이 아니다. 아니다 - 불행히도, 이건 정신착란이 아니다.

서른세 번째 기록

주제: 특별한 내용 없이, 황급히, 마지막으로 -

그날이 왔다.

황급히, 신문. 어쩌면 신문에…… 나는 두 눈으로 신문을 읽는다. (엄밀하게 말해 - 이제 두 눈은 펜이나 계산기와 똑같다. 손으로 잡을 수도 있고 촉감도 있다. 두 눈은 내 몸과 별개로 존재하는 도구다.)

굵은 활자가 1면에 가득하다.

우리 적들은 행복을 파괴하느라 잠도 안 잔다. 두 손으로 행복을 꼭 움켜잡아라! 내일 모든 작업을 멈춘다 - 모든 번호는 수술실로 가라. 거부한 번호는 '은혜로운 선생님'의 사형 기계로 가야 할 것이다.

내일! 과연 내일이 있을까 - 우리에게 내일이 올까? 늘 하던 습관대로, 나는 황금 마크가 찍힌 신문철에 오늘 신문을 넣어서 지난 신문처럼 모으려고 손을 (도구를) 책장으로 뻗는다. 도중에······ 이럴 필요가 뭐지? 왜 이래야 하지? 이 방에 다시는 안 오잖아.

신문이 바닥에 떨어진다. 그리고 일어나서 주변을, 실내 공간을 쭉 둘러본다. 남겨두기 아까운 물건을 모두 긁어모아, 눈에 안 보이는 여행 가방에 황급히 집어넣는다. 탁자. 책. 의자. 그날 I-330은 저기에 앉고 나는 - 그 밑에, 바닥에······ 침대에······

그러다 잠시 - 기적이 일어나기만 어리석게 기다린다. 어쩌면 전화기가 울려, 어쩌면 I-330이······

아니다. 기적은 없다.

이제 나는 떠난다 - 미지수 속으로. 이건 내가 마지막으로 쓰는 글이다. 모두 잘 있길, 사랑하는 독자들이여, 지금까지 이런저런 원고를 통해 나와 함께한 독자들이여, 영혼이란 질병에 걸린 모습을, 내 모습을 지금까지, 조그만 나사가 마지막으로 망가질 때까지, 마지막 스프링이 부러질 때까지, 그대로 보아온 독자들이여······

이제 나는 떠난다.

서른네 번째 기록

주제: 해방된 노예들. 햇살이 환한 밤. 무전실 발키리.

아, 차라리 나 자신과 다른 모두를 깡그리 뭉개서 산산이 깨부쉈다면, 차라리 I-330과 담벼락 너머 어딘가에서 맹수에게, 뾰족한 이빨을 노랗게 드러낸 맹수에게 에워싸였다면, 차라리 여기로 안 돌아왔더라면! 천 배는, 백만 배는 편할 터인데. 하지만 이제 - 어떻게 한단 말이냐? 그냥 가서 죽어버리면…… 하지만 그런다고 무슨 도움이 되겠는가?

아니다, 아니다, 아니다! 정신 단단히 차려라, D-503. 논리 중심을 확실히 잡아라 - 잠시라도, 온 힘을 다해서 손잡이를 잡아라, 고대 노예처럼, 그래서 삼단논법 맷돌을 돌려라 - 그동안 일어난 모든 사건을 기록해서 하나씩 곱씹을 때까지……

'완전체'에 올라타니, 맡은 자리에서 모두 준비를 마치고 기다렸다. 유리로 만든 거대한 벌통처럼 곳곳에 가득했다. 유리 갑판 너머로 - 밑에는 조그만 인간 개미 떼, 주변에는 전신기, 발전기, 변압기, 고도

220

계, 다양한 밸브, 계기판, 엔진, 펌프, 파이프. 라운지에는 – 모르는 인간들, 국가 과학원에서 다양한 도면과 도구를 담당하도록 파견한 인간들. 그들 곁에는, 부책임자와 조수 두 명.

세 명 모두 머리를 어깨에 거북이처럼 집어넣고, 얼굴은 – 쓸쓸하고 황량한 잿빛.

"어떤가?"

내가 묻자, 세 명 가운데 한 명이 잿빛으로 찌든 미소를 머금으며 대답한다.

"아…… 약간 불안합니다…… 우리가 어디에 착륙할지 누가 알겠습니까? 대체로, 불확실성은……"

나는 세 명을 도저히 볼 수 없다 – 앞으로 한 시간이면 시간표가 지정한 안락한 숫자에서 저들을 내 손으로 몰아내, '한 국가'란 어머니 가슴에서 강제로 떼어내야 하지 않겠는가! 이들을 보니, '해방 노예 세 명'에 나오는 비극적인 번호들이 떠오른다. 학교에 다니는 아이라면 누구나 아는 이야기다. 번호 세 명을, 실험 삼아, 작업에서 한 달 동안 해방해, 무엇이든 하고 싶은 대로 하고 어디든 가고 싶은 데로 가게 했다는 내용이다. 번호 세 명은 평소에 일하던 작업장 주변을 비참하게 어슬렁대며, 잔뜩 갈망하는 눈으로 작업장 내부를 훔쳐보고, 특정 시간에 몸이 기억하는 대로 거리에서 몇 시간이고 똑같은 동작을 반복했다. 허공에 대고 톱질하고 대패질하고 눈에 안 보이는 망치를 두드리고 눈에 안 보이는 덩어리를 때렸다. 그러다, 결국, 열흘째 되는 날, 더 견딜 수 없어, 서로 손을 맞잡고 행진곡에 맞춰서 강물로, 깊이 더 깊이 걸어갔다, 비참한 현실을 강물이 끝장낼 때까지……

다시 말하지만, 세 명을 보는 게 너무 고통스러워, 나는 그 곁을 황급히 떠나며 말했다.

"기관실은 직접 점검하겠네. 그런 다음 - 이륙하는 거야."

세 명이 나에게 묻는다, 엔진 점화 때 몇 볼트를 사용하는가, 선미에 평형수를 얼마로 하는가. 나는 몸속에서 녹음기가 모든 질문에 정확하게 재빨리 대답하는 동안, 마음은 아무런 방해도 안 받고 깊은 생각에 꾸준히 빠져든다.

오래전에 일어난 일이다, 시간표를 처음 도입하고 3세기가 지난 다음에.

갑자기, 좁은 복도에 뭔가 나타났다, 내면에서 - 그 순간 모든 게 시작되었다.

좁은 복도에 회색 제복, 잿빛 얼굴이 휙휙 지나는데, 순간, 한 얼굴, 이마로 길게 흘러내린 머리칼, 움푹 들어간 눈동자 - 그 사내다. 나는 알아챘다, 그들이 여기에 들어왔다는 걸, 나는 어디로도 달아날 수 없다는 걸, 이제 몇 분만 지나면 - 이제 몇십 분만 지나면…… 가장 조그만 세포까지 부르르 떨리며 온몸을 관통한다. 끝까지 안 멈춘다. 몸속에서 커다란 엔진이 돌아가는데, 몸뚱이가 너무 얇아서 벽도 칸막이도 전선도 대들보도 - 모든 게 와들와들 떨리는 것 같다……

I-330이 여기에 들어왔는지 안 들어왔는지 아직은 모른다. 하지만 시간이 없다 - 위에서 부른다, 사령실로 가야 한다. 이륙할 시간이다…… 어디로?

축 늘어진 잿빛 얼굴. 아래쪽 물속에는 파랗게 질린 핏줄. 하늘은 겹겹이 묵직하게 내리누르는 쇳덩이. 내 손도 쇳덩이로 변해, 힘겹게 들어서 사령실 전화기를 집는다.

"이륙 - 45도!"

묵직한 폭발 - 진동 - 하얀색과 녹색으로 미친 듯이 일어나는 물기둥 - 갑판이 발밑에서 미끄러진다 - 부드럽게, 고무처럼 - 모든 게, 모든 생명이 밑으로, 영원히…… 순간, 우리는 깔때기 속으로 깊숙이, 깊숙이 빠져들어, 모든 게 줄어든다. 도시는 새파란 모형 지도로, 지붕은 동그란 물방울로, 누적탑은 고독하고 우중충한 손가락으로. 그러다가 솜털 같은 구름 커튼이 갑자기 나타나, 우리는 그걸 뚫고 태양과 파란 하늘로 나아간다. 초, 분, 킬로미터 ─ 창공은 급히 얼어붙다, 어둠으로 가득 들어차고, 별은 차갑게 식은 은빛 땀방울처럼 나타난다……

그리고 지금 ─ 견딜 수 없을 정도로 괴기하게 환하고 까맣고 별이 총총하고 햇살이 짙은 밤. 갑자기 귀가 먹은 것 같다. 트럼펫이 울부짖는 건 보이는데, 보이기만 할 뿐, 하나같이 벙어리, 하나같이 고요하다. 태양도 벙어리다.

모든 게 정상이다, 충분히 예상했다. 우리가 대기권을 벗어난 거다. 하지만 모든 게 순식간에 일어나서 주변 모두 어리벙벙해, 하나같이 겁먹고 침묵한다.

나는 ─ 나는 환상적인 벙어리 태양이 왠지 훨씬 편하다. 끝까지 압박받다 피할 수 없는 문턱을 이제 막 넘은 기분이다. 몸뚱이는 저 아래 어딘가에 남겨둔 채, 새로운 세상으로, 모든 게 낯설고 모든 게 거꾸로 뒤집힌 세상으로 빠르게 날아가는 느낌이다……

"궤도 유지!"

나는 전화기에 대고 소리친다. 이렇게 소리친 건 내가 아니라 몸속에 있는 녹음기 같기도 하다. 기계에 달린 꺾쇠 손으로 사령실 전화기를 부책임자 손에 찔러넣는다. 나는, 가장 섬세한 세포까지 떨면서 머리끝부터 발끝까지 흔들리는 가운데, 하지만 나 혼자 느끼는 가운데, 아래층으로 달려간다, I-330을 찾아서……

라운지로 들어가는 문 ─ 앞으로 한 시간이면 꽁꽁 잠길 문…… 문 옆에 누군가 모르는 번호 ─ 조그만 키, 더없이 평범한 얼굴, 수많은 얼굴과 똑같은 얼굴. 특이한 두 팔 - 터무니없이 길어서 무릎까지 내려온다, 급하게 서둘다 실수로 다른 사람 팔까지 붙인 것처럼.

기다란 팔이 앞으로 쭉 나와서 길을 막는다.

"어디로 가십니까?"

상대는 내가 모든 걸 안다는 사실을 모르는 게 분명하다.

좋다. 당연히 이래야 한다. 나는 상대를 내려다보며 일부러 무뚝뚝하게 말한다.

"나는 '완전체' 책임자다. 나는 이번 실험 비행을 지휘한다. 알겠나?"

팔이 올라간다.

라운지. 다양한 도구와 지도 - 잿빛 털이 곤두선 머리, 노란 머리, 대머리, 여문 머리. 나는 그들을 재빨리 훑어보고 복도를 따라 뒤쪽으로, 승강구를 내려가, 엔진실로. 연료를 태우느라 빨갛게 달아오른 파이프 열기와 소음, 술에 취한 듯 필사적으로 춤추며 반짝이는 크랭크, 끝없이 흔들리며 희미하게 보이는 계기판 바늘……

마침내 회전속도계 - 툭 튀어나온 이마를 숙인 채 공책을 열심히 들여다보는 사내……

"저기…… I-330이 여기에 있소? 지금 어디에 있소?"

이마 밑으로 그늘진 미소.

"I-330? 저기, 무전실이요……"

나는 황급히 들어간다. 안에 세 명이 있는데, 모두 날개 달린 수신기 헬멧을 썼다. I-330이 여느 때보다 머리 하나는 커다란 게, 날개를 반짝이며 하늘을 나는 것 같다 - 고대 발키리[23]처럼. 무선 안테나에서 반짝이는 파란 불꽃이 I-330 몸에서 나오는 것 같다, 번개 오존 냄새도 희미하게.

---

23) 북유럽신화에서 Odin신을 섬기는 12신녀. 전사자 영혼을 천국으로 인도한다.

나는 달려오느라 숨 가쁜 소리로 말한다.

"누구든…… 아니 – 당신…… 저 밑으로, 지구로, 작업 현장으로 전갈을 보내야 하오…… 이리 오시오, 내가 구술할 터이니……"

장비실 바로 옆에 상자처럼 조그만 선실이 있다. 탁자에 나란히 앉아, 나는 I-330 손을 찾아서 꼭 움켜쥔다.

"그래? 다음은 뭐요?"

"몰라요. 우주 공간을 나는 게 – 목적지도 없이 – 어디든 상관없이 – 마냥 나는 게 얼마나 좋은지 아세요? 이제 곧 12시가 되겠지요 – 그러면 무슨 일이 일어날지 누가 알겠어요? 그리고 밤에…… 밤에 우리는 어디에 있을까요, 당신과 나? 어쩌면 풀밭에서, 낙엽이 잔뜩 쌓인 곳에서……"

I-330은 파란 불꽃과 번개 냄새를 발산하고, 나는 덜덜 떠는 느낌이 훨씬 심하다.

나는 (뜀박질 때문에) 여전히 숨 가쁘게 커다랗게 말한다.

"받아써요. 시간, 11시 30분. 속도 6800……"

I-330은 날개 달린 헬멧 밑에서 종이를 열심히 쳐다보며 조용히.

"간밤에 그녀가 당신 쪽지를 들고 찾아왔어요…… 나도 알아요 – 다 아니까, 말하지 마세요. 하지만 그 애는 당신 아이죠? 그래서 저곳으로 보냈어요 – 이제 안전해요, 담벼락 너머에서. 그녀는……"

사령실로 돌아온다. 다시 – 밤, 정신착란, 별이 총총한 새까만 하늘과 눈부신 태양, 시곗바늘은 벽에서 – 느릿느릿 나아간다, 1분, 1분. 모든 게 안개에 쌓인 듯, 섬세하게 흔들리며 덜덜 떨린다, 나만 간신히 느끼도록.

왠지 모르지만, 앞으로 일어날 모든 사태는 여기가 아니라 저 밑에서, 지구 근처에서 일어나면 훨씬 좋을 것 같다.

"엔진 정지!"

나는 전화기에 대고 소리친다.

아직도 관성으로 움직이지만, 속도는 줄고 또 준다. '완전체'가 가느 다란 머리칼에 걸려서 순간적으로 멈추더니, 머리칼은 끊어지고 '완전 체'는 돌덩이처럼 곤두박질친다 - 밑으로, 빠르게, 더 빠르게. 침묵 속에서 몇 분이, 몇십 분이 지난다. 몸뚱이에서 심장 맥박 소리가 들린 다. 눈앞에서 시침이 12를 향해 가까이, 더 가까이 기어간다. 이제 모든 게 분명하다, 나는 돌멩이다, I-330은 지구다, 나는 - 돌멩이, 누군가 손으로 던진. 돌멩이는 불가피하게 떨어지다 지상에 부닥치며 산산이 깨져나갈 수밖에 없다…… 그런데 만약…… 밑에서 딱딱하고 파란 구름 연기가 벌써 보인다…… 만약……

하지만 몸속에서 녹음기는 기계처럼 정확하게 전화기를 들고 명령 한다.

"낮은 속도."

돌멩이가 더는 안 떨어진다. 지금은 저속 보조 엔진 4개만 작동 - 두 개는 앞쪽, 두 개는 뒤쪽 - 힘없이 연기를 내뿜으며 '완전체' 무게만 받혀, '완전체'는 지상에서 1㎞ 상공에 그대로 멈춰서 살짝 떨 뿐, 단단히 정박했다.

모두가 갑판으로 달려 나와 (12시는, 점심 종을 울릴 시간은 다가오 고) 유리 난간 너머로 고개를 내밀어 밑으로 펼쳐진 미지의 세계를, 담벼락 너머를, 황급히 들이켠다. 호박색, 녹색, 파란색, 가을 숲, 초원, 호수. 조그맣고 파란 접시 모서리에 뼈처럼 생긴 노란 폐허, 노랗게 마른 손가락 하나가 협박한다 - 기적처럼 살아남은 고대 교회 첨탑 같다.

"저길 봐, 저길! 저기, 오른쪽!"

저기 - 녹색 황야에 - 갈색 그림자처럼 빠르게 날아가는 점 하나. 나는 손에 쌍안경이 있어, 기계적으로 두 눈에 갖다 댄다. 풀밭에 가슴까지 묻힌 채 꼬리를 흔들며 갈색 말 무리가 힘껏 달리는데, 등에는 존재들 - 적갈색, 하얀색, 까만색……

뒤에서 들리는 소리.

"아아, 내가 얼굴을 봤어."

"어서 가! 다른 번호에게 알려!"

"여기, 여기 망원경……"

하지만 그들은 벌써 사라졌다. 그리고 끝없는 녹색 황야는……

황야에서 - 모든 걸, 내 몸뚱이 전체를, 모두를 가득 채우는 - 날카롭게 떨리는 종소리. 점심시간, 1분만 지나면 12시.

그 순간, 세상은 각자 동떨어진 파편으로 흩어진다. 계단에서 누군가 쨍그랑 떨어뜨린 황금빛 배지 - 나는 상관하지 않고 뒤꿈치로 우지끈 밟는다. 목소리.

"내가 얼굴을 분명히 봤다고!"

짙은 직사각형, 라운지로 들어가는 문. 앙다문, 하얀, 날카롭게 웃는 치아……

시계가 숨조차 안 쉬고 고통스러울 정도로 천천히 종을 치고 또 치는 순간, 그래서 앞줄이 벌써 움직이는 순간 - 비정상적으로 기다란, 낯익은 팔 두 개가 직사각형 문을 갑자기 막는다.

"정지!"

어떤 손가락이 내 손바닥을 파고든다 - I-330, 바로 옆.

"저자는 누구죠? 저자를 아세요?"

"저자는…… 저자는……"

그자가 다른 번호 어깨 위에 섰다. 얼굴 100개 위에 - 수많은 얼굴과 똑같이 생긴 얼굴인데, 독특하다.

"'보호단' 이름으로······ 내가 말하는 자들, 내 말을 들어라, 하나도 빠짐없이 들어라. 내가 너희한테 말한다 - 우리는 안다. 아직 너희 번호는 모르지만, 우리는 다 안다. '완전체'는 너희가 장악할 수 없다! 시험비행은 계속한다. 그것도 너희가 - 너희는 감히 무엇도 할 수 없다 - 너희가 너희 손으로 계속 비행한다. 그런 다음에······ 하지만 여기에서 마치겠다······"

침묵. 발밑에 유리 바닥이 솜처럼 부드럽다. 두 발도 솜처럼 부드럽다. I-330은 바로 옆 - 극도로 하얀 미소, 잔뜩 화나서 파랗게 이는 불꽃. 앙다문 이 사이로 귀에 대고 속삭인다.

"아, 당신이 이랬나요? '의무를 다하려고'? 아, 제기랄······"

I-330이 내 손에서 자기 손을 뺀다. 분노하는 발키리, 날개 달린 헬멧이 어딘가 멀리 사라진다. 혼자, 말없이, 얼어붙어, 나는 다른 모든 번호처럼 걸어서 라운지로 들어간다······

아니야, 그렇지 않아 - 내가 아니야! 나는 이 말을 누구에게도 못한다. 하얀 원고지에 대고 말없이 한다······ 마음속으로 - 안 들리게, 절박하게, 커다랗게 - I-330에게 소리친다. I-330은 탁자 너머, 맞은 편에 앉았는데, 나에게 눈길 한번 안 준다. 바로 옆에는 누군가 노랗게 여문 대머리.

누가 말한다. I-330이 말하는 소리다.

"고상해요? 아니에요, 친애하는 교수님, 이 말을 철학적으로 분석하면 고대 봉건시대 유물에 불과하다는 사실이 드러나지요. 그래도 우리는······"

나는 내가 창백하게 변하는 걸 느낀다 - 다른 번호도 볼 것 같다······ 하지만 몸속에서 녹음기는 음식을 한 입 먹을 때마다 규정대로 50번을 정확히 씹고, 나는 불투명한 고대 건물에 있을 때처럼 나 자신을 내면에 가둔다 – 입구에 바위를 잔뜩 쌓고, 커튼을 모두 내린다……

나중에 – 사령실 전화기를 손으로 든다, 그리고 차가운, 마지막 고통에 시달리며 비행 – 구름을 지나 – 차가운, 별이 총총하고 햇살이 환한 밤으로. 몇 분, 몇 시. 이러는 내내, 논리 엔진은 몸속에서 아무런 소리도 안 내며 엄청난 속도로 끊임없이 움직인 게 분명하다. 갑자기, 새파란 우주 특정 지점에서 내 방 책상, 그 너머로 뺨 같은 U 아가미, 잊고 지내던 원고지가 보이니 말이다. 이제 모든 게 분명하다. U가 확실하다 – 모든 게 분명하다……

아, 내가 무전실로 갈 수만 있다면…… 아니다, 가야 한다, 가야 한다……

날개 달린 헬멧, 파란 번개 냄새…… 아, 기억난다 – 내가 I-330에게 커다랗게 말했다. 또 기억난다 – I-330은 유리라도 보듯 내 몸뚱이를 꿰뚫어 보다 말했다 – 멀리서.

"나는 바빠요. 밑에서 보낸 전갈을 수신하는 중이에요. 저 여성한테 구술하세요……"

조그만 선실에서 잠시 생각하다, 단호하게 구술한다.

"시간 – 14시 40분. 하강! 엔진 정지. 모든 걸 끝낸다."

사령실. '완전체' 기계 심장을 멈추고, 우리는 하강한다. 심장이 따라잡질 못한다. 심장이 뒤처지며 목구멍으로 조금씩 조금씩 올라온다. 구름 – 그러다 멀리서 녹색 점 – 녹색이 점차 진하게 변하다 – 우리에게 미친 듯 달려온다 – 이제 – 끝이다……

접시가 하얗게 뒤틀린 부책임자 얼굴. 부책임자가 온 힘을 다해서 나를 밀친 것 같다. 머리에 무언가 부닥치고, 쓰러지고, 어두워지는 가운데, 안개 너머로 들리는 듯하다.

"후미 엔진, 전속력으로!"

갑자기 위로 솟구친다…… 더는 아무것도 기억이 안 난다.

서른다섯 번째 기록

주제: 머리 고리. 당근. 살인.

밤새도록 못 잤다. 밤새도록 – 한가지 생각……

어제부터 머리에 붕대를 단단히 묶었다. 아니다, 붕대가 아니라 고리다, 유리 강철 고리를 머리에 단단히 무자비하게 끼우고, 나는 꽉 잠긴 동그라미에 갇혔다. U를 죽여야 한다는, 그런 다음에 I를 찾아가서 '이제 나를 믿느냐?'고 물어야 한다는. 무엇보다 역겨운 건, 살인은 정말 지저분하고 원시적이라는 거. U 머리를 박살 낸다고 생각하니, 구역질이 나면서도 이상하게 달콤한 느낌이 입안에 가득해, 침을 삼킬 수도 없어, 손수건에 계속 뱉고, 입안은 말랐다.

옷장에 묵직한 피스톤 쇠막대가 있다. 단면 구조를 현미경으로 검사하려고 무쇠를 잘라서 가져온 막대다. 나는 쇠막대를 원고지로 동그랗게 말아(U에게 원고 내용을 모두 읽게 하자 – 마지막 한 자까지), 아래층으로 내려갔다. 계단이 지루하게 길고 구역질 나게 미끄러워, 나는 손수건으로 입술을 계속 훔친다……

아래층 입구. 심장이 쿵 떨어진다. 걸음을 멈추고 쇠막대를 꺼내, 관리인 책상으로 걸어간다……

U가 없다. 책상이 텅 비어서 얼음 같다. 갑자기 기억난다 – 오늘 모든 작업이 중단되었다는 걸, 수술실로 모두 갔다는 걸. 등록할 사람이 없으니, U가 여기에 있을 이유도 당연히 없다.

거리로 나간다. 바람. 하늘에서 넓적한 무쇠가 날아다닌다. 어제 특정 순간에 그런 것처럼 – 세상은 날카로운 파편으로 제각기 갈라져, 우박처럼 떨어지다 갑자기 멈추어 눈앞에서 공중에 걸리더니 – 흔적도 없이 사라진다.

원고에 까맣게 또박또박 쓴 글씨가 갑자기 미끄러지다 공포에 젖으며 – 여기, 저기 – 흩어져, 단어란 단어는 하나도 안 남고 뒤죽박죽 엉키는 것 같다, 공포 – 건너뛰기 – 껑충 뛰기…… 거리에 가득한 인파도 똑같다 – 줄은 하나도 없고 모두 흩어진 채 – 앞으로, 뒤로, 옆으로, 건너편으로 움직인다.

그러다 아무도 없다. 나는 앞뒤 안 가리고 갑자기 달린다. 모든 게 얼어붙었다. 저쪽에, 2층에, 공중에 매달린 유리 우리에서 사내 한 명과 여자 한 명이 – 일어선 채 키스하는데, 여자 몸뚱이가 뒤로 천천히 꺾인다. 마지막 키스, 영원한 키스……

어떤 모서리는 인간 머리가 뾰족하게 붐비는 덤불. 머리 위에 – 공중에 – 각자 깃발 하나씩, 구호는 '기계를 파괴하자! 수술실을 깨부수자!' 나와 별개로 – 생각 하나가 쏜살같이 스치는 나, 어떤 번호든 몸속에 저리도 고통이 가득하단 말인가, 그걸 떼어내려면 심장까지 떼어내야 할 정도로? 누구든 저항할 수밖에 없단 말인가, 저렇게 하려면…… 순간적으로 모든 게 사라지고 남는 건 딱 하나, 무거운 쇠막대를 종이로 싸서 잔인하게 움켜잡은 손……

조그만 소년 – 온 힘을 다해 앞으로 내달리는데, 아랫입술 밑에 그늘. 말아 올린 소매처럼 아랫입술이 뒤집혔다. 얼굴 전체가 뒤집히고 뒤틀렸다 – 아이는 울부짖으며 전속력으로 도망치고 – 뒤에서는 쿵쾅거리는 발소리……

아이를 보니 문득 생각난다. 그래, U는 오늘 학교에 있을 거야, 서둘러야 해. 나는 제일 가까운 지하철 계단으로 달린다.

입구에서 누군가 황급히 지나친다.

"운행 안 해요! 지하철 열차는 오늘 운행을 안 해요! 저기에……"

나는 밑으로 내려간다. 극단적인 정신착란. 반짝거리는 크리스털 태양. 승강대에 머리가 빼곡하다. 텅 빈 채 꿈쩍 않는 열차.

정적이 감도는 가운데 – 어떤 목소리. I 목소리. 볼 순 없어도 채찍을 휘두르듯 단호하고 유연한 목소리는 안다 – 그렇다면 눈썹을 관자놀이로 날카롭게 치올린 삼각형이 어딘가……

내가 소리친다.

"지나갑니다! 비키세요! 지나갑……"

하지만 갑자기 손가락이 팔로, 어깨로 죔쇠처럼 파고들더니, 꼼짝 못 하게 한다. 침묵 속에서 I 목소리.

"위로 올라가세요! 저들이 당신들을 모두 고쳐줄 겁니다, 저들이 풍성하고 기름기 감도는 행복을 가득 채워줄 겁니다, 그럼 당신들은 편히 앉아서 태평하게 꾸벅꾸벅 졸고 코를 골아대며 완벽하게 합창하겠지요. 코를 골아대며 웅장하게 합창하는 소리가 지금 안 들립니까? 웃기는 사람들! 지겹게 달라붙어서 꿈틀대며 고문하는 의문부호를 저들이 완전히 떼어줄 겁니다. 그런데도 당신들은 내가 하는 말을 여기에서 가만히 듣기만 하는군요. 어서 위로 올라가세요, 위대한 수술실로! 당신들이 무슨 상관입니까, 내가 여기에 혼자 남는다 해서? 당신들이 무슨 상관입니까, 나는 다른 사람이 원하는 사람으로 되고 싶지 않다고 해서, 나 자신이 원하는 사람으로 되고 싶다고 해서 - 내가 불가능한 걸 원한다 해서……"

또 다른 목소리 - 천천히, 묵직하게.

"아! 불가능한 거? 그건 당신이 멍청한 환상을 좇는다는 얘기 아닙니까, 그들이 당신 코앞에서 꼬리를 흔들어대는 환상? 싫소, 우리가 꼬리를 모두 움켜잡아 박살 내고, 그래서……"

"그래서 게걸스럽게 꿀꺽 먹어치우고 코나 고세요 - 새로운 꼬리가 나타나 당신네 코앞에서 흔들어댈 때까지. 사람들 말이 고대인에겐 당나귀라는 동물이 있었다는군요. 당나귀가 앞으로 가도록, 앞으로 꾸준히 가도록, 사람들이 당나귀 앞에 당근을 묶어놨다더군요, 주둥이가 안 닿는 거리에. 주둥이가 닿으면 당근을 꿀꺽 삼켜서……"

갑자기 죔쇠가 풀린다. 나는 한가운데로, I가 연설하는 곳으로 달린다. 하지만 바로 그 순간, 인파가 요동치며 밀어댄다 - 뒤에서 커다란 소리가 인다.

"저들이 온다, 저들이 나타났다!"

불빛이 깜빡이다 꺼진다 - 누군가 전선을 잘랐다. 눈사태처럼 밀려드는 인파, 비명, 신음, 머리, 손가락……

우리가 그런 식으로 지하 통로를 얼마나 오랫동안 뒹굴었는지 모르겠다. 하지만 결국엔 계단, 희미한 빛, 점차 밝아지는 빛 - 거리로 다시 나와, 부챗살처럼 사방으로 흩어진다.

지금은 혼자. 바람, 잿빛 황혼 - 바로 머리 위에 낮게 깔린다. 축축하게 젖은 유리 인도 깊숙이, 뒤집힌 불빛, 벽, 발이 공중에서 걸어가는 인간들. 손에는 믿을 수 없을 정도로 무거운 쇠막대 - 밑으로 잡아당긴다, 나를, 밑바닥 끝까지.

건물 아래층 입구, 책상 – U는 아직도 없고, U 방은 텅 비어서 깜깜하다.

나는 내 방으로 올라가 전등 스위치를 켠다. 관자놀이는 고리가 눌러서 콕콕 쑤시고, 나는 여전히 꽉 잠긴 동그라미에 갇혔다, 책상, 책상에 하얀 두루마리, 침대, 문, 책상, 하얀 두루마리…… 왼쪽 방에는 커튼을 쳤다. 오른편 방에서는 책을 본다 – 혹이 난 대머리, 이마는 노랗고 커다란 포물선. 이마에 새긴 주름살은 읽을 수 없는 노란 글줄. 눈이 가끔 마주칠 때마다 나는 느낀다, 노란 글줄은 나에 관한 내용이라는 걸.

일은 정확히 21시에 일어났다. U가 찾아온 거다. 명확하게 기억나는 건 딱 하나, 내 숨소리가 너무 커서 내 귀에 그대로 들렸다는 거. 숨소리를 낮추려고 애쓰고 또 애써도 낮출 수 없었다는 거.

U가 앉아서 무릎 쪽 제보 주름을 폈다. 분홍빛이 감도는 갈색 아가미가 씰룩거렸다.

"아, 내 사랑 – 당신이 다쳤다는 게 사실이군요. 소식을 듣는 순간, 나는……"

쇠막대는 바로 앞 책상에 있다. 나는 벌떡 일어나고 숨소리는 더 커다랗게 일어났다. U는 숨소리를 듣고 도중에 입을 다물더니, 무엇 때문인지, 마찬가지로 일어났다. 나는 U 머리에 내려칠 지점을 결정했다…… 입안에서 역겨운 단내…… 손수건 – 하지만 옆에 없다. 그래서 침을 바닥에 뱉었다.

오른쪽 벽 너머, 깊이 팬 노란 주름살 – 나에 관한 내용. 대머리가 보면 안 된다, 대머리가 보면 훨씬 더 구역질 날 터이니…… 나는 버튼을 누른다 – 그런 권리가 없다고 해서 뭐가 문젠가, 어차피 마찬가진데 – 커튼이 내려온다.

U도 알아챈 게 분명하다, 그래서 문으로 달려간다. 하지만 내가 막았다 - 그래서 숨을 커다랗게 쉬고, 눈은 U 머리 지점만 계속 노려보았다……

"당신…… 당신 미쳤어요! 감히……"

U가 뒷걸음질 친다 - 침대에 앉는다, 아니, 쓰러진다, 두 손을 겹쳐서 무릎 사이에 찌른 채 덜덜 떤다. 나는 온몸이 용수철처럼 팽팽하게 긴장하고, 두 눈을 상대에 고정한 채, 한 손을 책상으로 천천히 내밀어 - 손만 움직여 - 쇠막대를 잡는다.

"내가 사정할게요! 하루만 - 딱 하루만! 내일 - 내일 내가 가서 절차를 밟을게요……"

지금 저 여자가 뭐라는 거야? 나는 쇠막대를 휘둘렀다……

나는 내가 U를 죽였다고 생각한다. 맞다, 미지의 독자 여러분, 여러분은 나를 살인자라 부를 권리가 있다. 나는 쇠막대로 U 머리를 내려쳤을 게 분명하다, 행여나 U가 갑자기 소리치지 않았다면.

"제발…… 부탁이에요…… 나도 좋아요 - 나도…… 조금만 기다려 봐요."

U는 벌벌 떠는 손으로 제보를 벗었다. 커다랗고, 노랗고, 축 늘어진 몸뚱이가 침대에 누웠다…… 그때 비로소 나는 깨달았다. 지금 저 여자는 내가 커튼을 내린 걸…… 내가 자기랑……

너무 엉뚱하고 황당해서 폭소가 터진다. 몸 안에서 팽팽하게 조여들던 스프링이 갑자기 뚝 끊어지고, 손이 축 늘어지고, 쇠막대가 바닥에 쨍그랑 떨어진다. 그때 나는 깨달았다, 폭소야말로 가장 무서운 무기라는 걸, 폭소는 뭐든 죽일 수 있다는 걸 - 살인조차도.

나는 책상에 앉아서 - 마지막으로 절박하게 - 마구 웃는데, 엉뚱한 상황에서 벗어날 방법이 안 보였다. 이런 식으로 나아간다면 결국엔 어떻게 되었을지 지금도 모르겠다. 하지만 외적 변수가 갑자기 나타났다. 전화기가 울린 것이다.

나는 재빨리 달려가서 전화기를 들었다. I가 전화했나? 하지만 처음 듣는 목소리가 말한다.

"잠깐 기다리세요."

고통스러울 정도로 오랫동안 윙 소리. 멀리서 발소리가 묵직하게 다가오며 늘쩍지근하게 울린다. 그러다가……

"D-503? 으음…… 나는 '은혜로운 선생님'이오. 지금 당장 나한테 오도록!"

찰각 - 전화기를 내려놓았다 - 찰각.

U는 침대에 그대로 누워서 두 눈을 꼭 감은 채 아가미를 벌리며 웃는다. 나는 바닥에 떨어진 옷을 주워서 U에게 던지고 앙다문 이 사이로 말한다.

"어서 입어요! 빨리, 빨리!"

U가 팔꿈치로 상체를 일으키는데, 가슴은 양쪽 옆으로 출렁이고 두 눈은 동그랗고 몸뚱이는 납빛이다.

"뭐요?"

"말했잖소. 입어요 - 어서!"

U는 몸을 완전히 구부린 채 옷을 집으며 꾹 억누른 목소리로 말한다.

"돌아서요……"

나는 돌아서서 유리에 이마를 기댄다. 까맣게 젖은 거울에서 불빛, 사람 형상, 불꽃이 흔들린다. 아니다, 흔들리는 건 '나'다…… 그분이 나를 왜 부를까? I에 대한, 나에 대한 모든 걸, 모든 것에 대한 모든 걸 다 파악한 건가?

U는 옷을 입고 문가로 간다. 나는 두 걸음 다가가, 필요한 내용을

짜내려는 듯, 두 손을 꼭 움켜잡는다.

"잘 들어요…… 그 여자를 – 내가 누굴 말하는지 알지요? – 당신이 고발했나요? 안 했나요? 사실대로 말해요 – 알아야 하니까…… 나는 괜찮으니까 – 사실대로만……"

"안 했어요."

"안 했어요? 그렇다면 왜 – 당신이 가서 고발했기 때문에……"

U는 아랫입술이 갑자기 뒤집힌다. 조그만 소년이 그런 것처럼 – 뺨에서는 눈물방울이 뚝뚝……

"내가…… 그 여잘 고발하면…… 행여나 당신이…… 당신이…… 당신이 나를 사랑하지 않을 것 같아…… 아, 아, 그럴 수 없었어요……"

사실대로 말한 게 분명하다. 아, 엉뚱하고 우스꽝스럽고 인간적인 진실이여! 나는 문을 연다.

서른여섯 번째 기록

주제: 텅 빈 종이. 기독교 신. 어머니.

정말 이상하다 – 머릿속이 하얀 종이 같다. 내가 거기까지 어떻게 걸어가고 (기다렸다는 건 아는데) 어떻게 기다렸는지 기억이 안 난다 – 어떤 소리도, 어떤 얼굴도, 어떤 동작도, 그 무엇도. 나를 세상에 연결하던 줄이 모두 끊어진 것 같다.

기억나는 건 딱 하나, 나는 그분 앞에 섰을 때 눈을 들어 올리는 것조차 무서워서 그분이 자기 무릎에 올린 거대한 쇳덩이 손만 보았다. 두 손이 그분에게도 너무 무거워 손을 받힌 무릎이 휘는 것 같았다. 그분은 손가락을 천천히 꿈지럭거렸다. 얼굴은 어딘가 높은 곳에서 안개에 싸이고, 그분 목소리는 천둥소리가, 귀를 먹먹하게 하는 소리가 아닌 것 같았다. 높은 곳에서 들려오느라, 극히 평범한 인간 목소리 같았다.

"그래 – 당신도? 당신, '완전체' 제작 책임자가? 당신, 가장 위대한 정복자가 될 운명이던 당신이? 당신, '한 국가' 역사에 새 장을 웅장하

239

게 열 운명이던 당신이…… 그런 당신도?"

피가 머리와 얼굴로 몰려들었다. 다시 텅 빈 종이 - 관자놀이에서 맥박이 뛰는 느낌만, 위에서 울리는 목소리만 가득할 뿐, 단 한 마디도 안 들렸다. 그분이 말을 멈춘 다음에 비로소 나는 정신이 돌아왔다. 그리고 보았다, 손이 100톤 무게로 움직이며 천천히 기어가다 나를 가리키는 손가락 하나.

"으음! 왜 대답이 없지? 내 말이 맞나, 틀리나, 사형 집행자?"

"맞습니다."

나는 순순히 대답했다. 그런 다음에 그분이 말하는 소리를 하나하나 똑똑히 들었다.

"아, 그래! 당신은 내가 사형 집행자란 말을 두려워한다고 생각하나? 당신은 그 말 껍질을 벗겨서 그 속을 들여다본 적이 있나? 내가 생생하게 알려주지, 머릿속으로 떠올리게. 파란 언덕, 십자가, 군중. 일부는 - 위에서는 인간을 십자가에 대고 못 박아 피를 흩뿌리고, 나머지는 - 밑에서 올려다보며 눈물을 흩뿌린다. 당신이 보기엔, 위에 있는 자들이 가장 어려운, 가장 중요한 역할을 하는 것 같지 않나? 그들이 아니면, 이렇게 완벽하게 웅장한 비극이 나올 수 있었을까? 무지한 군중은 그들에게 욕설을 퍼부었어. 하지만 비극을 위대하게 써내려간 작가는 - 신은 - 그들에게 더 많은 상을 주어야 마땅해. 그렇다면, 무엇보다 자비로운 기독교 신이 복종하지 않는 자를 지옥 불에 던져서 모두 천천히 태우는 건 또 어떨까? 신이야말로 사형 집행자 아닌가? 그렇다면, 불에 타서 죽은 기독교인 숫자는 기독교인이 불태워 죽인 숫자보다 적을까? 그런데도 - 자네도 알아 - 사랑의 신으로 오랜 세월 동안 찬양받았어. 엉뚱한가? 아니야, 그 반대야. 이건 인류가 뿌리 깊은 지혜를 지녔다는, 핏속에 생생하게 박혔다는 증거야. 모든 게 털북숭이 야생이던 당시에도 인류는 깨달았어, 인류를 진실하게, 대수학적으로 사랑하는 모습은 비인간적일 수밖에 없다는 걸, 진실은 무엇보다 잔인할 수밖에 없다는 걸. 불은 모든 걸 태우기 때문에 불이라는 걸. 모든 걸 태우지 않는 불이 있으면 나한테 말하게. 으음 - 나한테 반박해, 반증을 제시하라고!"

내가 어떻게 반박하겠나? 내가 어떻게 반증하겠나, (예전에는) 나도 그렇게 생각했는데 - 여기에 완벽한 갑옷을 화려하게 입힐 능력이 없었을 뿐인데? 나는 침묵했다……

"당신도 내 생각에 동의한다는 의미로 침묵하는 거라면, 이제부터 어른답게 얘기하자고, 어린애는 잠자리로 보내고 이제부터 모두 얘기하자고, 하나도 숨기지 말고 내가 묻겠네. 인간은 - 어린 아기 때부터 - 무얼 기도하고 꿈꾸며 갈망하지? 이들이 갈망하는 건 누가 나타나서 완전히 행복하게 해주는 거야, 그런 다음에 행복이 도망을 못 가도록 쇠사슬로 꽁꽁 묶어주는 거야. 지금 우리가 하는 게 바로 그거 아니야? 고대인이 꿈꾸던 파라다이스…… 명심해, 파라다이스에서는 누구도 갈망이 없고, 동정이나 사랑을 몰라. 파라다이스에는 축복받은 천사만, 신에게 복종하는 노예만 있어, 상상력은 모두 도려내고 - 그러지 않으면 축복받을 수 없거든. 그런데 지금, 우리가 꿈을 완벽하게 따라잡는 순간, 그래서 완벽하게 움켜잡는 순간(그분이 손을 움켜쥔다, 거기에 돌멩이가 있다면 물이 흘러나올 것 같다), 이제 보석을 캐서 몫을 나누기만 하면 되는 순간 - 바로 그 순간 - 당신이……"

쇳덩이처럼 울리던 목소리가 갑자기 멈춘다. 모루에 올려놓고 해머로 내려치는 쇳덩이처럼 나는 빨갛게 달아올랐다. 해머가 공중에 가만히 멈추니, 기다리는 순간이 더 끔찍하다……

그러다 갑자기, "당신은 몇 살인가?"

"서른둘입니다."

"그런데도 어린애처럼 순진무구하군 - 열여섯 살짜리 아이처럼! 당신이 '완전체' 책임자기 때문에 저들이 - 아직 우리는 저들 이름을 모르는데, 자네가 알려줄 거라 확신하네 - 당신을 필요로 했다는 생각은 한 번도 안 떠올랐나? 당신을 이용해서……"

"아닙니다! 아닙니다!"

내가 소리쳤다. 손을 들어서 총알을 막으며 소리치는 것 같았다. '아닙니다!'란 소리는 여전히 들리는데, 몸은 총알에 맞아 바닥을 뒹구는 꼴이다.

맞아, 맞아 - '완전체' 책임자…… 맞아, 맞아…… 갑자기 기억난다, U가 잔뜩 화난 얼굴로 벽돌처럼 빨간 아가미를 부들부들 떨던 모습이 - 그날 아침, 둘 다 내 방에 들어왔을 때……

나는 웃으면서 고개를 들었다. 대머리 사내가, 소크라테스 같은 대머리가, 바로 앞에 앉았는데, 대머리에 조그만 땀방울이 송골송골 맺혔다. 또렷하게 기억난다.

모든 게 지극히 단순했다. 웅장하게 평범하고 우스꽝스럽게 단순했다.

폭소가 터지다 숨을 막더니, 헛웃음만 나왔다. 나는 한 손으로 입을 막고 급히 뛰쳐나왔다.

계단, 바람, 물기, 빛이 펄쩍펄쩍 뛰는 파편, 다양한 얼굴 - 나는 계속 달렸다. 아니야! I-330을 만나야 해! 딱 한 번만 더 - I-330을 만나야 해!

바로 여기에서 텅 빈 하얀 종이가 다시 나타났다. 기억나는 건 딱하나 - 발. 사람이 아니라 발.

발 수백 개, 소낙비 같은 발, 사방에서 거리로 쏟아져, 아무렇게나 쿵쾅대며 걷는 발. 쾌활하게 부르는 장난기 어린 노래, 그리고 커다란 소리 – 나에게 소리치는 것 같았다 – "이봐요, 이봐! 여기로 와요, 우리한테!"

그러다 – 아무도 없는 광장, 사방에 바람만 가득한. 한가운데, 희미하고 묵직하고 끔찍한 물체 – '은혜로운 선생님' 사형 기계. 그리고 – 머릿속에서 얼핏 보기에 앞뒤가 안 맞는 이상한 영상, 눈부시게 하얀 베개, 베개에는 뒤로 젖힌 머리, 반쯤 감은 눈, 날카롭고 감미로운 치아…… 모든 게 사형 기계로 엉뚱하게, 끔찍하게, 이어진다 – 나는 이유를 알지만, 인정하길, 커다랗게 말하길 여전히 거부한다 – 나는 그러고 싶지 않다 – 싫다.

나는 사형 기계로 올라가는 계단에 앉아서 눈을 감았다. 비가 오는 게 분명하다. 얼굴이 축축하다. 어디선가 멀리서 숨죽인 채 우는 소리. 하지만 아무도 안 듣는다, 내가 우는 걸 아무도 안 듣는다. 나 좀 살려주세요 – 나 좀 살려주세요!

나에게 어머니가 있다면, 고대인처럼, 우리 어머니 – 그래, 맞아 – 우리 어머니. 어머니에게 나는 – '완전체' 책임자도 아니고, 번호 D-503도 아니고, '한 국가' 세포도 아니고, 그냥 인간이다 – 어머니의 일부다, 짓밟히고, 뭉개지고, 버림받은…… 나를 못으로 박든, 못에 나를 박든 하라 – 둘 다 똑같은 것이니 – 그래서 아무도 못 듣는 소리를 우리 어머니가 듣게 하라, 주름살이 가득해 조그맣게 오그라든 입으로……

서른일곱 번째 기록

주제: 적충류. 종말. I-330 방.

식당에서 아침에, 왼쪽 방 이웃이 겁에 질린 목소리로 속삭였다.

"좀 먹어요! 저들이 당신을 지켜본다고요!"

나는 엄청나게 애써서 억지로 웃었다. 얼굴에 금이 가는 느낌이었다. 내가 웃자, 금 모서리가 서서히 벌어지면서 통증이 점차 심하게 일어났다······

그래서, 내가 포크로 조그만 음식 덩어리를 찍는 순간, 포크가 손에서 마구 떨리며 접시에 부닥쳐서 쨍그랑댔다. 바로 그 순간, 식탁마다, 벽마다, 요리마다, 공기 자체도 - 모두 흔들리며 쨍그랑 덜거덕대고, 바깥에서 - 거대하고 동그란 게 쇳소리를 내며 하늘로 솟구쳐 - 수많은 머리 위로, 수많은 건물 위로 올라가, 멀리서 조그맣고 동그랗게 퍼지며 천천히 사라졌다, 수면에 퍼지는 동그라미처럼.

수많은 얼굴이 하얗게 질리고, 수많은 입이 동작을 멈추고, 수많은 포크가 공중에 얼어붙었다.

모든 게 혼돈에 쌓여, 틀에 박힌 궤도에서 벗어났다. 모두가 (애국가도 안 부르고) 벌떡 일어나 – 아무렇게나 씹고, 황급히 삼키고, 목이 메고, 서로를 붙잡았다.

"저게 뭐지? 무슨 일이야? 뭐야?"

한때 조화롭게 보이던 위대한 사형 기계가 부서지며 사방으로 파편이 떨어졌다, 승강기마다, 계단마다. 쿵쾅대는 발걸음, 매서운 바람에 찢겨나가는 편지조각처럼 갈가리 부서지는 말소리⋯⋯

다른 건물에서도 사람들이 쏟아져나와, 거리는 현미경으로 바라보는 물방울처럼 순식간에 변했다. 적충류는 유리처럼 투명한 물방울에 갇혀서 혼란스럽게, 사방으로, 위로, 아래로, 옆으로 내달렸다.

"아하!"

누군가 의기양양하게 감탄했다. 바로 앞에 그 사람 뒷목, 그리고 하늘을 가리키는 손가락 – 노란빛이 감도는 분홍색 손톱, 그 하단부에는 지평선 너머에서 떠오르는 달처럼 하얀 초승달이 지금도 또렷하게 기억난다. 컴퍼스 바늘을 따라가듯, 눈 수백 쌍이 하늘을 쳐다보았다.

거기에, 눈에 안 보이는 추적자에게 도망치듯, 수많은 구름이 날다가 부서지며 서로에서 달려들고 – 구름에 가려서 까맣게 보이는 '보호단' 비행기들은 관찰대를 코끼리 코처럼 기다랗게 늘이고 – 뒤에서는 – 서쪽에서는 뭔가 이상한 물체가⋯⋯

처음에는 누구도 알아볼 수 없었다. (불행히도) 누구보다 많은 걸 아는 나조차 알아볼 수 없었다. 까만 비행기가, 너무 높아서 까만 점으로 간신히 보이는 비행기가, 엄청나게 몰려드는 것 같았다. 그들이 점차 다가오고, 공중에서는 거슬리는 소리가 깍깍대더니 – 마침내 우리 머리 위 공중에 – 가득한 새. 날카롭게 꿰뚫는 사각형이 하늘을 까맣게 메우며 떨어졌다. 태풍에 날리듯, 지붕마다, 탑마다, 장대마다,

난간마다 가득 내려앉았다.

"아하."

의기양양한 목은 고개를 돌리고, 나는 그 얼굴을, 길게 삐져나온 이마를 보았다. 하지만 그 모습은 예전 기억과 완전히 달랐다. 지금은 뾰족한 이마에서 튀어나와, 환한 빛이 머리칼처럼 모여들면서 얼굴이 튀어나와, 두 눈 주변과 입술이 방긋 웃었다. 그리곤 바람이, 날갯소리가, 꺅꺅 소리가, 날카롭게 몰아치는 가운데 나에게 소리쳤다.

"이제 알겠습니까? - 벽을, 담벼락을, 무너뜨렸어요! 알겠습니까?"

우리 뒤 어딘가에서 바삐 움직이는 인간들 - 머리를 앞으로 숙인 채 - 건물로, 집으로 재빨리 뛰는 모습. 수술받은 번호들이 (체중 때문에) 느리게 보여도 실제로는 빠르게 거리 한가운데로 몰려나온다.

입술과 두 눈에 머리털처럼 잔뜩 모여드는 빛. 나는 그 사람 손을 잡고 소리친다.

"I-330은 어디에 있습니까, 지금 어디에 있습니까? 저기에 있습니까, 담벼락 너머? 아니면…… 내가 지금 당장 - 내 말 들려요? 지금 당장……"

상대가 술에 취한 듯 흥겹게 대답한다 - 튼튼하고 노란 치아……

"지금 여기에서, 도시에서, 활약하는 중이에요. 아하 - 마침내 우리가 일어났다고요!"

우리는 누구지? 나는 누구지.

상대편 옆에 똑같은 사람 오십 명, 하나같이 짙은 이마, 흥겹게 떠들어대는 소리, 튼튼한 치아. 입을 쩍 벌려서 태풍을 들이켜고, 전기충격기처럼 보이는 무기를 흔들며(저들이 저걸 어떻게 구했지?), 서쪽으로, 수술받은 번호들 뒤쪽으로 움직이는데, 그들 옆에서 - 48번가 거리 옆에서……

나는 바람을 받아 팽팽한 전선에 발이 걸려서 넘어지며 I-330에게 달렸다. 왜? 나도 모른다. 또 넘어졌다. 거리마다 텅 빈, 이질적인 야만 도시, 의기양양하게 끊임없이 소리치는 새떼 합창, 종말. 어떤 집 유리 벽 너머로 남성과 여성 번호가 창피한 줄도 모르고 교접하는 모습이 뇌리를 파고든다 - 커튼조차 안 내리고, 쿠폰도 없이, 환한 대낮에……

집 - I-330이 사는 집. 혼란 중에 입구가 활짝 열린 상태다. 아래층, 관리인 책상에 - 아무도 없다. 승강기가 중간에 멈춰서 꼼짝 안 했다. 나는 숨을 헐떡이며 계단을 끝없이 달렸다. 복도. 방문에 적힌 숫자 - 바큇살처럼 - 빠르게, 320, 326, 330…… I-330, 여기다!

유리문 사이로 실내 풍경이 보였다 - 물건이 흩어지고, 뒤죽박죽으로 뒤엉킨 게. 의자는 급히 뒤집혀서 네 다리가 공중으로 올라간 게 짐승 죽은 것 같았다. 침대는 벽에서 옆으로 엉뚱하게 잡아빼고, 바닥에는 꽃잎이 떨어져서 짓밟힌 듯, 분홍색 쿠폰이 흩어졌다.

나는 허리를 숙여서 한 장, 또 한 장, 또 한 장을 집었다. 하나같이 D-503이란 번호가 적혔다. 내가 한 장 한 장에 적힌 채 물방울로 녹아들다 넘쳐흘렀다. 남은 건 이게 전부……

왠지 모르지만, 쿠폰이 짓밟히도록 바닥에 그냥 두고 떠날 수 없었다. 그래서 한 무더기를 더 집어서 책상에 올려놓고 조심스럽게 펴서 가만히 바라보다…… 웃었다.

나는 예전에 조금도 몰랐지만, 지금은 안다, 여러분도 안다, 웃음은 색깔이 다양하다는 걸. 웃음은 내면 깊숙한 폭발이 메아리로 드러나는 것에 불과하다. 하지만 빨간색, 파란색, 황금색 폭죽으로 터지는 축제일 수도, 몸뚱이가 갈기갈기 찢겨서 날아가는 파편일 수도 있다……

쿠폰에서 낯선 번호가 스쳤다. 숫자는 기억 안 나고 글자 F만 떠오른다. 나는 책상에서 쿠폰을 모두 쓸어버렸다, 그 위에 올라가 - 내 번호가 적힌 쿠폰까지 - 뒤꿈치로, 이렇게, 짓밟고, 밖으로 나갔다……

문 옆 복도에 앉아서 무언가를 오랫동안 기다렸다. 왼쪽에서 질질 끄는 발소리. 노인. 구멍 나서 공기가 다 빠져나간 풍선처럼 주름이 쭈글쭈글한 얼굴. 구멍에서 무언가 투명한 물질이 고이다, 천천히 흘러내렸다. 천천히, 희미하게, 나는 깨닫는다 - 눈물. 노인이 멀리 간 다음에 비로소 정신을 퍼뜩 차리고 소리친다.

"잠깐만, 혹시 아세요? I-330이……"

노인이 고개를 돌리더니 한 손을 절망적으로 흔들고, 다시 비틀비틀 걸으며 사라진다……

황혼이 질 때 집으로 돌아왔다. 서쪽에서 하늘이 담청색으로 발작하며 매 순간 오그라들었다. 숨죽인 함성이 하늘에서 묵직하게 내려왔다. 지붕마다 까만 숯덩이가 뒤덮었다 - 새떼.

나는 침대에 누웠다 - 잠이 묵직한 맹수처럼 내리눌러, 나를 압살했다……

서른여덟 번째 기록

주제: 모르겠다 - 딱 하나만 빼고: 내버린 담배.

잠에서 깨니, 환한 빛이 눈을 파고들었다. 나는 두 눈을 꼭 감았다. 머릿속에 - 이상하게 파란 산성 안개. 모든 게 안개에 묻힌 것 같다. 안개 사이로 살피려는데, 맙소사 전등을 안 껐다! 어떻게……

나는 벌떡 일어났다. 책상에, I-330이 한 손에 턱을 괴고 앉아서 일그러진 미소를 머금으며 쳐다본다……

지금 나는 바로 그 책상에 앉아서 글을 쓴다. I-330이 머문, 스프링을 잔인할 정도로 팽팽하게 조인, 10분에서 15분은 이미 오랜 과거다. 그런데도 I-330이 지금 막 나가서 방문을 닫은 것 같다. 지금이라도 뛰쳐나가면 바로 따라잡아 두 손을 꼭 움켜쥘 수 있을 것 같다 - 그러면 I-330이 웃으면서 말할 것 같다……

I-330은 책상에 앉아있었다. 나는 대뜸 달려갔다.

"당신이, 당신이! 아아, 당신 방을 보고 당신이 잡혀간 줄……"

하지만 꿈쩍 않는 속눈썹 날카로운 창날에 걸려서 나는 그대로 넘어졌다. 말을 멈추고 기억을 떠올렸다, 그날, '완전체'에서 나를 보던 표정이라는 걸. 이번에는 설명할 기회를 잠깐이라도 잡아야 한다 – 그래서 나를 믿게 해야 한다 – 그러지 않으면 두 번 다시……

"내 말 잘 들어요 – 나는…… 나는 당신한테 모든 걸 말해야 해요…… 아니, 잠시만 – 물부터 마시고……"

입이 말랐다. 입안에서 압지가 침을 빨아들이는 것 같았다. 나는 물을 퍼부으려고 했으나 제대로 안 됐다. 그래서 물잔을 책상에 내려놓고 두 손으로 주전자를 잡았다.

그때 비로소 보았다, I-330 담배에서 파랗게 피어오르는 연기를. I-330이 담배를 입술에 대고 연기를 빨아들여, 내가 물을 들이켜듯 맛있게 삼키더니, 말했다.

"그러지 마세요. 가만히 있어요. 아무래도 상관없어요. 당신도 알다시피, 내가 이렇게 왔잖아요. 아래층에 사람들이 기다려요. 설마 마지막 순간을 낭비하고 싶은 건……"

I-330이 담배를 바닥에 던지더니, 의자 팔걸이 너머로 몸을 쭉 돌렸다. 그쪽에, 벽에, 단추가 있는데, 손이 안 닿았다. 의자를 한쪽으로 기울여 다리 두 개가 바닥에서 일어나다, 커튼이 내려온 기억이 난다.

I-330이 다가와서 나를 껴안았다, 꼭. 드레스 사이로 무릎이 – 느긋하고 부드럽고 따뜻하고, 모든 걸 감싸는 독약……

그러다 갑자기…… 따사로운 꿈에 완벽하고 달콤하게 빠져들다 – 갑자기 뭐가 찔러서 깜짝 놀라며 잠에서 깨어날 때가 가끔 있는데…… 당시가 그랬다. I-330 방바닥에 짓밟힌 분홍색 쿠폰 한 장에 적힌 글씨 F, 그리고 숫자…… 이게 뒤엉키며 가슴을 긁어대는데, 지금 다시 생각해도 이해가 안 된다. 하지만 나는 I-330을 그대로 짓뭉갰다,

상대가 아파서 비명까지 지르도록……

다시 1분 - 눈부시게 하얀 베개에 머리를 기댈 10~15분이 지나고 - I-330은 머리를 뒤로 젖힌 채 눈을 반쯤 떴다. 날카롭고 달콤한 치아. 그러는 내내, 지금 그러면 안 된다는…… 지금 기억하면 안 된다는…… 엉뚱하고 고통스럽고 집요한 암시…… 그래서 I-330을 어느 때보다 부드럽게 잔인하게 내리누르고 - 내 손가락에 파란 점은 더 깊이, 더 또렷하게……

I-330은 눈조차 안 뜨고(나는 이걸 주목하고) 말했다.

"어제 '은혜로운 선생님'을 만났다고 들었어요. 사실인가요?"

"네, 사실입니다."

그러자 I-330이 눈을 떴다. 동그랗게 - 그리고 나는 I-330 얼굴이 창백하게 바래다 순식간에 사라지는 걸, 두 눈만 남고 모두 사라지는 걸, 즐겁게 바라보았다.

나는 I-330에게 모든 걸 말했다. 딱 하나 - 이유는 모르겠지만…… 아니다, 거짓말이다, 이유를 안다 - 딱 하나만 빼고 - 그분이 마지막에 한 말, 당신들에게 내가 필요한 이유는 딱 하나라는 말……

현상액에서 사진 영상이 나타나듯, I-330 얼굴이 조금씩 나타났다. 두 뺨, 하얀 치열, 입술. I-330이 일어나서 옷장에 달린 거울로 갔다.

입이 다시 말랐다. 물을 마구 퍼붓자, 구역질이 났다. 나는 물잔을 책상에 놓고 물었다.

"당신이 온 게 이것 때문인가요 - 사실을 확인할 필요성?"

눈썹이 관자놀이로 치올라 날카로운 삼각형이 조롱하듯 거울에서 쳐다보았다. 그러더니 무슨 말을 하려고 돌아섰지만 아무 말도 안 했다.

필요성은 없다. 나도 안다.

작별인사를 해? (내 것 같지 않은) 발을 움직이다 의자를 건들었다 - 의자가 거꾸로 쓰러지며 죽었다, I-330 방에서 그런 것처럼. I-330은 입술이 차가웠다, 예전에 여기 침대 옆 맨바닥에서 그런 것처럼.

I-330은 떠나고, 나는 맨바닥에 앉아 I-330이 버린 담배로 허리를 숙였다.

이제 더는 못 쓰겠다 - 쓰고 싶지도 않다!

서른아홉 번째 기록

주제: 끝

지금은 소금 성분이 한계치까지 녹아든 용액에 소금 알갱이를 하나 더 넣은 거랑 비슷하다. 갑자기 바늘 같은 게 곤두서다 결정체가 모이고 뭉쳐서 굳으니 말이다. 이제 모든 게 또렷하다. 모두 결정했다 – 내일 아침에 하는 거다. 이건 자살행위와 마찬가지다 – 하지만 이거야 말로 부활하는 유일한 방법일 수 있다. 죽은 자만 부활할 수 있기 때문이다.

서쪽에서 하늘이 담청색으로 발작하며 매 순간 몸서리쳤다. 나는 머리가 불났다, 망치가 마구 때렸다. 그래서 밤새도록 앉았다가 아침 7시에, 어둠이 물러나고 녹색이 깃들어 지붕마다 가득한 새떼를 확인한 다음에 비로소 잠들었다.

그리고 10시에 깨어났다 – 오늘은 종이 안 울린 게 분명하다. 물잔이 – 어젯밤 그대로 – 책상에 있었다. 나는 그걸 게걸스럽게 들이켜고 밖으로 뛰쳐나갔다. 빨리 해치워야 한다, 최대한 빨리.

하늘은 텅 비어 새파랬다. 태풍이 하늘을 모두 먹어치웠다. 모서리마다 그림자가 울퉁불퉁하다. 모든 게 파란 가을 공기를 가늘게 잘라내 - 손을 대면 금방이라도 깨지거나 부러져서 유릿가루로 돌변하며 휘날릴 것 같다. 내 머릿속도 똑같다. 생각하지 말아야 한다, 생각하지 말아야 한다, 생각하지 말아야 한다, 그렇지 않으면……

나는 생각하지 않았다. 아니, 주변을 제대로 살피지도 않았다 - 그냥 담아둘 뿐이다. 인도에, 어딘가에서 날아온 나뭇가지, 녹색 잎사귀가 달린 나뭇가지, 호박색 잎사귀가 달린 나뭇가지, 새빨간 잎사귀가 달린 나뭇가지. 머리 위에서 새떼와 비행기들이 이리저리 오가며 서로를 가로지른다. 여기는 - 수많은 머리, 쩍 벌린 입, 나뭇가지를 흔드는 팔. 모든 게 소리치고 깍깍대고 윙윙대는 게 분명하다……

텅 빈 거리 - 역병이 깨끗하게 휩쓸고 지나간 듯. 못 견딜 정도로 부드럽고 푹신한데 꿈쩍 않는 무언가에 발이 걸려서 넘어진 게 기억난다. 나는 허리를 숙이고 바라보았다 - 시신. 똑바로 누워서 여자처럼 다리를 벌린 채 구부렸다. 얼굴은……

두터운 흑인 입술이 보였다. 금방이라도 웃어댈 것 같았다. 눈을 꼭 감은 채 내 얼굴에 대고 웃었다. 순간 - 나는 그를 뛰어넘으며 달렸다 - 더는 견딜 수 없었다, 빨리 끝내고 싶었다, 그렇지 않으면 짐이 너무 많이 실린 철로처럼 휘거나 뚝 부러질 것 같았다……

다행히도, 이제 스무 걸음 거리에 도달했다 - 바로 위에 '보호단' 사무실이라는 황금 글자 간판이 있었다. 문턱에서 걸음을 멈추고 숨을 깊이, 최대한 깊이 들이마시고 - 안으로 들어갔다.

안에는, 복도에는, 번호가 끝없이 늘어섰는데, 일부는 손에 서류를 들고, 일부는 두툼한 공책을 들었다. 저들은 천천히 한두 걸음 나아가다 - 다시 멈추리라.

나는 기다랗게 늘어선 줄을 따라 달렸다. 머리가 갈라졌다. 사람들 팔꿈치를 잡고 사정했다, 모든 고뇌를 엄청난 고통 한 번으로 끝내달라고 간청하는 병자처럼.

허리띠로 제복를 당당히 동여매, 툭 불거진 엉덩이를 살랑살랑 흔드는 게 마치 거기에 눈이라도 달린 것 같은 여자 한 명이 나에게 경멸스럽게 소리쳤다.

"저자는 배가 아프다! 저자를 화장실로 데려가라 - 저기, 오른쪽 두 번째 문……"

모두 나를 보며 웃고, 나는 가만히 참는데 목구멍에서 무언가 치솟더니, 금방이라도 비명을 지르던가, 아니면…… 아니면……

갑자기, 누군가 뒤에서 팔꿈치를 잡았다. 돌아보니, 투명한, 날개 같은 귀. 하지만 이번에는 평소처럼 분홍색이 아니라 진홍색이었다. 상대 목에서 목젖이 나왔다 들어갔다 하는 게, 금방이라도 얇은 살을 비집고 튀어나올 것 같았다.

"여기에 왜 왔소?"

사내가 물으며 내 몸뚱이를 재빨리 꿰뚫었다.

나는 사내를 움켜잡았다.

"빨리 - 당신 사무실로 갑시다…… 내가 할 말이…… 당장 - 모든 걸! 상대가 당신이라서 다행입니다…… 상대가 당신이어야 한다는 게 끔찍할 수 있지만, 어쨌든 다행입니다, 다행……"

그자도 그녀를 알아서 나로선 모든 걸 털어놓는 게 그만큼 더 고통스러웠다. 하지만 내가 하는 말을 들으면 그자 역시 몸서리칠 수도, 그래서 나와 함께 그녀를 죽이려들 수도 있었다. 나는 목숨이 끝나는 끔찍한 순간에 외롭지 않을 수도 있었다……

문이 쾅 닫혔다. 지금도 기억난다, 문 밑에 종이 한 장이 껴서 문이

255

닫힐 때 바닥을 긁던 게. 공기조차 없는 이상한 침묵이 우리를 감쌌다. 투명한 종이 내려와서 실내를 완전히 덮은 것 같았다. 그자가 한마디 했더라면 - 그게 무어든, 극히 사소한 말이라도 - 나는 단번에 모든 걸 털어놓았을 거다. 하지만 그자는 침묵했다.

나는 귀에서 윙윙 소리가 날 때까지 긴장하다, 쳐다보지도 않고 말했다.

"나는 그녀를 늘 증오했던 것 같습니다, 처음 만나는 순간부터. 그래서 안간힘을 썼지만…… 아니, 아닙니다, 내 말을 믿지 마세요. 나는 나 자신을 구할 수 있었는데, 구하려고 안 했습니다, 그냥 파멸하길 원했습니다 - 무엇보다 소중하고 탐났습니다…… 제 말은, 파멸이 아니라 그 여자…… 지금도, 모든 걸 아는 지금도…… 당신도 압니까 - '은혜로운 선생님'이 나를 소환한 것을?"

"네, 압니다."

"하지만 그분이 나한테 말한 내용은…… 당신도 알다시피 - 그건 마치…… 지금 이 순간에 당신이 올라선 바닥을 끌어당겨, 당신과 주변 모든 게, 여기 탁자에 있는 모든 게 - 종이가, 잉크가 - 잉크가 쏟아져서 모든 게 - 얼룩이 잔뜩 묻는 것 같아……"

"계속 말하세요, 계속! 하지만 서두세요. 다른 번호들이 바깥에서 기다립니다."

나는 숨을 헐떡이며 혼란스럽게 - 여기에 기록한 내용을 모두 말했다. 진짜 나, 털북숭이 나에 대해서, 그날 그녀가 내 손에 대해서 한 말도 - 그러면서 모든 게 시작되었다고…… 내가 무엇 때문에 의무를 다하고 싶지 않았으며, 나 자신을 어떻게 속이고, 그녀가 가짜 진단서를 어떻게 받고, 하루하루 가슴속을 어떻게 좀먹었는지, 지하 통로에 대해, 거기를 지나 담벼락 너머로 어떻게 갔는지……

모든 게 상관없는 파편처럼 튀어나오고 - 나는 숨을 헐떡였다, 표현이 모자랐다. 그러자 이중으로 휜 입술이 메마른 미소를 머금으며 필요한 표현을 알려주고 - 나는 고마운 마음으로 고개를 끄덕였다. 맞아요, 맞아요……

그런데 - 이게 도대체 뭐지? - 그자는 나 대신 말하고, 나는 가만히 듣다가 동조했다.

"맞아요, 그래서…… 맞아요, 그랬어요, 딱 맞아요!"

목이, 목깃 주변이 차갑게 변하는 걸 느끼곤, 힘겹게 물었다.

"그런데 어떻게 - 당신은 알 수 없는 건데 - 이건 모를 텐데……"

그자가 씩 웃었다 - 조용히 - 입술이 더 휘고 더 휘면서…… 그러다가……

"하지만, 당신은 알아요, 나한테 숨기는 게 있다는 걸. 당신은 담벼락 너머에서 본 인물을 모두 말하면서, 한 명은 빼먹었어요. 부인하나요? 기억이 안 나세요 - 순간적으로 - 보지 않았나요…… 나를? 네, 나요, 나."

침묵.

그러다 갑자기, 번쩍하면서 모든 게 또렷하게 떠올랐다. 그자는 - 그자 역시 그들 가운데 하나다…… 완전히 기신맥진한 상태에서 마지막 힘을 끌어모아, 나 전부를, 내 고통 전부를, 이 모든 걸, 위대한 임무라도 수행하듯, 여기까지 끌어왔는데, 모든 게 아브라함과 이삭을 둘러싼 고대 우화처럼 우스꽝스럽게 끝나고 말았다. 아브라함은 자신과 아들에게 칼을 높이 치켜들고 식은땀을 뻘뻘 흘리는데 - 공중에서 갑자기 목소리가 들려온 격이다. '괜찮다! 농담이었다……'

나는 잔뜩 뒤틀린 미소만 계속 노려보며 탁자 모서리를 두 손으로 눌러서 뒤로 천천히, 천천히 물러났다, 의자에 앉은 채로. 그러다 갑자기 - 내 몸뚱이 전체를 두 팔로 들어 올리듯 - 그대로 뛰쳐나가, 왁자지껄하는 소리를, 계단을, 수많은 입을 뒤로 한 채 마구 달렸다.

계단을 어떻게 내려갔는지 기억이 안 난다. 그런데 지하철역 공중화장실이었다. 위에서는 모든 게 파멸하는 중이었다. 역사상 가장 위대하고 가장 이성적인 문명이 무너지는 중이었다. 하지만 여기는, 엉뚱하게도, 예전 모습 그대로 아름답고 조용했다. 이게 모두 망할 수밖에 없다는 게, 이것 위로 잡초가 가득 피어난다는 게, 그래서 '신화'만 남는다는 게 마냥 슬퍼……

슬픈 소리가 저절로 흘러나왔다. 바로 그 순간, 누군가 어깨를 다정하게 도닥였다.

이웃에 사는, 왼쪽 방에 사는 번호였다. 이마는 - 거대한 대머리 포물선, 내용을 알 수 없는 노란색 주름살. 노란 글줄은 나에 관한 내용이 분명하다.

"나도 이해합니다, 당신을 충분히 이해합니다. 그렇지만 진정해야 합니다. 이러면 안 됩니다. 모든 건 다시 돌아옵니다, 꼭 돌아옵니다. 지금 중요한 건 내가 발견한 내용을 모두가 깨닫는 겁니다. 내가 이걸 말하는 건 당신이 처음입니다. 내가 계산한 바에 따르면, 무한대는 없습니다!"

나는 상대를 멀뚱멀뚱 바라보았다.

"네, 그렇습니다, 내가 분명히 말하는데, 무한대는 없습니다. 우주가 무한대면, 밀도는 0이어야 합니다. 그런데 0이 아니니 - 이건 누구든 아는 사실이지요! - 그렇다면 우주는 유한할 수밖에 없습니다. 우주는 동그랗게 생기고, 우주 반경 Y^2는 밀도를 X로 곱한 것과 같으니…… 지금 나한테 필요한 건 바로 이것 - 디지털 계수 X를 계산한 다음…… 당신도 알아요, 모든 건 유한하다는 걸, 모든 건 단순하다는 걸, 모든 건 계산할 수 있다는 걸. 그렇다면 우리가 철학적으로 정복하는 거예요 – 이해하시겠어요? 그런데 당신은 나를 막아야 해요, 내가 계산을 끝내지 못하게 막아야 해요, 당신이 비명을 질러서……"

나는 내가 무엇에 더 충격받았는지 모른다 – 그 사람이 발견한 내용인지, 그 사람이 확신하는 종말인지. 그때 비로소 알아챘는데, 그 사람 손에 공책과 대수표가 있었다. 그걸 보는 순간, 나는 깨달았다, 설사 모든 게 멸망할지라도, 나는 기록을 완성해서 (여러분에게, 사랑하는 미지의 독자에게) 남길 의무가 있다는 걸.

나는 이웃에게 종이를 달라고 부탁했다 – 그리고 마지막 글을 그 자리에서 썼다…… 고대인이 시신을 묻고 웅덩이에 십자가를 꽂듯, 기록에 마침표를 찍으려는 순간, 갑자기 연필이 흔들리다 바닥으로 떨어졌다. 나는 이웃 사내를 잡아당겼다.

"이봐요, 잘 들어요! 당신은 – 나한테 꼭 대답해야 합니다. 저 바깥에서, 유한한 우주는 어디에서 끝납니까! 저 바깥에 무엇이 있습니까, 우주 너머에?"

이웃 사내는 대답할 시간이 없었다. 위에서, 밑으로 내려오는 – 발소리가 후다닥.

마흔 번째 기록

주제: 구체적인 사실. 종. 나는 확신한다.

지금은 대낮이다. 밝다. 고도계, 760.

나, D-503이 지금까지 200장이나 되는 원고를 썼다는 게 정말일까? 여기에 적힌 내용을 내가 예전에 모두 느꼈다는 게 – 혹은 느꼈다고 상상하는 게 – 사실일까?

필체는 내 거다. 지금 내가 여기에 쓰는 필체랑 똑같다. 하지만, 불행히도, 필체만 똑같다. 지금 나는 정신착란도 없고, 엉뚱한 은유도 없고, 감정도 없다. 이제 건강하기 때문이다, 완벽하게 건강하기 때문이다. 나는 웃는다 – 웃음이 절로 나온다, 조각 같은 걸 빼내, 머리가 가벼운 느낌, 텅 빈 느낌이다. 아니, 더 정확하게 말한다면, 텅 비었다기보단, 웃는 걸 막던 외적 변수를 모두 제거한 느낌이다. (웃음은 일반인에게 정상 상태라는 증표다.)

구체적인 사실은 다음과 같다. 그날 저녁, 우주가 유한하다는 걸 발견한 이웃 사내와 나, 주변에 있던 번호 모두 수술받은 증명서가 없다는 이유로 제일 가까운 공회당으로(112번이라는 공회당 숫자가 왠지 낯익었다) 끌려갔다. 거기에서 탁자에 묶인 채 위대한 수술을 받았다.

다음 날, 나, D-503은 '은혜로운 선생님'을 찾아가서 행복을 파괴하는 적에 대해 내가 아는 모든 걸 말했다. 예전에는 이게 왜 그리도 어려웠을까? 믿을 수 없다. 지금 내가 떠올릴 수 있는 설명은 예전에 아팠다는 거, 영혼이 있었다는 거, 하나밖에 없다.

바로 그날 저녁, 나는 그 유명한 가스실에서 '은혜로운 선생님'과 한 탁자에 (생전 처음으로) 앉았다. 그녀는 내가 보는 앞에서 증언할 예정이었다. 그녀는 빙그레 웃을 뿐 고집스럽게 침묵했다. 나는 여자 치아가 매우 날카롭고 하얗다는 사실에, 참 예쁘다는 사실에 눈길이 갔다.

이윽고 그녀는 종 밑에 놓였다. 얼굴이 새하얗게 변하고, 두 눈은 까맣고 커서, 정말 예뻤다. 종에서 공기를 빼내기 시작하자, 그녀는 머리를 뒤로 젖히고 두 눈을 반쯤 감았다. 입술을 꽉 깨물었다. 그 모습을 보는 순간, 묘한 느낌이 들었다. 그녀는 의자 팔걸이 양쪽을 단단히 움켜잡은 채 나를 바라보았다 - 그렇게 바라보다 두 눈을 완전히 감았다. 그러자, 그녀를 끌어내서 전기충격으로 정신 차리게 하더니, 종 밑에 다시 넣었다. 이렇게 세 번 반복했다 - 그러는 동안 그녀는 한마디도 안 했다. 함께 끌려온 번호들은 훨씬 솔직했다. 처음부터 술술 털어놓았다. 그들은 내일 '은혜로운 선생님' 사형 기계가 있는 계단에 오른다.

이건 조금도 미룰 수 없다, 도시 서쪽 지역은 혼돈과 고함과 시신과 맹수가, 불행히도, 이성을 배신한 번호 집단이 여전히 장악했기 때문이다.

하지만 십자로가 있는 40번가 대로에, 우리는 임시로 고압전선 방어벽을 설치하는 데 성공했다. 나는 우리가 정복하길 바란다. 아니, 우리가 정복할 거라 확신한다. 결국엔 이성이 승리하기 때문이다.

끝

작가 소개

　작품을 처음 접하는 순간, 나는 커다란 충격을 받았다. 보물을 발견한 느낌이었다. 이상이 '날개'에서 자신과 주변에 대해 내적으로 끊임없이 갈등했다면, 이 작품은 자신과 주변, 그리고 사회와 국가에 대해 내적으로 다양하게 갈등하며 깊은 심연으로 빨아들였다. 이렇게 훌륭하고 탁월한 작품을 왜 이제 처음 접할까 참 궁금했다. 작가에 대한 흥미가 일었다. 러시아 볼셰비키 혁명가였다가 볼셰비키 혁명이 성공한 이후, 스탈린을 중심으로 사회가 변하는 현상을 통렬하게 비판했다는 사실도 흥미로웠다. 제대로 번역해서 여러분에게 전하고 싶은 마음으로 열심히 작업해, 이제 비로소 여러분에게 소개한다.

　이렇게 놀라운 작품을 쓴 예브게니 자먀찐(YEVGENY ZAMYATIN, 1884~1937)은 레베잔에서 태어났다. 모스크바 남동쪽으로 약 300㎞ 떨어진 레베잔은 흑토지대로 땅이 기름지고, 오랜 교회와 수도원, 집시와 사기꾼, 여인숙과 포동포동한 미인이 많고, 시장은 정기적으로 열리고,

장사꾼은 하룻밤 사이에 엄청난 돈을 벌고 잃었다. 그래서 레베잔에 유난히 풍성한 러시아 민담은 어린 자먀찐에게 깊은 인상을 주었으며, 나중에는 작품세계에 많은 영향을 미쳤다. 아버지는 정교회 성직자로 지역 학교에서 종교를 가르치고, 어머니는 실력이 탁월한 피아니스트였다.

1902년에는 페테르부르크 종합기술대학에 입학하고, 재학 중에 볼셰비키에 입당해, 러일전쟁 패배와 '피의 일요일'로 시작한 1905년 러시아 혁명 당시에 체포되어 자택연금을 당하다 유배되었다. 하지만 수도에 잠입해서 '불법으로' 살아가며 동 대학 조선학과를 졸업했다. 하지만 1911년에 들켜서 다시 유배를 떠나고, 이 기간에 단편 두 편을 발표해, 문단의 주목을 받다, 2년 뒤에 특사로 풀려난다.

자먀찐은 자신이 졸업한 종합기술대학에서 교수로 초빙받아 강의와 기술분야 연구로 몇 년을 보낸다. 1차대전 당시에는 영국으로 파견되어 러시아 쇄빙선 설계와 제작을 감독하다, 1917년 2월에 볼셰비키 혁명이 발발하자, 급히 귀국해서 혁명 대열에 동참하며 영국 생활을 풍자한 소설 두 편을 발표한다.

혁명 이후, 러시아는 문화예술 운동이 들불처럼 일어나고, 자먀찐은 여기에 모든 에너지를 쏟아부었다. 당시는 정말 엄청난 모순의 시대였다. 오랜 전쟁과 혁명과 계속되는 내전으로 러시아는 황폐했다. 경제 자체가 완전히 무너진 상태였다. 운송과 통신 시스템은 파괴되고 도시와 농촌은 단절되고, 식료품은 절대적으로 부족했다. 추위와 굶주림이 맹위를 떨쳤다. 그런데도 자먀찐을 비롯한 문화예술 그룹은 러시아 문화를 보존하는 건 물론 대중에게 인류 문화유산을 보급하느라 영혼을 불태웠다. 시대는 가혹해도, 작가, 학자, 예술가 등 다양한 조직이 생겨나며 러시아 문학을 꽃피웠다. 문화예술계를 살리자는 대중운동도 일어났다.

예술계에서 다양한 학파와 운동이 나타났다. 일부는 과거에 집착하고 일부는 새로운 걸 찾아 나섰다. 상징주의, 미래주의, 구조주의, 형식주의, 신고전주의, 상상주의, 신현실주의 사이에서 끝없는 논쟁이 일어났다. 하지만 무엇보다 강력한 건 프롤레타리아 작가와 비평가 그룹으로, 이들은 문학을 혁명과 사회개조 수단으로 바라보았다. 자먀찐은 여기에 저항하며 자유롭게 창작할 권리를, 작가 스스로 다양하게 실험하며 창작할 권리를 주장했다. 프롤레타리아 작가들이 주장하는 사실주의는 19세기 사실주의에 불과하다고, 혁명적인 프롤레타리아 작가가 19세기 사실주의에 구태의연하게 집착하며 진정으로 혁명적인 실험과 표현기법을 거부하는 건 언어도단이며 퇴보라고 주장했다. 소비에트 사회에 열정적으로 동참하던 기대감이 혐오감과 불안감으로 바뀌는 순간, 볼셰비키 혁명가는 당에 만연한 교조주의와 관료주의 비판으로 돌아섰다. 그리고 1921년에 '나는 두렵다'는 수필에서 선언한다.

'진정한 문학은 성실하고 믿음직한 관리가 아니라 미친 사람, 은둔자, 이단자, 몽상가, 반역자, 회의론자에게서 나온다…… 해로운 문학이 유익한 문학보다 훨씬 유익하다. 문학에서 오늘날 우리에게 필요한 건 철학적으로 드넓은 지평이다…… 가장 궁극적이고, 가장 무섭고, 가장 용감하게 "왜" 그리고 "다음은 뭔가?"를 묻는 거다.'

1926년에는 당이 요구하면 작가는 따라야 한다는 공산주의 비평가에 대해 '목표'라는 수필을 통해 정면으로 공격한다.

'혁명에 필요한 건 떡고물이라도 떨어지길 바라는 마음에, 혹은 채찍이라도 날아들까 두려운 마음에 "똑바로 앉는" 개새끼가 아니다. 개새끼를 이렇게 훈련할 조련사도 필요하지 않다. 혁명에 필요한 건 무엇도 두려워하지 않는 작가다…… 혁명이 진실에 눈뜨도록 채찍질하는 작가다.'

국가든, 독재자든, 공산당이든, 획일적인 순종을 요구하는 세력을 자먀찐이 증오한 건 너무나 당연한 결과며, '만장일치'와 '건강한' 문학을 주장하는 프롤레타리아 작가들이 자먀찐을 집중적으로 공격한 것 역시 당연한 결과였다. 이들에게 자먀찐은 '혁명에 협조하지 않는 자', 혁명을 '중상모략하는 자', '냉혹하고 적대적인 관찰자', '내부에 침투한 적'이었다.

혁명 초기에 정부가 지원하는 언론매체는 자먀찐 작품을 거부했다. 작가집단이 만든 매체나 사설 잡지사를 통해 발표하는 정도였다. 그래도 자먀찐은 자신이 보고 느낀 대로 수필과 희곡과 소설을 용감무쌍하게 써나가고, 독재정권이 가하는 압박은 꾸준히 늘어났다. 이런 상황은 자먀찐을 위축시키기는커녕 풍자문학을 최고도로 완성하는 계기로 작용했다. 분야도 방대했다. 어린 시절에 체험한 러시아 신비주의를 놀랍게 부활시킨 작품도 나오고, 민요처럼 경쾌한 작품도 나오지만, 초현실주의 관점에서 현실과 비현실을 넘나들고 풍자와 슬픔을 오가며 엄중한 현실을 탁월하게 묘사한 작품도 나온다. 그리고 '우리들'에서 정점을 찍는다.

'우리들'은 자먀찐 인생에도 정점을 찍는다. 하지만 1920년에 완성한 '우리들'은 러시아에서 출판할 수 없었다. 1924년에 영어로 처음 번역 출간되고, 1927년에는 체코슬로바키아에서 체코어로 번역 출간

하는 정도였다. 하지만 체코에서 저자에게 통보도 동의도 없이 출간한 '우리들'은 2년 후에 소련에서 자먀찐을 본격적으로 탄압하는 계기가 된다. 1929년 여름에 소비에트 작가 동맹에서 본격적으로 문제 삼기 시작한 것이다. 친하게 지내던 동료 작가들은 겁에 질려 한 명씩 연이어 비난 성명을 비굴하게 발표하고, 자먀찐은 분노해, 용감무쌍한 편지를 보내서 연맹을 탈퇴한다.

"동료 작가를 박해하는 조직에 그대로 남을 순 없다."

하지만 볼셰비키 혁명 이후 문화예술 운동을 함께 힘차게 벌여오던 동료 작가를 비롯해 제자들과 추종자들까지 비난 성명에 동참하고, 기존에 발표한 모든 작품이 부정당하고 소각당하는 현실도, 자택연금이라는 현실도 자먀찐에겐 너무 가혹했다. 결국, 자먀찐은 스탈린에게 러시아를 떠나도록 허락해달라는 편지를 보내고 막심 고리키가 거든 덕분에 1931년 러시아를 떠나 파리에 정착한다. 하지만 극단적으로 외롭고 궁핍한 말년을 보내다, 1937년 심장병으로 사망한다. 장례식에 참석한 친구는 극소수였다. 자먀찐이 평소에 러시아 이민 사회를 받아들이지 않은 결과였다. 결국엔 자신을 소비에트 작가로 규정하고, 스탈린에게 보낸 편지에 썼듯, '우리나라가 거대한 대의명분에 합당하게 변할 때'까지, '문화예술을 바라보는 견해가 일부나마 변할 때'까지 마냥 기다린 것이다. 자먀찐은 이날을 볼 수 없었다. 소련 신문에선 자먀찐 사망기사조차 외면했다. '우리들'에서 반항하는 시인처럼, 20세기 위대한 러시아 시인과 작가 대부분처럼, 자먀찐은 말 그대로 '존재했다는 흔적조차 사라졌다.' 하지만 그 정신은 '우리들'을 통해 지금 새롭게 살아난다.

작품 설명

'우리들'은 세계 3대 디스토피아 명작에서 으뜸으로 치는 작품이다. 작품은 주인공이 살아가는 세상을 미지의 독자에게 상세하게 전달하기 위해 일기처럼 기록하는 형식을 취한다. 주인공은 전체주의에 흠뻑 빠져든 인물이다. 자유를 갈구하는 시인이 처형당해서 다행스럽게 여길 정도다. 하지만 주인공도 인간이니, 당연히 끊임없이 갈등할 수밖에 없다. 자신이 정신착란을 일으킨다며, 자신에게 '영혼'이란 질병이 생겼다며 저주한다. 전체주의 국가에서 가장 보편적인 인간 유형이다.

작가는 볼셰비키 혁명을 추구한 혁명가였으나, 볼셰비키 혁명 이후 소비에트 사회가 옆으로 새는 걸 온몸으로 저항하며 다양한 한계와 갈등을 겪다, 주인공을 통해서 자신이 겪은 전체주의 현실을 생생하게 보여준다. '우리들'에서 전체주의 현상을 집대성하고, 작가 자신이 겪을 미래를, 조국이 겪을 미래를 놀라울 정도로 정확하게 예견한다.

그러면서 확고한 신념을 제시한다. 이 신념은 "혁명은 끝나지 않는다. 혁명은 무한하다"는, "나는 다른 사람이 원하는 사람으로 되고 싶지 않다 – 나 자신이 원하는 사람으로 되고 싶다"는 여주인공 발언에서 그대로 드러난다.

두 가지 신념, 즉, 영원한 혁명, 그리고 개인이 자신의 의지와 욕구에 충실하게 선택하고 창조할 자유는 자먀찐의 생애와 작품 전체를 관철한다. 그래서 여주인공을 통해 선언한다.

"우리는 벽을 – 모든 벽을 – 허물어, 녹색 바람이 끝에서 끝까지
– 지구 전역으로 – 자유롭게 불어댈 날이 올 것이다."

'우리들'은 전체주의가 정체를 드러낼 즈음에 미래를 예언한 놀라운 소설이다. 위대한 풍자소설이 그렇듯, 자먀찐 역시 구체적인 현실을 통해 앞으로 나타날 사회를 암시한다. 평소에도 자유와 개성을 주장하는 이단으로, 모든 교조주의, 모든 독재, '강제 구원'을 주장하는 모든 세력과 끊임없이 싸우듯, 새롭게 등장하는 전체주의, 거기에 아부하는 세력, 잔인한 통치, 자유롭고 창조적인 정신을 파괴하고 억압하는 행위를 무자비하게 공격하며 비웃고, '가상 통쾌한 부기는 웃음'이라고 단정한다. 테러, 배신, 비인간화, 사방에 숨어든 비밀경찰, 사상과 행동 규제, 일상적으로 세뇌한 결과는 살기 위해 거짓말하는 위선자나 의문을 품을 줄 모르는 로봇만 양산하는 형태로 나타나리란 사실 역시 예견했다. 그래서 '우리들' 주인공은 이렇게 자조한다.

"우리는 야수 같이 날뛰던 시에 굴레를 씌워서 길들였다. 오늘날, 시는 건방지게 아무렇게나 지저귀는 종달새가 아니다. 시는 공익

에 봉사한다. 시는 유익하다."

문장 스타일에서도 '우리들'은 탁월하다. 자먀찐이 1923년에 "우리 시대의 언어는 암호처럼 날카롭고 빠르다"고 말한 그대로다. '우리들'에서는 문장 하나하나가 시어처럼 극단적으로 엄격하고 간소하다. 완벽한 통제사회, 즉, 감정은 모두 사라지고 시간표로 일상생활을 규정하며, 건물은 유리로 지어서 사생활이 없고, 도로는 완벽한 직선으로 효율성을 상징하고, 남녀 역시 시간표에 맞춰서 사랑하는, 완벽한 통제사회를 고발하려는 의도에 완벽하게 맞아떨어지는 문체라고 할 수 있다.

작가는 어린 시절에 즐겨 듣던 러시아 민담의 독특한 표현기법을 도입해서 '우리들'에 우화 분위기를 더하며 이야기를 빠르게 전개하고 작품에 내적 통일성도 부여한다. 장밋빛 O, 관자놀이로 치오른 삼각형 눈썹 I, 입술이 흑인처럼 두터운 R, 몸뚱이가 두 번 구부러진 S, 뺨이 아가미 같은 U, 종이를 잘라낸 것처럼 깡마른 의사 등이 좋은 사례다.

심각한 정치 상황은 구성원 사이에서, 그리고 각자에게 심각한 내적 갈등을 초래할 수밖에 없으니, '우리들' 역시 다양한 뉘앙스와 암시와 머릿속 생각이 미묘하게 어우러진다. 작품에서 인간은 이름 대신 '번호'로 부르며 독재자가 추구하는 효율성을 상징하지만, 이들 역시 결국엔 다양한 개성을 지니고 나름대로 고민하며 살아가고 감동하는 인간이 아닐 수 없으니 말이다.

그래서 '우리들'은 개인과 개인의 관계, 개인과 사회의 관계, '자유 없는 행복'과 '행복 없는 자유' 사이에 존재하는 갈등, 소외에 대한 유혹과 두려움, 합리성과 비합리성 사이를 파헤쳐, 인간이 지닌 다양한 문제와 갈등을 핵심 주제로 다룬다. 환상과 현실, 의식과 무의식이 부닥친다. 그러면서 처음에는 순수하고 합리적인 정신에 근거했으나 결국엔 비인간화를 통해 파멸로 치닫는 사회를 고발한다. 그래서 주인공은 '한 국가'를 둘러싼 담벼락 바깥에서 털이 부숭부숭해도 다정한 존재를 목격한 다음에 묻는다.

"그들은 누구죠? 우리가 잃어버린 반쪽?"

'잃어버린 반쪽'은 감정이 살아있는 반쪽, 시간표에 의존하지 않고 비합리적으로 살아가는 반쪽을 의미한다. 하지만 주인공은 잃어버린 반쪽을 되찾는 게 두렵다. 그래서 의사를 찾아가 '질병'을 고쳐달라고 사정하나, 의사는 그건 '영혼'이란 질병이라고, 고칠 수 없는 거라고 답변한다. 하지만 아아, 국가는 결국 해법을 모색하다, 개성을, 반역정신을, 인간성을 잘라내는 '위대한 수술'을 개발하니, 인간 두뇌에서 상상력을 모두 잘라내, '한 국가' 시민 전체를 언제나 방긋 웃는 멍청이로 전락시키는 작전에 돌입한다.

'우리들'은 25년 후에 조지 오웰이 엄청난 충격을 받고 '1984'를 쓰는 계기로 작용하지만, '1984'에 비해 훨씬 복잡하며 나름대로 희망도 있다. 반란이 일어나, "도시 서쪽 지역을 장악"하고 수많은 '번호'가 담벼락 너머로 탈출한다. 죽는 자는 인간성을 파괴당하지 않는다 – 복종하지 않고 싸우다 죽는다. 주인공은 로봇처럼 변하지만, "결국엔 이성이 승리한다"는 마지막 문장 역시 의미심장하다. 주인공이 사랑하던 여인은 배신당하고 죽지만, 주인공을 사랑한 여인은, 다정하고 부드러운 여인은, 담벼락 너머에서 안전하게 살다가 자유로운 분위기에서 아기를 낳는다. 게다가 담벼락 자체도 무너뜨릴 수 있다는 사실이 드러났다.

작가는 '우리들'에 묘사한 끔찍한 사회에서 엄청난 고통을 겪어도 냉소주의에 빠져서 빈정대는 기색이 조금도 없다. 분노하고 풍자하고 반역할 뿐, 자기연민에 빠지지 않는다. 그리고 모든 교조주의자에게, 사람을 가혹한 틀로 집어넣으려는 모든 세력에게 말한다.

"너희는 이길 수 없다. 인간은 파괴당하지 않는다."

인간이 행복과 자유를 추구한 결과는 러시아에서 볼셰비키 혁명으로 나타나고, 소비에트 사회는 인간이 행복하게 살아가는 과정에서 나온 거대한 실험이다. 역사라는 좁은 틀로 국한하기에는 너무 엄청난 실험이다. 지금 우리에게 필요한 건 '거대한 실험'에서 다양하게 나타난 한계를 파악하는 거다. 그 한계를 우리 사회에 대비하며 교훈을 얻는 거다. '우리들'이 소중한 이유다.

우리 사회는 일제 이후 이승만과 박정희, 전두환 노태우, 이명박 박근혜를 거치며 끊임없이 왜곡 당했다. 독재세력은 역사 왜곡과 진실 왜곡을 통해 우리 사회를 '우리들'이나 '1984'에서 말하는 끔찍한 사회로 몰아가려 애쓰고, 그 과정에서 우리는 영혼이 왜곡 당했다. 지금이라도 그동안 쌓인 적폐를 청산하는 건, 뒤에 숨어서 진실을 왜곡하는 적폐세력까지 모두 까발리고 청산하는 건, 우리들 내부에, 자신의 머릿속에 숨어서 진실을 교묘하게 왜곡하는 내적 파시즘까지 자각하고 극복하는 건 우리가 진정으로 인간다운 사회를 만들어가는 데 꼭 필요한 과정이 아닐 수 없다. 자먀찐은 '우리들'을 "무엇보다 익살스러우면서도 무엇보다 진지한 작품"이라고 평했다. 우리들 사이에서도 현실을 진지하게 바라보며 익살스럽게 풀어나가는 지혜가 꽃피우길 바란다.